KAMPENWAND
VERLAG

ISBN: 978-3-98660-143-0

Raiffeisenstr. 4 · D-83377 Vachendorf
www.kampenwand-verlag.de

Versand & Vertrieb durch Nova MD GmbH
www.novamd.de · bestellung@novamd.de ·
+49 (0) 861 166 17 27

Text: Martina Gercke
Korrektorat: Martina König
Bilder: © Shutterstock / Stefan MI, mspoint, bioraven, Lana Brow, musicphone, Latsiaryna Kashtalyan, Tonia Tkach

Druck: FINIDR, s.r.o. . L.pov. 1965, 737 01 Český Těš.n, Česk. republika

Liebe KOMMT IM SCHOTTEN ROCK

PORTO BELLO *Girls*

Kapitel 1

»Taylor!« Cassies Schlachtruf schallte durch das Appartement. Angewidert starrte sie auf das Kondom, das zwischen den Polstern des Sofas wie eine tote Schlange hervorlugte. Hinter ihr polterte es laut.

»Mist.« Cassie fuhr herum.

Taylor Young, ihre Mitbewohnerin, tauchte verschlafen im Türrahmen auf und beförderte die leere Bierdose, die am Boden lag, mit einem Tritt unter das Sofa. Sie war lediglich mit einem weißen Spitzenhöschen und einem Top bekleidet. Ihre langen Haare waren vom Schlafen verwuschelt, und die Schlafbrille, ohne die Taylor niemals zu Bett ging, klebte schief auf ihrer Stirn. Trotzdem sah Taylor mit ihren blauen Augen und dem üppigen Mund absolut bezaubernd aus.

»Mach doch nicht so ein Geschrei. Wie spät ist es überhaupt?« Taylor blinzelte hektisch.

»War wohl 'ne lange Nacht gestern, was?« Cassie wippte auf ihren Zehenspitzen. Sie kochte innerlich vor Wut. Taylor war bekannt für ihre Männergeschichten, aber das hier ging eindeutig zu weit.

Taylor grinste breit. »Könnte man so sagen.«

»Das sehe ich«, antwortete Cassie spitz und deutete mit einer Kopfbewegung auf das Sofa.

Mit gleichgültiger Miene folgte Taylor ihrem Blick. »Keine Ahnung, wovon du sprichst.«

»Dann will ich deinem Gedächtnis mal ein bisschen auf die Sprünge helfen.« Mit spitzen Fingern schob sie das Kissen beiseite, sodass das Kondom offen lag.

»Oh!«, rief Taylor gespielt. »Da hat wohl jemand etwas vergessen.« Sie kicherte hysterisch, jedoch ohne eine Spur von Reue zu zeigen.

»Taylor, ich weiß nicht, was daran so witzig sein soll. Ich finde es einfach nur eklig und ich wäre dir sehr verbunden, wenn du dieses …«, Cassie verzog das Gesicht, »… Ding entfernen könntest.«

»Jetzt stell dich mal nicht so an. Das ist eine ganz natürliche Sache.« Mit spitzen Fingern schnappte sich Taylor das Kondom und wanderte quer durch das Wohnzimmer in Richtung Küche. Cassie folgte ihr, um sicherzugehen, dass Taylor es fachgerecht entsorgte. Demonstrativ versenkte Taylor das Corpus Delicti im Mülleimer. »Zufrieden, Ms Oberspießig?«

»Taylor, das hat nichts damit zu tun, dass ich spießig sein soll. Das ist einfach unappetitlich und unpassend. Außerdem sieht das Wohnzimmer aus wie ein Schlachtfeld. Du hast von ein paar Freunden gesprochen und nicht von einer Orgie!«

Der Vorwurf in Cassies Stimme war nicht zu überhören. Als sie im vergangenen Jahr mit Olive, Emily und Taylor die Wohngemeinschaft gegründet hatte, war Cassie davon ausgegangen, dass es eine entspannte Frauen-WG ohne große Probleme werden würde. Was im Prinzip auch der Fall war, wenn Taylor nicht regelmäßig über die Stränge schlagen und spontane Partys veranstalten würde. Taylor war ein typisches Portobello-It-Girl, das ganz im Gegensatz zu Cassie keine Gelegenheit ausließ, um sich zu vergnügen. Ihre Männer wechselte sie wie andere ihre Unterwäsche. Taylors Liebesleben war daher ein abendfüllendes Gesprächsthema und hatte schon häufig zu Irritationen innerhalb der WG geführt. Trotzdem war Taylor eine gute Freundin, und wenn es darauf ankam, war immer Verlass auf sie.

»Cassie, könntest du bitte ein bisschen leiser reden? Mir brummt echt der Schädel.« Mit leidender Miene ließ sich Taylor auf den Stuhl fallen und massierte sich demonstrativ die Schläfen.

»Kleine Sünden straft der liebe Gott sofort«, knurrte Cassie. Sie ging an den Küchenschrank und holte eine der Kopfschmerztabletten heraus, die dort vorsorglich lagerten. »Hier.« Sie reichte Taylor das Aspirin und ein Glas Wasser. »Das sollte helfen.«

»Du bist ein Schatz.« Taylor warf ihr einen dankbaren Blick zu und spülte die Tablette hinunter.

Mit einem Klick schaltete Cassie die Kaffeemaschine an. »Willst du auch einen?«

»Kaffee wäre ein Traum.« Taylor nahm die Schlafbrille vom Kopf und warf sie achtlos auf den Küchentisch. »Wie war dein Wochenende?«

»Ganz nett«, murmelte Cassie.

»Ganz nett ist die kleine Schwester von scheiße«, grinste Taylor und hatte damit den Nagel auf den Kopf getroffen. Tatsächlich war das Wochenende bei Cassies Eltern ein Reinfall gewesen. Ihre Mutter war die ganze Zeit aufgeregt um sie herumgeflattert und hatte sie mit Essen vollgestopft, bis Cassie das Gefühl gehabt hatte, gleich zu platzen, und ihr Vater hatte sie wie üblich mit strengem Blick gemustert und Lebensweisheiten zum Besten gegeben.

Das war schon immer so gewesen.

Cassie konnte machen, was sie wollte – nichts war gut genug in den Augen ihres Vaters. Als sie vor knapp einem Jahr die Stelle als Journalistin bei einer Frauenzeitschrift angenommen hatte, hatte er nur abwertend den Kopf geschüttelt und sie gefragt, warum sie sich nicht bei einer vernünftigen Zeitschrift beworben hätte. In seinen Augen gab es nur zwei akzeptable Zeitschriften in England: *The Times* und *The Sun.* Alles andere war laut seiner Aussage Schund.

»Das Übliche eben.« Cassie reichte Taylor den Kaffee. »Ermahnungen, Unmengen von Essen und gute Ratschläge.«

Taylor nahm einen Schluck aus ihrem Becher, ohne weiter auf Cassie einzugehen. »Ich wüsste nicht, wie ich ohne Kaffee überleben sollte.« Sie schloss genießerisch die Augen.

»Geht mir genauso.« Cassie war im Gegensatz zu den meisten ihrer Landsleute ein absoluter Kaffeejunkie. Tee war für sie gefärbtes Wasser und wurde nur im äußersten

Notfall oder bei Krankheit getrunken. »Und wie läuft es bei dir?«

Taylor arbeitete als Kinderfrau für eines der renommiertesten Nanny-Institute Englands. Was eigentlich ein Wunder war, da Taylor mit ihrer unkonventionellen Art überhaupt nicht in das Schema der pflichtbewussten Nanny passte. Wenn man Taylor bei der Arbeit sah, hatte man das Gefühl, einen völlig anderen Menschen vor sich zu haben. Lief sie zu Hause bevorzugt in Unterwäsche herum, so trat sie im Job stets akkurat in ihre Uniform gekleidet auf. Sie hatte einen guten Ruf und wurde gerne von reichen Londoner Familien gebucht.

Schritte näherten sich tapsend vom Flur. Cassie warf Taylor einen fragenden Blick zu. Taylor öffnete den Mund, um ihr zu antworten, als ein nackter Mann im Türrahmen auftauchte.

»Hey, Babe, riecht es hier nach frischem Kaffee?« Der Unbekannte war groß, äußerst gut gebaut und hatte ein jungenhaftes Lächeln. Die Tatsache, dass er völlig nackt einer fremden Frau gegenüberstand, schien ihn überhaupt nicht zu interessieren.

Eine Eigenart, die er mit vielen seiner Artgenossen gemeinsam hatte und um die Cassie ihn beneidete. Die meisten Männer, die sie kennengelernt hatte, waren mit einem unerschütterlichen Selbstbewusstsein ausgestattet. Sie selbst war in dieser Hinsicht eher prüde und verhüllte ihren Körper so weit wie möglich in der Öffentlichkeit. Nicht, dass sie es nötig gehabt hätte. Mit ihren lockigen braunen Haaren, den langen Beinen, der schmalen Taille und einer Körbchengröße von 75 B entsprach sie dem gängigen Schönheitsideal.

Cassie setzte den Becher mit einem Ruck ab. Kaffee schwappte über und es bildete sich eine braune Lache auf dem Küchentisch. Ihre Wangen brannten, als hätte jemand einen Bunsenbrenner darauf gerichtet. Sie senkte hastig den Blick und tupfte hektisch mit dem Küchentuch auf dem Fleck herum.

Taylor kicherte ausgelassen und schlang die Arme um den Hals des Mannes. »Darf ich dir vorstellen: Das ist Jason. Jason, das ist Cassie.«

Jason hob lässig die Hand zum Gruß.

Cassie öffnete den Mund, brachte jedoch keinen Laut heraus. Fassungslos starrte sie Taylors Lover an, der sich völlig entspannt am Po kratzte.

»Ich glaube, du solltest dir etwas überziehen, damit meine Freundin ihre Sprache wiederfindet«, schmunzelte Taylor und gab Jason einen Klaps auf den nackten Po. »Ich mach dir solange deinen Kaffee.«

Jason nickte Cassie fröhlich zu. Dann drehte er sich um und schlurfte aus der Küche, wobei er Cassie einen letzten Blick auf seine nackte Rückseite gewährte.

»Du hättest mich warnen können«, zischte Cassie. Sie warf das nasse Küchentuch in die Spüle.

»Ich wusste nicht, wann er aufsteht.« Taylor zuckte mit den Schultern und machte sich an der Kaffeemaschine zu schaffen. »Außerdem bist du so in den Genuss eines absolut sehenswerten Männerarsches gekommen. Der eigentliche Grund, warum er mich rumgekriegt hat. Die meisten Männer haben doch nur einen unerotischen Flacharsch zu bieten, der nahtlos von der Taille in die Beine übergeht.« Sie schüttelte sich gespielt.

Es klapperte an der Haustür.

»Hallo …«, hallte Emilys Stimme durch den Flur. »Jemand zu Hause?«

Emily Walters war die Dritte im Bunde und arbeitete als Flugbegleiterin bei einer internationalen Fluggesellschaft. Dadurch war sie oft tagelang unterwegs. Heute kam sie von einem fünftägigen Trip wieder.

»Wir sind hier in der Küche«, rief Cassie.

»Autsch.« Taylor fasste sich mit der Hand an die Stirn. »Nicht so laut! Mir platzt gleich der Schädel.«

»Das wäre eine gerechte Strafe«, schnippte Cassie.

Emily kam in die Küche gestürmt. So wie sie vor ihnen stand, gab Emily den Prototyp einer Stewardess ab.

Die blaue Uniform saß wie angegossen und betonte ihre schlanke Figur. Ihre Füße steckten in passenden blauen Pumps mit zentimeterhohen Absätzen, deren bloßer Anblick bei Cassie Schmerzen auslöste. Ihre Haare hatte sie ordentlich zu einem Knoten am Hinterkopf zusammengebunden und auf dem Kopf saß keck ein blauer Hut. Emilys Make-up war dezent, lediglich die Lippen leuchteten in einem kräftigen Rot. Cassie fragte sich, wie Emily es schaffte, auch nach einem langen Nachtflug noch so gut auszusehen. Sie und Emily kannten sich bereits seit der Schulzeit.

»Riecht es hier nach Kaffee?« Emily hob schnuppernd die Nase in die Luft. Dabei stellte sie den Koffer in die Ecke.

»Ja, ich habe gerade frischen aufgesetzt. Möchtest du auch eine Tasse?«

»Das klingt absolut himmlisch.« Emily ließ sich auf den freien Stuhl neben Cassie fallen. »Ich bin völlig fertig, obwohl ich vor Abflug noch mal drei Stunden geschlafen habe. Man kann seinen Körper eben nicht überlisten. Außerdem hatten wir einen medizinischen Notfall mitten in der Nacht und der Purser* war ein unfähiger Idiot, der nichts im Griff hatte.«

Cassie konnte sich ein Grinsen kaum verkneifen. Wenn Emily vom Flug kam, hatte sie immer ein unglaubliches Redebedürfnis. Man musste eigentlich nichts weiter tun, als zuzuhören und gelegentlich zu nicken.

»Echt?« Cassie reichte Emily den Kaffee.

Emily nahm einen Schluck. »Ah, heiß.«

»Ist ja auch frisch«, sagte Cassie.

»Na ja, jedenfalls ist mitten in der Wache einer der Gäste in die hintere Küche gekommen, um uns mitzuteilen, dass er gleich kotzen muss. Anstatt aufs Klo zu gehen, hat er dann gleich losgelegt und die Küche in eine Tropfsteinhöhle verwandelt.«

Taylor und Cassie verzogen das Gesicht.

Emily seufzte. »Ich verstehe bis heute nicht, warum die Leute immer zu uns in die Flugzeugküche kommen, wenn ihnen schlecht ist. Es reicht doch, wenn sie hinterher kommen und uns sagen, was los ist.« Sie nippte an ihrem Becher.

»Und was habt ihr gemacht?«, fragte Taylor.

»Was schon? Wir haben den Typen hingelegt und erst einmal die Küche geputzt.«

»Du Arme. Ich hätte mich gleich mit übergeben. Mir reicht schon der Geruch. Ich weiß sowieso nicht, wie du das immer aushältst mit den ganzen nervigen Leuten an Bord«, sagte Taylor. »Ich glaube, ich würde irgendwann schreiend durch die Kabine laufen und dem Erstbesten, der mich blöd von der Seite anspricht, eine knallen.«

Sie lachten.

»Ach, das ist reine Routine. Ich sage nur: In der Ruhe liegt die Kraft.« Emily gähnte herzhaft.

»Hey, Ladys.« Jason stand wieder in der Tür. Zu Cassies Erleichterung hatte er sich ein Paar Jeans übergezogen, sein Oberkörper war jedoch noch immer nackt.

»Die T-Shirts sind wohl ausgegangen?« Cassie schnalzte mit der Zunge, was der Rest geflissentlich ignorierte.

»Oh, wen haben wir denn hier?« Emilys Augen glitten begehrlich über ihr Gegenüber hinweg.

»Das ist Jason, und du hast Glück, dass er Jeans trägt«, brummte Cassie. Emily warf ihr einen fragenden Blick zu.

»Ach, du kennst doch unsere kleine Spießerin.« Taylor schlüpfte vom Stuhl und schenkte Jason eine Tasse Kaffee ein.

»Hier war wohl ganz schön was los während meiner Abwesenheit?«, fragte Emily und deutete auf die leeren Weinflaschen neben dem Mülleimer.

»Da musst du dich schon an Taylor wenden. Ich war bei meinen Eltern«, schnippte Cassie. Sie war noch immer verärgert wegen der Unordnung, die Taylor hinterlassen hatte.

»Wir hatten eine spontane kleine Feier gestern Nacht.« Taylor grinste.

»Und wo ist Olive?«

Olivia Belford war die letzte Mitbewohnerin der WG. Sie arbeitete als Moderatorin bei einem lokalen Radiosender.

»Olive hat die Nachtschicht für einen kranken Kollegen übernommen. Müsste eigentlich jeden Moment hier auftauchen«, sagte Taylor mit einem Blick auf die Küchenuhr.

»Hm«, nickte Emily und nahm noch einen Schluck.

Es polterte im Flur.

»Wenn man vom Teufel spricht …« Cassie lächelte.

»Dann sind wir ja wieder alle zusammen«, sagte Emily freudig. Tatsächlich kam es nicht allzu häufig vor, dass sie alle zur gleichen Zeit in der Wohnung waren. Durch ihre unterschiedlichen Arbeitszeiten konnte es passieren, dass sie sich mehrere Tage lang nicht sahen.

»Guten Morgen.« Olive kam in die Küche marschiert. Sie sah müde aus. Ihr ohnehin blasses Gesicht war noch blasser und ihre Augen lagen in tiefen Höhlen. Wahrscheinlich hatte sie die Nacht durchgearbeitet. »Wie ich sehe, sind alle Verdächtigen versammelt. Wie schön.« Sie umarmte die Freundinnen der Reihe nach. Ihr Blick fiel auf Jason, der lässig gegen den Küchentisch lehnte. »Und wer ist dieses Prachtexemplar?«

»Jason.« Er reichte ihr die Hand.

»Er gehört mir«, sagte Taylor und legte den Arm besitzergreifend um seine Taille.

»Ein neues Spielzeug«, entgegnete Olive. Ihre Mundwinkel zuckten verdächtig.

Taylor grinste schief.

»Sehr erfreut, deine Bekanntschaft zu machen, wenn es auch nicht von langer Dauer sein wird.« Olive reichte dem verdutzten Jason die Hand.

Olive war für ihr loses Mundwerk bekannt. Gepaart mit ihrem scharfen Verstand, war sie eine brandgefährliche Gegnerin, wie schon mancher Mann schmerzhaft erfahren musste, der sich mit ihr angelegt hatte. Der Sender, für den sie arbeitete, hatte ihr Potenzial erkannt und ihr eine eigene Show im Nachtprogramm gegeben, die sie live moderierte. Zuschauer konnten ihr während der Sendung Fragen zu allen Dingen des Lebens stellen, die Olive mit gesundem Menschenverstand beantwortete. Mittlerweile hatte ihre Sendung Kultstatus erreicht und Olive wurde sogar schon auf der Straße von begeisterten Zuhörern angesprochen.

Jason, durch Olives Worte sichtlich irritiert, warf Taylor einen fragenden Blick zu.

»Keine Sorge, die liebe Olive ist nur ein wenig neidisch«, sagte Taylor mit dem Tonfall einer Mutter, die ihr Kind beruhigte, woraus Cassie schloss, dass Jason zwar gut aussah, aber nicht das hellste Licht unter der Sonne war. Taylor gab Jason einen Kuss.

»Was hältst du davon, wenn du deinen Kaffee in Ruhe in meinem Zimmer austrinkst?« Der Blick, den sie ihm zuwarf, war eindeutig.

»Wie du möchtest, Babe«, antwortete Jason leicht verunsichert.

Cassie stöhnte leise, während Olive und Emily sich angrinsten.

»Wir sehen uns später.« Taylor warf ihren Freundinnen eine Kusshand zu und zog Jason hinter sich her nach draußen.

»O Mann, die Frau kriegt den Hals wohl nie voll!« Cassie schüttelte den Kopf.

»Ich frage mich, wo sie die Kerle immer auftut«, sagte Emily.

»Die wird auch noch ihren Meister finden. Wie war dein Flug? Wo kommst du überhaupt her?«, fragte Olive.

»Chicago. Ganz okay. Der übliche Wahnsinn.« Emily gähnte herzhaft. »Ich glaube, ich muss mich aufs Ohr hauen. Sonst halte ich nicht bis heute Abend durch.«

Olive nickte. »Ich bin auch ganz schön kaputt. Ich denke, ich lege mich auch noch mal ins Bett. Und du?« Ihr Blick wanderte zu Cassie.

»Ich muss ins Büro. Heute Mittag ist Redaktionsmeeting.« Sie stellte den Becher in die Spülmaschine. Deren Anschaffung war ein Luxus gewesen, dem alle einhellig zugestimmt und zu dessen Gunsten sie auf den Kauf eines Fernsehers verzichtet hatten. Keine von ihnen hatte Lust gehabt, täglich Geschirr zu spülen.

»Sehen wir uns heute zum Abendessen?« Emilys Blick wanderte zwischen ihren Freundinnen hin und her. »Ich bin noch nicht verplant.«

»Gut. Ich könnte für uns kochen«, bot Cassie an.

»Das klingt absolut fantastisch. Ich steuere die Getränke bei«, sagte Olive müde. »Sagen wir um acht Uhr?«

»Acht ist perfekt«, meinte Emily. »Ich sage Taylor Bescheid, wenn sie mit Jason fertig ist.«

»Prima, dann bis heute Abend, und schlaft euch gut aus.« Cassie gab Olive und Emily einen Kuss.

Kapitel 2

Cassie ging schnurgerade durch den Flur zu ihrem Arbeitsplatz. Ein kleines, schickes Büro, das sie sich mit ihrer Kollegin Laura teilte. Lauras Reich war die Moderedaktion, während Cassie in der Promiredaktion arbeitete.

Als Cassie vor knapp zwei Jahren die Stelle als Redakteurin bei der *StarTouch* angenommen hatte, war das ihre große Chance gewesen. Die *StarTouch* war eines der einflussreichsten Klatschmagazine des Landes, das seinen Lesern ein abwechslungsreiches Programm aus Fashion, Star-News, Musik und Kochen bot. Einen Job in der *StarTouch*-Redaktion zu bekommen, war der Schlüssel zu der Welt der Stars und Sternchen.

Schon während ihres Studiums hatte Cassie mit einem Job bei der *StarTouch* geliebäugelt. Eine Stelle bei einer Gartenzeitschrift, oder wie ihre Studienkollegin Jenny bei einer Zeitschrift über Landhäuser, wäre für sie nie in

Betracht gekommen. Was gab es Langweiligeres, als über die Häuser oder Gärten anderer Menschen zu berichten, noch dazu auf dem Land.

Für Cassie war von Anfang an nur eine Stelle bei einem der Klatsch-und-Tratsch-Magazine infrage gekommen. Zusammen mit ihren Freundinnen hatte sie darüber fantasiert, wie sie Interviews mit bekannten Stars führen und coole Events besuchen würde, zu denen man sie einlud. Nach dem Abschluss hatte sie selbstbewusst eine Bewerbung geschrieben und war zu einem Vorstellungstermin eingeladen worden. Das Gespräch war optimal verlaufen und noch am gleichen Tag hatte sie die telefonische Zusage für den Job als Redakteurin bekommen.

Bei der *StarTouch* herrschte ein strenges Regiment unter der Führung von Ronan Harris, einem Mittvierziger, der kleidungstechnisch in den Neunzigern stehen geblieben war und für den die Rolling Stones einen gottähnlichen Status innehatten. Kein Bericht verließ die Redaktion, ohne von Ronan abgesegnet zu sein. Jungredakteure waren für ihn ein notwendiges Übel, die es so oft wie möglich zu schikanieren galt.

Zwar hatte sich der Job als weniger glamourös herausgestellt, als Cassie es sich vorgestellt hatte, aber sie hatte in den letzten zwei Jahren verbissen gearbeitet und war mit einer Kolumne unter der Leitung von Trish Canavan belohnt worden. Trish war eine erfahrene Redakteurin, ungefähr im gleichen Alter wie Ronan. Sie und der Boss hatten ein freundschaftliches Verhältnis miteinander. Trish war die rechte Hand in der Redaktion. Wichtige Interviews wurden nur von ihr persönlich geführt.

Trish Canavan war so etwas wie die Oprah Winfrey der *StarTouch*. Ein Bericht oder Interview von ihr galt für die Stars als eine Art Ritter- oder Vernichtungsschlag. Die Chefredakteurin hatte schon so manche Celebrity zu Fall gebracht oder aber ihr zu Ruhm verholfen und galt in der Branche als knallharte Geschäftsfrau.

Trish hatte Cassie zu Beginn ihrer Tätigkeit an die Hand genommen und sie nach und nach in die Kreise der Schauspieler und Stars eingeführt. Zusammen waren sie auf Preisverleihungen und Partys gegangen, wo Trish sie mit vielen berühmten Persönlichkeiten bekannt gemacht hatte. Mittlerweile kannte man Cassie und öffnete ihr die Türen, wenn sie nach einem Interviewtermin fragte, von denen sie bereits einige ohne Trish geführt hatte, was von Ronan wohlwollend zur Kenntnis genommen wurde.

Die ersten Begegnungen mit den Stars waren für Cassie eher ernüchternd gewesen. Der Glamour, den sie nach außen hin ausstrahlten, verlor sich schnell, wenn man einen Blick hinter die Kulissen warf. Die meisten von ihnen waren selbstsüchtige, egozentrische Wesen, denen es nur darum ging, sich bestmöglich in Szene zu setzen.

»Hey, Cassie.« Ihre Kollegin Laura betrat das Büro, in der Hand zwei Pappbecher mit Kaffee. »Hast du schon die Neuigkeiten gehört?« Laura reichte ihr den Kaffee und setzte sich auf die Ecke von Cassies Schreibtisch. Wie immer war sie nach der neuesten Mode gekleidet. Eng sitzende Jeans, darüber ein Top aus weißer Spitze und dazu hochhackige Pumps, bei deren Anblick man ins Straucheln geriet. Wer in der Moderedaktion arbeitete, war quasi verpflichtet, sich over the top zu kleiden.

»Nein, ich bin gerade erst angekommen.« Cassie schüttelte den Kopf. »Wieso, was ist passiert?«

»Trish ist krank!«, ließ Laura die Bombe platzen.

»Was? Woher weißt du das?« Cassie schaute verwundert von ihrem Laptop hoch.

»Molly hat es mir erzählt.«

Molly war Lauras Chefin und die Plappertasche der Redaktion. Wenn man eine Neuigkeit in Umlauf bringen wollte, musste man sie nur Molly anvertrauen. Der Rest lief dann wie von selbst.

»Für wie lange?«

»Keine Ahnung. Es heißt, dass sie sich irgendwas eingefangen hat.« Laura kicherte. Trish Canavan war als männermordender Vamp bekannt, der keine Gelegenheit ausließ, mit den Stars ins Bett zu hüpfen. Cassie allerdings wusste, dass diese Gerüchte nur zum Teil stimmten. Trish hatte eine fünfjährige Tochter, die sie alleine großzog und mit der sie jede freie Minute verbrachte. Häufig hörte sie, wie Trish mit ihrer Tochter telefonierte. Ihre Kollegin war definitiv eine liebevolle Mutter, die sich rührend um ihr Kind kümmerte.

»O Mann, das bedeutet, dass ich noch mehr Arbeit bekomme, als ich ohnehin schon habe«, stöhnte Cassie. Alleine diese Woche standen drei wichtige Interviews auf der Agenda, die vorbereitet werden mussten, und noch dazu war eine Fotostrecke mit Robbie Williams geplant, zu der sie Trish begleiten sollte.

»Bist du bereit?«

»Wofür?« Cassie runzelte die Stirn.

Laura warf einen Blick auf die Uhr. »Na, das Redaktionsmeeting.«

»Ist es schon so spät?« Eigentlich hatte sie gehofft, noch in Ruhe ihren Kaffee trinken zu können.

»In zehn Minuten geht es los. Also pack deine Sachen und lass uns gehen.«

Das Konferenzzimmer der *StarTouch* lag keine zehn Schritte entfernt auf der gegenüberliegenden Seite. Im Gegensatz zu Cassies und Lauras Büro war der Raum riesig und sonnendurchflutet. Die Möbel waren im klassischen Bauhaus-Stil gehalten und an der Wand hingen sämtliche Cover der *StarTouch* seit ihrem Erscheinen 1995 sorgfältig in Rahmen nebeneinander.

Als Cassie und Laura das Konferenzzimmer betraten, hatten die meisten Redakteure bereits Platz genommen und unterhielten sich bis zu Ronans Eintreffen miteinander. Gesprächsthema Nummer eins war Trishs Krankheit. Es wurde wild spekuliert, was die Ursache sein könnte und wie lange Trish fehlen würde.

Cassie nahm auf dem freien Stuhl am Ende des Glastisches Platz, ohne sich in die herrschende Diskussion einzumischen. Laura setzte sich ihr gegenüber.

Sekunden später betrat Ronan in Begleitung von Holly Summers den Raum. Augenblicklich verstummten die Unterhaltungen. Alle Augen waren auf Ronan und Holly gerichtet.

Ronan Harris war ein gedrungener Mann mit schütterem Haar und Mausgesicht. Er trug Jeans, die mit ihren weit ausgestellten Beinen in den Neunzigern modern gewesen sein mochten. Jetzt sahen sie definitiv so aus, als hätte er sie in einem Secondhandshop günstig erstanden. Seine Oberlippe glänzte und unter seinen Achseln zeichneten sich dunkle Flecken auf dem T-Shirt ab.

Holly Summers arbeitete seit knapp einem halben Jahr in der Redaktion der *StarTouch*. Sie war groß, blond und sehr schlank. Die Gerüchteküche brodelte seit ihrer Ankunft, dass sie und Ronan eine Affäre miteinander hätten. Jedenfalls hatte Holly einen geradezu kometenhaften Aufstieg hingelegt und war bereits fester Bestandteil der Celebrity-Redaktion, was ihr in der Belegschaft nicht nur Freunde eingebracht hatte. Holly Summers war eine ernst zu nehmende Konkurrentin und ließ keine Gelegenheit aus, sich in Szene zu setzen.

»Guten Morgen, ihr Lieben«, begrüßte Ronan das Team mit seiner Standardmotivationsansprache. »Eine ereignisreiche Woche liegt hinter uns, in der wir unseren Lesern eine neue fantastische Ausgabe der *StarTouch* präsentiert haben.« Mit einem lauten Knall ließ er die Zeitschrift auf den Tisch fallen. »Ich bin stolz auf euch und auf das, was wir zusammen geschaffen haben.«

Beifälliges Murmeln war zu hören. Cassie entdeckte einige strahlende Gesichter unter den Redakteuren.

»Wie ihr sicher alle schon gehört habt, ist unsere geschätzte Kollegin Trish krank geworden und wird in nächster Zeit nicht arbeiten können.« Er deutete auf den leeren Platz neben Cassie.

Ein Raunen ging durch die Reihen. Niemand hatte mit einer längeren Abwesenheit gerechnet. Trish erfreute sich normalerweise bester Gesundheit, und in der Zeit, die Cassie bei der *StarTouch* arbeitete, war die Kollegin nicht ein Mal krank gewesen.

»Trish hinterlässt jede Menge Arbeit, die es zu verteilen gilt. Deshalb bin ich gezwungen, ein paar Änderungen in der Aufgabenverteilung für das kommende Heft vorzunehmen.«

Ronan machte eine künstlerische Pause. Es herrschte absolute Stille und man hätte eine Stecknadel fallen hören können. Alle Augen waren gespannt auf Ronan gerichtet.

»Wie ihr wisst, haben wir drei großartige Interviews für die nächste Ausgabe geplant, die unsere Verkaufszahlen noch weiter nach oben katapultieren werden.« Sein Blick glitt über die Köpfe der Mitarbeiter hinweg. »Robbie Williams, Emily Blunt und Sam MacLeod stehen auf der Agenda.« Er breitete die Arme aus wie ein Zirkusdirektor, der sein Publikum begrüßt. Alle Anwesenden klatschten.

Ronan nickte selbstgefällig. »Trish und ich haben vorhin kurz miteinander telefoniert und die Interviews aufgeteilt.«

Cassie sah, wie Ronans Blick wie zufällig zu Holly wanderte. Sie schenkte ihm ein bezauberndes Lächeln, wobei sie den Rücken durchdrückte. Dabei kam ihre üppige Oberweite noch deutlicher zur Geltung – eines ihrer schlagenden Argumente gegenüber Ronan.

Cassie spürte, wie die Wut in ihr hochkroch. Holly Summers mochte dicke Brüste und große blaue Augen haben, aber von Interviews hatte sie keine Ahnung.

»Herzlichen Glückwunsch, Holly, du übernimmst das Interview mit Robbie Williams.« Ronan nickte ihr wohlwollend zu. Ein Raunen ging durch die Reihe der Redakteure.

Cassie presste die Lippen fest aufeinander und ballte die Hände unbewusst zu Fäusten. Sie hatte fest damit gerechnet, dass Ronan ihr das Robbie-Williams-Interview überlassen würde. Schließlich hatten sie und Trish zusammen die Vorbereitungen dafür getroffen und Cassie hatte sich nächtelang mit seiner Biografie beschäftigt. Robbie Williams war der Star ihrer Jugend und sie konnte zur Belustigung ihrer Freunde fast jeden Titel mitsingen. Ein Interview mit Robbie wäre die Erfüllung eines lang gehegten Traums gewesen.

Laura, die Cassie gegenübersaß, verrollte genervt die Augen.

»Chris, du kümmerst dich bitte um den Artikel über Emily Blunt …«, fuhr Ronan unbeirrt fort, die übrigen Interviews zu verteilen.

Cassie hörte nur noch mit halbem Ohr zu. Emily Blunt war der zweite Punkt auf ihrer Hitliste. Ein Interview mit der sympathischen Engländerin wäre ein Highlight in ihrer Karriere gewesen. Auch diese Chance hatte Ronan ihr entzogen. Blieb nur noch das Interview mit Sam MacLeod.

Dieser hatte in der letzten Saison seinen Durchbruch als Schauspieler in einer Serie gehabt, in der er nicht mit seinen körperlichen Reizen gegeizt hatte. Nacktszenen von ihm waren fast in jeder Folge zu sehen gewesen. Seitdem war er einer der gefragtesten Jungstars des Landes, und seine Fans, die zumeist weiblicher Natur waren, lagen ihm zu Füßen. Außerdem war Sam MacLeod ein Schotte, wie er im Buche stand, der zu offiziellen Terminen immer im traditionellen Kilt* erschien und mit seinem Image als charmanter Naturbursche spielte. Etliche Affären und gebrochene Herzen gingen auf sein Konto.

Sie hatte sich erst letzten Monat in ihrer Kolumne über Sam MacLeod als Verkörperung des schottischen Mannes lustig gemacht und war damit auf großes Interesse in der

Öffentlichkeit gestoßen. Tagelang war der Artikel kontrovers in den Medien diskutiert worden. Sam MacLeods Manager hatte sich persönlich dazu geäußert. Er hatte Cassie aufgefordert, ihre Vorurteile gegen Schotten für sich zu behalten und sich bei MacLeod zu entschuldigen. Trish hatte schließlich die Wogen geglättet und ein Interview mit MacLeod vereinbart, in dem er zu den Vorwürfen Stellung nehmen sollte.

»Cassie«, riss Ronans Stimme sie aus ihren Gedanken.

»Was?« Erschreckt sah Cassie hoch. Alle Augen waren auf sie gerichtet.

»Ich habe dich etwas gefragt. Hörst du mir überhaupt zu?« Ronan runzelte die Stirn.

»Entschuldige bitte.« Sie zwang sich zu einem Lächeln. Ihr Gesicht fühlte sich an, als hätte sie einen Sonnenbrand.

Ronan nickte missbilligend. »Ich wollte wissen, ob Holly dir für morgen einen Flug für das Treffen mit Sam MacLeod buchen soll.«

»Warum ausgerechnet ich?« Cassie schluckte ihre Enttäuschung hinunter. »Eigentlich hatte ich gedacht, dass ich das Interview mit Robbie Williams führen würde. Schließlich arbeiten Trish und ich bereits seit Tagen daran.« Sie wusste, wie trotzig es in seinen Ohren klingen musste.

Ronans Augen verengten sich, was für gewöhnlich nichts Gutes zu bedeuten hatte. Holly, ganz die Liebenswürdigkeit selbst, schenkte Cassie ein irritiertes Lächeln.

»Aus diesem Grund wäre ich dir auch sehr dankbar, wenn du Holly etwas unterstützen könntest und ihr die Unterlagen über Robbie zukommen lassen würdest.«

»Aber …« Sie öffnete den Mund.

Ronan hob gebieterisch die Hand. »Trish hat mir erzählt, dass du ein großer Fan von Robbie bist, und genau deshalb habe ich Holly für diese Aufgabe ausgesucht. Ich möchte keines dieser üblichen Fan-Interviews drucken. Ich möchte jemanden mit frischen Ideen, der völlig unbeschwert an die ganze Sache rangeht.«

»Aber ich bin unbeschwert und offen«, protestierte Cassie schwach in dem Bewusstsein, dass sie bereits verloren hatte.

Ronan brachte sie erneut zum Schweigen. »Du hast mit deinem Artikel über Schotten in ein Wespennest gestochen. Die schottischen Fans, deren Idol MacLeod ist, sind deswegen immer noch verschnupft. Es wäre also eine Geste der Versöhnung, wenn du das Interview mit ihm führst. Sam MacLeods Beliebtheit ist seit Start der Serie ›Scottish Kisses‹ extrem angestiegen. Der Mann ist das Idol einer ganzen Generation von Frauen.«

»Was? Aber das macht doch keinen Sinn …« Sie schüttelte den Kopf. »Der Typ ist ein ungehobelter Idiot.«

»Vielleicht will er dich vom Gegenteil überzeugen.« Ronan trommelte ungeduldig mit den Fingern auf die Glasplatte. »Du fliegst da hin, und damit basta.«

Holly warf ihr einen schadenfrohen Blick zu.

»Gut. Dann hätten wir das auch geklärt.« Ronan wandte sich weiteren Themen zu.

Cassie saß wie benommen auf ihrem Stuhl. Sie konnte es nicht fassen, dass er ausgerechnet sie mit diesem Interview beauftragt hatte. Die meisten ihrer Freundinnen würden ihre rechte Hand für ein paar Minuten mit Sam MacLeod opfern. Für Cassie war der Hüne mit dem kastanienbraunen Haar und dem breiten Grinsen eine echte Kampfansage. Alleine sein schottischer Akzent war ein Verbrechen an der englischen Sprache. Sie musste dringend Trish erreichen.

Hektisch stand sie auf, als Ronan das Meeting für beendet erklärte.

»Cassie«, hielt die Stimme ihres Chefs sie zurück. Sie blieb stehen. »Du weißt, wie wichtig das Interview für die *StarTouch* ist.«

Sie nickte stumm, die Lippen fest aufeinandergepresst.

»Trish hat dich dafür ausgesucht, weil sie an dich glaubt. Sie setzt große Hoffnungen in dich.« Er räusperte sich. »Und ich auch, also enttäusch uns nicht.«

In ihren Ohren klang es wie eine Drohung.

Ein Kloß hatte sich in ihrem Hals gebildet. Sie schluckte. »Ich werde mein Bestes geben, Sir«, versprach sie mit heiserer Stimme.

»Gut. Das ist genau der Spirit, den ich von meinen Mitarbeitern erwarte!« Er klopfte ihr mit der Hand auf die Schulter. »Viel Glück!«

»Danke, Sir.«

»Das ist ja der absolute Wahnsinn.« Laura kam strahlend auf sie zu. »Du Glückspilz. Sam MacLeod! O mein Gott.

Der Typ ist so heiß, dass ich schon bei seinem puren Anblick kurz davor bin, einen Orgasmus zu bekommen.«

»Von mir aus kannst du das Interview gerne für mich übernehmen«, brummte Cassie missmutig.

»Hast du dir die letzte Staffel von ›Scottish Kisses‹ angesehen?«

Cassie schüttelte düster den Kopf. »Ich schaue kein Fernsehen.«

»Das ist nicht dein Ernst, oder? Du bist Journalistin und siehst nicht fern? Wie bleibst du denn sonst auf dem neuesten Stand?« Laura sah sie an wie ein Wesen aus einer anderen Welt.

»Indem ich lese. Alles, was ich wissen muss, steht irgendwo geschrieben.«

»Hast du wenigstens die Bücher zur Serie gelesen?«

»Nein. Ich interessiere mich nicht für diesen Quatsch.«

»Hm.« Laura sah sie nachdenklich an. »Du hast wirklich keine Lust auf den Typen, oder?«

»Endlich hat sie es kapiert.« Cassie hob gespielt die Arme in die Luft. »Aber schließlich bin ich ein Profi. Ich werde also nach Schottland fliegen und dieses blöde Interview machen, um anschließend so schnell wie möglich wieder zu verschwinden.«

»Wenn du Fragen zu Sam MacLeod oder der Serie hast, ruf mich einfach an. Ich bin so etwas wie eine Spezialistin in Sachen Sam MacLeod.«

»Der Mann ist Schotte.«

»Das klingt gerade so, als ob du Vorurteile gegenüber Schotten hättest.«

»Du etwa nicht?« Cassie warf Laura einen erstaunten Blick zu. »Ich meine, Schotten sind grobe Klötze, die mit

Baumstämmen werfen und hinter jedem Weiberrock her sind.«

»Manchmal verwunderst du mich. Wie kannst du als weltoffene Journalistin derartige Vorurteile haben?«

Cassie zuckte mit den Achseln. »Wir werden sehen.«

»Ich muss noch mal kurz bei der Mode vorbei. Bis später.«

»Ja, bis später«, murmelte Cassie. Sie musste Trish unbedingt erreichen, koste es, was es wolle. Ihre Chefin würde sie verstehen und die Aufgabe jemand anderem übertragen.

Cassie drückte auf das Icon ihres Displays. Es klingelte.

Einmal. Zweimal. Dreimal. Nachdem das Handy gefühlte zwanzig Mal geklingelt hatte, sprang die Mailbox an.

»Hier ist Cassie. Bitte ruf mich so schnell wie möglich zurück. Es ist dringend«, hinterließ sie eine Sprachnachricht.

Cassie gab den Namen Applecross in das Suchfeld ihres Browsers ein. Es dauerte keine zwei Sekunden, bis die Beiträge zum Thema Applecross auftauchten. Sie staunte nicht schlecht, als sie den ersten Bericht dazu durchlas. Applecross war eine Halbinsel und lag so ziemlich im hintersten Winkel von Schottland. Der Name war eine Verballhornung aus dem gälischen »Aber Crossain« und bedeutete so viel wie *Flusskreuzung*. Die Gegend dort wurde als rau und naturbelassen bezeichnet. Es gab nur eine Zufahrtsstraße über den *Bealach na Bà*-Pass, der von Reisenden als abenteuerlich beschrieben wurde. Sie würde sich ein Auto mieten müssen, um dorthin zu gelangen. Was hatte sich dieser Sam MacLeod nur dabei gedacht, das Interview im hintersten Zipfel von Schottland führen zu wollen?

Cassie holte die Lasagne aus dem Ofen. Ihre langen braunen Locken hatte sie zu einem Pferdeschwanz zusammengebunden, damit sie beim Kochen nicht störten. Als Schutz gegen eventuelle Tomatenspritzer hatte sie sich eine schwarze Schürze um die Hüfte gewickelt, ein Geschenk von Taylor, auf der naturgetreu ein nackter Mann gedruckt war. Bei den gemeinsamen Essen hatte sie schon für mehrere Lacher gesorgt, auch wenn es Cassie noch immer ein wenig peinlich war, sie zu tragen. Ihre Hände steckten in übergroßen pinkfarbenen Küchenhandschuhen.

Olive, Emily und Taylor saßen um den Esstisch versammelt und unterhielten sich angeregt bei einem Glas Rotwein. Gesprächsthema Nummer eins war Cassies Interview mit Sam MacLeod.

»Mm, das duftet absolut köstlich«, sagte Olive und schnupperte.

»Ich hoffe, sie schmeckt auch so, wie sie riecht.« Cassie stellte die dampfende Lasagne auf den Tisch.

»Davon bin ich überzeugt. Ich habe noch nie etwas von dir gegessen, das schlecht geschmeckt hat. Du bist meine Lasagnegöttin.«

»Wenn das so ist, bedient euch«, forderte Cassie auf.

»Und wo findet das Interview statt?«, fragte Emily kauend.

»Ich fliege morgen zuerst nach Edinburgh und von dort geht es mit dem Zug über Inverness nach Dingwall und mit dem Auto weiter nach Applecross.«

»Das hört sich ja nach einer halben Weltreise an«, sagte Olive.

Cassie nickte und rollte dabei gespielt die Augen.

»Applecross?« Taylor schüttelte den Kopf. »Noch nie davon gehört!«

»Musst du auch nicht. Applecross ist ein winzig kleiner Ort auf der Halbinsel Applecross.« Cassie nahm einen Schluck Rotwein.

»Eigenartiger Ort für ein Interview«, murmelte Olive.

Cassie nickte. »Ja. Sam MacLeod ist für seine exzentrischen Interviews bekannt. Soweit ich es recherchieren konnte, kommt er irgendwo aus der Gegend.«

»Ist der Typ verheiratet?«

»Nein. MacLeod ist ein echter Weiberheld, wie er im Buche steht. Man sagt ihm eine Affäre mit seiner Filmpartnerin nach.«

»Emma Bale. Die Frau sieht unglaublich gut aus und macht einen einigermaßen normalen Eindruck«, sagte Emily.

»Ich sehe, du bist voll im Bilde«, meinte Cassie.

»Ich lese ja auch die *StarTouch*«, entgegnete Emily. »Ich habe den ganzen Nachmittag nichts anderes gemacht, als das Internet zu durchforsten. Der Mann hat ein Geschick, viel und doch nichts über sich zu sagen. Wie es aussieht, hält Sam MacLeod sein Privatleben komplett geheim.«

»Eigentlich doch ein gutes Zeichen. Die meisten Stars nutzen ihr Privatleben normalerweise, um sich ins Gespräch zu bringen.«

»Das ist richtig«, stimmte Cassie ihr zu.

»Und was ist mit Ex Frauen?«

»Die Liste seiner Begleiterinnen ist lang, aber er selbst spricht nie darüber.« Cassie nahm einen Bissen von der Lasagne.

»Ah, der Mann genießt und schweigt – ein echter Gentleman!«, sagte Taylor. »Das gefällt mir.«

»Thema genießen ...« Emily leckte sich genussvoll über die Lippen. »Die Lasagne schmeckt übrigens megalecker.«

Taylor schaufelte sich einen weiteren gehäuften Löffel davon auf ihren Teller. »Dem kann ich nur zustimmen.«

»Hey, lass uns auch noch etwas übrig«, maulte Emily.

»Da ist noch genug drin.« Taylor deutete auf die halb volle Auflaufform.

»Also ich beneide dich jedenfalls um das Interview, egal wie sehr du jammerst«, sagte Olive mit schwärmerischem Gesichtsausdruck.

»Das ist doch nicht dein Ernst. Du?«, fragte Cassie.

»Warum nicht?« Olive zuckte mit den Achseln. »Ich habe damals alle Bücher verschlungen, und als ich gehört habe, dass sie verfilmt werden sollen, war ich zunächst ziemlich skeptisch. Aber bereits nach der ersten Folge war mir klar, dass Sam MacLeod der leibhaftige Kian ist. Der Mann ist Sex pur.«

»Denkt doch nur an die Szene, wo er sich auszieht.« Emily leckte sich über die Lippen.

»Du auch?« Cassie sah die beiden an, als ob sie eine ansteckende Krankheit hätten.

»Tja, ich auch. Wenn du schon fragst. Ich habe mir alle Folgen angesehen, und Sam MacLeod würde ich nicht von meiner Bettkante schubsen.« Taylor grinste breit in die Runde. »Der Typ hat Sexappeal pur.«

Cassie war sprachlos. »Einen Schotten?«

»Wenn er aussieht wie Sam MacLeod, ist mir das egal.« Taylor hob ihr Glas und prostete Cassie zu.

»Wusstet ihr, dass ›Scottish Kisses‹ von einer Frauenzeitschrift zur besten erotischen Serie des Jahres gewählt wurde?«, teilte Emily ihnen mit.

»Ach Blödsinn.« Cassie tippte sich gegen die Stirn. »Ihr spinnt doch!«

»Wenn ich es dir sage.«

Taylor legte die Gabel beiseite. »Boah, bin ich satt!«

»Du hast ja auch für zwei gegessen«, grinste Cassie.

»Dito, und das werde ich bestimmt bei meinem nächsten Gang auf die Waage bereuen«, jammerte Emily. »Meine Uniform spannt ohnehin ganz schön an den Oberschenkeln. Es wird Zeit, dass ich mal wieder eine Diät einläute.«

Seit sie zusammenwohnten, war Emily gefühlt dauerhaft auf Diät. Frühjahrsdiät, Ananasdiät, Low-Carb-Diät, Atkins-Diät – Emily hatte sie alle ausprobiert.

»Oje … Solange du nicht diese schreckliche Kohlsuppendiät machst, soll es mir egal sein«, bat Olive.

»Kohlsuppe. Geniale Idee. Das ist es.« Emily schnippte mit den Fingern. Ein begeistertes Lächeln huschte über ihr Gesicht.

»O nein«, stöhnten Olive und Cassie fast zeitgleich.

»Das verbiete ich dir«, meldete sich Taylor mit strengem Blick zu Wort. »Wie Olive bereits gesagt hat, von mir aus brauchst du auch gar nichts zu essen, aber die Kohlsuppendiät fällt flach. Noch einmal halte ich diesen Gestank nicht aus.«

»Okay, okay. Message ist angekommen.« Emily hob beschwichtigend die Hände.

»Gott sei Dank. Darauf müssen wir anstoßen!«

»Worauf?«, fragte Cassie.

»Auf Sam MacLeod und Emilys Kohlsuppendiät.« Taylor hob das Glas.

Sie stießen an.

Kapitel 3

Als Cassie am nächsten Morgen aufwachte, brummte ihr Schädel und ihre Zunge fühlte sich an, als wäre über Nacht ein Pelz darauf gewachsen. Etwas später am Abend hatte Emily eine Flasche Grappa aus ihrem Gepäck gezaubert, die sie aus Italien mitgebracht hatte.

»Geschmuggelt und deshalb noch viel besser«, hatte sie gekichert und jedem ein Glas voll eingeschenkt. Leider war es nicht bei einem Glas geblieben und sie hatte bis spät in die Nacht mit ihren Freundinnen zusammengesessen und gefeiert. Am Ende des Abends war Cassie schwankend in ihr Bett gefallen und die halbe Nacht Karussell gefahren. Mühsam drehte sie ihren Kopf zu Seite, um einen Blick auf den Wecker zu werfen. Sie stöhnte. Benommen sah sie sich mit verklebten Augen um. Alles war leicht verschwommen. Sie blinzelte, um die Ziffern besser erkennen zu können.

Acht Uhr!

Mit einem Ruck richtete sie sich auf. Wenn sie den Flug noch schaffen wollte, musste sie ordentlich Gas geben. Fluchend sprang sie aus dem Bett und fiel sofort wieder zurück. Alles drehte sich und in ihrem Kopf hämmerte es wie in einem Bergwerk. Etwas vorsichtiger als beim ersten Versuch stand sie auf und tapste unsicher ins Badezimmer.

Bei ihrem Anblick im Spiegel zuckte sie zusammen. Ihre Augen waren verquollen und die Wimperntusche war über das ganze Gesicht verschmiert. Sie war zu müde und zu betrunken gewesen, um sich abzuschminken. Ihre Haare sahen aus, als hätte sich ein Vogel über Nacht sein Nest darin gebaut. *Verdammt.*

»Na, Schlafmütze, auch schon wach?« Taylors zerknautschtes Gesicht tauchte im Türrahmen auf. »Oh, du siehst übel aus!«

»Hör auf. Ich sehe aus wie eine Eule nach einem Waldbrand.« Cassie strich eine vorwitzige Strähne aus dem Gesicht.

»Ach komm, das kriegen wir schon hin.« Im Gegensatz zu ihr sah Taylor trotz der Müdigkeit absolut entzückend aus, wie Cassie fand. Ihre Haare sahen aus, als wären sie absichtlich so zerstrubbelt worden, und selbst ohne Make-up war Taylor ein absoluter Hingucker.

Cassie schüttelte den Kopf. »Zwecklos. Das sind irreparable Schäden, die sich nur mit viel Schlaf beheben lassen.«

»Quatsch. Du gehst jetzt unter die Dusche und den Rest erledigen wir.«

»Mein Gesicht?«

»Nein, Dummerchen, deinen Koffer und das Taxi. Los. Husch, husch.« Taylor schob sie in Richtung Dusche.

»Emily. Olive«, rief Taylor mit Nebelhornstimme. »Notfall.«

Als Cassie tropfnass aus der Dusche kam, waren alle im Bad versammelt. Olive streckte ihr wortlos ein Glas Wasser entgegen.

»Nimm.« Eine rosa Pille leuchtete in Olives Hand.

»Was ist das?«, fragte Cassie misstrauisch.

»Frag nicht und schluck einfach.« Olive sah sie streng an.

»Klingt wie im wahren Leben.« Taylor kicherte zweideutig, was ihr einen missbilligenden Blick von Olive einbrachte.

Mühsam würgte Cassie die Tablette hinunter. Sie fuhr sich mit der Hand durch das noch feuchte Haar und stieß einen verzweifelten Seufzer aus.

»Darum kümmere ich mich, während Emily dich ausgehfertig macht«, erklärte Olive.

»Aber ich habe noch nicht fertig gepackt.«

»Das lass mal meine Sorge sein.« Olive zwinkerte und verschwand, bevor Cassie protestieren konnte.

Knapp eine Viertelstunde später stand Cassie sorgfältig frisiert und geschminkt im Flur. In der Hand hatte sie Emilys kleinen Rollenkoffer und die Laptoptasche trug sie über die Schulter gehängt. Das Taxi wartete bereits vor der Haustür.

Emily hatte wahre Wunder mit Cassies Aussehen bewirkt und die Müdigkeit aus ihrem Gesicht verscheucht.

»Ihr seid die besten Freundinnen, die sich eine Frau nur wünschen kann«, sagte Cassie gerührt. Olive, Emily und

Taylor standen noch mit ihren Pyjamas bekleidet vor ihr aufgereiht. Es war ein Bild für die Götter und Cassie konnte sich ein Grinsen nicht verkneifen.

»Jetzt übertreib mal nicht.« Emily winkte ab. »Außerdem haben wir das nur gemacht, weil wir alle drei scharf auf ein Autogramm von MacLeod sind.«

»Also, mir kannst du gerne ein Nacktbild von ihm mitbringen«, sagte Taylor lächelnd und ihre Augen blitzten vergnügt.

»Hey, ich bin eine seriöse Journalistin!« Cassie hob ihre sorgfältig gezupften Augenbrauen.

Das Taxi hupte.

»Du musst los.« Olive hob den Daumen. »Toi, toi, toi.«

»Ja, viel Erfolg, und komm heil wieder!« Emily gab ihr einen Kuss auf die Wange.

»Bis spätestens übermorgen.« Taylor tätschelte ihr die Schulter. »Mach uns stolz.«

»Sehr witzig. Bis dann.« Gut gelaunt machte sich Cassie auf den Weg.

Das Flugzeug war nur zu zwei Dritteln besetzt. Erleichtert und noch leicht außer Atem ließ sich Cassie in ihren Sitz gleiten. Wie es aussah, würde der Platz neben ihr frei bleiben, denn soeben schloss die Stewardess die Flugzeugtür. Zufrieden lehnte sich Cassie zurück und beobachtete durch das kleine Fenster, wie das Flugzeug zur Startbahn rollte.

Die Stewardess ging durch die Reihen der Passagiere, um ein letztes Mal die Kabine zu kontrollieren.

Cassie zog den Umschlag aus der Tasche, den Olive ihr zugesteckt hatte. Er enthielt einen aktualisierten Lebenslauf von Sam MacLeod zusammen mit seinem Foto. Interessiert betrachtete Cassie sein Gesicht. Er hatte hohe Wangenknochen und ein breites Kinn. Seine Nase war gerade und sein Mund fein geschwungen. Sam MacLeod hatte die blauesten Augen, die sie jemals gesehen hatte, so viel war sicher. Ein gut aussehender Mann, ohne Zweifel, wenn auch nicht ihr Typ. Ihre bisherigen Männer waren allesamt blond gewesen. Lässig, modern und cool. Der klassische Surfertyp eben.

In diesem Moment hob das Flugzeug ab. Ein wenig wehmütig sah Cassie aus dem Fenster, wo die Skyline von London langsam unter einer dichten Wolkendecke verschwand. Gott sei Dank würde sie in spätestens zwei Tagen wieder zurück sein.

Sie war am Stadtrand von London in einem typischen Reihenhaus mit kleinem Vorgarten groß geworden. Schon als Studentin hatte sie mit einer Wohnung im Stadtzentrum geliebäugelt, aber die Preise waren derart unverschämt, dass sie es sich nicht hatte leisten können. Erst durch die Wohngemeinschaft mit Olive, Emily und Taylor war ihr lang gehegter Wunsch Wirklichkeit geworden. Sie liebte die Wohnung in dem quirligen Portobello, das Touristen und Einheimische mit seinen Buchläden und Hippiemärkten gleichermaßen anzog. Hier konnte sie sich bewegen, wie sie es wollte, ohne dass sich jemand daran stieß.

Auf dem Land zu wohnen, kam für sie auf keinen Fall infrage. Cassie wollte ihr Leben in vollen Zügen genießen und Karriere machen. Welchen besseren Ort gab es da auf der Welt als London?

Die englische Metropole war ein Hexenkessel, in dem sich die Kulturen mischten und wo die alten Traditionen, die sie so liebte, gewahrt wurden.

Spätestens, seit Herzogin Kate im Buckingham Palace Einzug gehalten hatte, war die Monarchie auch für die jungen Engländer akzeptabel geworden. Cassie war eine bekennende Anhängerin des Königshauses, wie der Rest der kleinen WG.

Die Flugbegleiterin brachte das Essen. Seufzend legte Cassie ihre Unterlagen beiseite und klappte den Tisch auf.

Das Flugzeug landete pünktlich auf dem Flughafen von Edinburgh. Cassie hatte den Großteil des knapp zweistündigen Fluges mit den Vorbereitungen für das Interview verbracht. So langsam bekam sie eine Vorstellung von dem Schauspieler. Sam MacLeod war ein direkter Nachfolger des berühmten MacLeod-Clans. Sein Vater hatte eine Farm in den Highlands besessen, auf der Sam groß geworden war. Erst im Alter von knapp zwanzig Jahren war er nach Edinburgh gegangen, um dort an der staatlichen Hochschule seine Ausbildung zum Schauspieler zu absolvieren. Anschließend hatte er sich mit kleinen Werbefilmchen über Wasser gehalten. Mit der Rolle in der

Serie »Scottish Kisses« war der Durchbruch gekommen.

Sie würde sich auf ihr journalistisches Gespür verlassen, um Mr Sexy MacLeod einige seiner Geheimnisse zu entlocken.

Gespannt folgte sie dem Strom der Passagiere nach draußen. Sie hatte knapp eine Stunde Zeit, um den Anschluss nach Aberdeen zu bekommen. Dort musste sie umsteigen, um mit dem Zug bis nach Inverness und von da bis nach Dingwall zu fahren. In Dingwall hatte Ronans Sekretärin einen Leihwagen für sie gebucht, mit dem sie, wenn alles glatt lief, Applecross in weniger als zwei Stunden erreichen würde.

Da die Anreise den ganzen Tag in Anspruch nehmen würde, hatte Ronans Sekretärin ihr für eine Nacht in dem einzigen Hotel vor Ort ein Zimmer gebucht. Cassie wollte am nächsten Morgen so schnell wie möglich wieder in Richtung London aufbrechen.

Aus diesem Grund hatte sie auf einen großen Koffer verzichtet und sich stattdessen mit einem Trolley begnügt, den sie nicht aufgeben musste. Für den Notfall hatte Olive ihr eine Ersatzbluse eingepackt, ansonsten bestand ihr Gepäck aus einem Pyjama, Unterwäsche, Jeans und einem Kosmetikbeutel mit dem Nötigsten.

Der Zug nach Aberdeen war ziemlich voll. Schüler in ihren Schuluniformen drängten sich an ihr vorbei auf der Suche nach ihren Freunden.

Cassie warf einen Blick auf die Sitzplatzreservierung und kämpfte sich durch den engen Gang des Waggons bis zu ihrem Abteil durch. Eine Mutter mit ihren zwei Kindern hatte bereits dort Platz genommen und begrüßte sie freundlich. Cassie schätzte die junge Frau auf Anfang dreißig. Das Mädchen saß still in seiner Ecke und hatte den Kopf zwischen die Seiten eines Buches versenkt. Der Junge hockte neben seiner Schwester und hatte einen Schokoriegel in seiner Hand.

Cassie verstaute ihren Rollenkoffer im Gepäckfach oberhalb ihres Sitzes. Langsam rollte der Zug aus dem Bahnhof und sie ließ sich auf den Sitz gegenüber des kleinen Jungen fallen. Dieser starrte sie mit großen blauen Augen an.

Cassie lächelte ihm freundlich zu. Der Junge grinste sie frech an und streckte ihr die Zunge raus, die Augen weiter starr auf sie gerichtet.

»Donald! Lass die nette Frau in Ruhe«, ermahnte die Mutter ihren Sohn mit strengem Blick. »Entschuldigen Sie bitte, aber Sie wissen ja, wie Kinder sind.«

Cassie rang sich ein Lächeln ab. Die Frau machte einen netten Eindruck im Gegensatz zu ihrem missratenen Sohn.

»Fahren Sie für einen Urlaub nach Aberdeen?«, startete die Mutter eine Unterhaltung.

»Nein, ich bin nur auf der Durchreise nach Applecross.«

»Applecross! Du meine Güte, was treibt Sie denn dorthin?«

»Ich habe einen Interviewtermin dort.«

»Sie sind Journalistin?«, folgerte die Frau blitzschnell.

»Ja, ich arbeite für ein Frauenmagazin.« Sie war müde und hatte eigentlich keine Lust, sich zu unterhalten. In ihrem Hinterkopf wummerte noch immer ein leichter Schmerz.

»Darf ich fragen, wen Sie interviewen?« Unverhohlene Neugier sprang aus dem Gesicht der Frau.

»Sam MacLeod.«

»Der Schauspieler?«

»Genau der«, bestätigte sie.

Ein träumerischer Ausdruck legte sich auf das Gesicht der Frau. »Ich bin ein ganz großer Fan und habe alle Folgen der »Scottish Kisses«-Staffel gesehen. Ich war ganz traurig, als die Serie vorbei war. Und Sie treffen sich mit ihm persönlich?«

»Ja, ein offizieller Pressetermin.«

»Sie Glückliche. Ich beneide Sie wirklich.«

»Mum, ich habe Durst.« Der Junge zupfte seine Mutter am Ärmel.

»Entschuldigen Sie mich bitte. Donald ist gerade in einer schwierigen Phase.« Sie beugte sich zu dem Jungen und flüsterte ihm etwas ins Ohr.

Cassie lehnte ihren Kopf gegen das Sitzpolster, um ein wenig die Augen zu schließen. Der fehlende Schlaf machte sich langsam bemerkbar.

Als sie die Augen wieder öffnete, fuhr der Zug in den Bahnhof von Aberdeen ein.

Cassie stand auf, um ihren Koffer aus der Ablage zu holen. Als sie sich umdrehte, starrte die Frau sie mit offenem Mund an.

»Ist etwas?«, fragte Cassie irritiert.

»Sie haben da hinten was.« Die Frau deutete mit dem Finger auf ihren Po.

»Was?« Cassie drehte den Kopf, so weit es ging, um die besagte Stelle in Augenschein zu nehmen. Mitten auf ihrem Po glänzte ein dicker brauner Fleck. »Shit.«

Das Mädchen kicherte und der Junge grinste sie breit an. Ihr Blick glitt auf den Sitz, wo der zerquetsche

Schokoriegel lag, den sie zuvor bei dem Jungen bemerkt hatte.

»Du kleines Mist…« Weiter kam sie nicht, denn der Zug kam mit einem Ruck zum Stehen und sie musste sich festhalten, um nicht umzufallen.

»Donald, Fiona. Aussteigen.« Die Frau zerrte ihre Kinder aus dem Abteil, wo Cassie noch immer fassungslos auf den Schokoladenriegel starrte. »Einen schönen Tag.« Das Letzte, was sie sah, war, wie der Junge ihr durch die Scheibe die Zunge entgegenstreckte.

Fluchend schnappte sie sich den Rollenkoffer und drängte sich an mehreren Schülern vorbei nach draußen. Das Bahnhofsgebäude war von einem gläsernen Dach überspannt, sodass die Reisenden bequem und trocken die Bahnsteige erreichen konnten. Cassie eilte zu den Toiletten. Ihr blieben noch knapp zwanzig Minuten bis zur Abfahrt des Zuges nach Inverness, um den Fleck zu entfernen.

Das Licht in der Bahnhofstoilette war grell und unfreundlich. Missmutig betrachtete sie die hässlichen braunen Schokoladenreste, die sich in den Stoff eingebrannt hatten und den Betrachter auf unangenehme Ideen kommen ließen.

Hastig nahm sie ein paar Tücher aus dem Handtuchspender und tauchte sie in lauwarmes Wasser. Anschließend rieb sie über die Stelle. Zu ihrem Entsetzen musste sie feststellen, dass die Schokolade sich durch das Reiben über die gesamte Fläche verteilte und der Rock hinterher noch schlimmer aussah als vorher. Verzweiflung machte sich in ihr breit. Wütend pustete sie sich eine lose Strähne aus dem Gesicht. Sie konnte Sam MacLeod unmöglich in einem verkleckerten und verschmierten Rock gegenübertreten. Noch zehn Minuten bis zur Abfahrt.

Shit. Shit. Shit.

Kurzerhand zog sie den Rock aus. Nur in Slip, Strumpfhose und Bluse gekleidet, hielt sie die Stelle mit dem Fleck unter den Seifenspender. Anschließend tauchte sie das Stück Stoff in das fließende Wasser und rubbelte so lange, bis er verschwunden war.

Eine Gruppe Frauen betrat die Toilette und musterte sie mit hochgezogenen Augenbrauen.

»Noch nie eine Frau in Unterhose gesehen?«, blaffte Cassie sie an.

»Das schon, aber keine, die dabei die Hosen voll hat«, entgegnete ihr die große Blonde spöttisch lächelnd und deutete mit dem Finger auf Cassies Hinterteil.

Erschreckt stellte sich Cassie auf die Zehenspitzen, um ihr Hinterteil im Spiegel zu betrachten. Tatsächlich leuchtete ein brauner Fleck auf dem Weiß ihrer Unterhose, der Schlimmstes vermuten ließ. Mit einem Aufschrei schnellte ihre Hand nach hinten, um die Stelle zu verdecken.

Die Frauen gingen kopfschüttelnd weiter. Missmutig zog Cassie den nassen Rock wieder an. Dieses Interview stand unter keinem guten Stern, so viel war sicher!

Mit schnellen Schritten erreichte Cassie gerade noch rechtzeitig den Bahnsteig, wo bereits ihr Anschlusszug wartete. Zu ihrer Erleichterung war der Zug ziemlich leer und sie suchte sich ein unbesetztes Abteil. Keine zwei Minuten später verließen sie ratternd den Bahnhof. Zumindest hatte sie es geschafft.

Gedankenverloren sah Cassie nach draußen, wo sich die schottischen Highlands von ihrer besten Seite präsentierten. Sanft geschwungene Hügel, die mit einem samtigen grünen Pelz überzogen waren, erstreckten sich über den Horizont. Dazwischen entdeckte sie alte Trockensteinmauern, die früher einmal zur Abgrenzung gedient hatten und nun nutzlos geworden waren und langsam verwitterten. Gelbe und grüne Flechten zogen sich über die alten Steine wie ein Muster. In der Ferne glänzte die Oberfläche eines Sees wie ein schwarzes Loch in der grünen Decke. Der Himmel war mit dicken Wolken bedeckt, die der Wind vor sich hertrieb wie ein Schäfer seine Schafe.

Bisher hatte sie nie den Wunsch verspürt, nach Schottland zu fahren. Die Urlaube mit ihren Eltern hatte sie stets in Brighton oder Cornwall verbracht, der Sonnenseite Englands. Erst als Studentin hatte sie die Grenzen von England verlassen und war nach Frankreich und Griechenland gereist.

In Cassies Vorstellung war Schottland der düstere Teil Großbritanniens, wo ein rauer Ton herrschte, die Männer in Kilts herumliefen, Whisky tranken wie Wasser und es dauerhaft regnete.

Sie war gespannt, wie Sam MacLeod ihr gegenübertreten würde. Rein optisch entsprach er dem Klischee eines Schotten mit seinen kastanienbraunen Locken und der hünenhaften Gestalt nahezu perfekt. In dem Fernsehinterview, das sie mit ihm gesehen hatte, hatte er mit starkem schottischen Akzent gesprochen, der für ihre feinen englischen Ohren schrecklich ungehobelt klang.

Ihre Kopfschmerzen kamen langsam zurück und sie sehnte sich nach einer Tasse Kaffee. Die Fahrt bis Inverness dauerte knapp zweieinhalb Stunden – genügend Zeit also, um im Speisewagen in Ruhe einen Kaffee zu trinken. Entschlossen stand sie auf und ging in den hinteren Teil des Zuges, wo sich der Speisewagen befand. Zum Glück gab noch einige freie Plätze. Zufrieden ließ sie sich am Fenster nieder und bestellte einen Kaffee.

Nachdem sie fast zwei Stunden gesessen und sich dabei angeregt mit einer jungen Amerikanerin unterhalten hatte, ging sie zurück zu ihrem Abteil. Zumindest dieser Teil der Reise war entspannt verlaufen. Die Kopfschmerzen waren dank einer ordentlichen Ladung Koffein verschwunden.

Neugierig sah sie nach draußen. Die ersten Ausläufer von Inverness tauchten bereits am Horizont auf. Rechts waren hohe Berge zu sehen, die schroff ins Tal abfielen.

Inverness selbst lag keine zehn Kilometer von Loch Ness entfernt, das durch sein Seeungeheuer, das dort leben sollte, Berühmtheit erlangt hatte. Ihre Speisewagenbekanntschaft war auf dem Weg dorthin. Während ihrer ganzen Unterhaltung hatte sie pausenlos von den Schotten und ihrem sexy Akzent geschwärmt. Cassie hatte darauf verzichtet, sie darüber aufzuklären, dass die Schotten ein eher rüdes und geiziges Völkchen waren, das gerne unter sich blieb. Sie würde diese Erfahrung schon früh genug selbst machen.

Der Zugführer kündigte über Lautsprecher die baldige Einfahrt in den Bahnhof an. Cassie packte die wenigen Sachen, die sie dabeihatte, zusammen und ging zum Ausgang. Von Inverness nach Dingwall, ihrer nächsten Station, war es nur knapp eine halbe Stunde.

Die Wartehalle des Bahnhofs war voll mit Reisenden, die auf ihre Anschlüsse warteten. Cassie schnappte Worte in Englisch, Französisch und sogar in Deutsch auf. Als sie ihren Bahnsteig endlich gefunden hatte, war sie froh, dem Trubel zu entkommen, der dort herrschte. Der Bahnsteig war bis auf wenige Reisende leer.

Cassie nahm in einem freien Abteil Platz. Der Zug setzte sich langsam in Bewegung, als die Tür zum Abteil geöffnet wurde.

»Aye. Ist der Platz noch frei?« Die Frau deutete auf den Sitz am Fenster.

Cassie nickte. »Natürlich.«

Etwas außer Atem nahm die Frau Platz.

Cassie schätzte sie auf Anfang fünfzig. Sie war leicht untersetzt und ihr Gesicht war gerötet vor Anstrengung. Sie trug ein einfaches dunkelblaues Kleid, das ihr bis zu den Knien reichte. Dazu Wollstrümpfe und Stiefel. Zum Schutz gegen die Kälte hatte sie sich eine grobe Strickjacke übergeworfen. Sie hatte einen Korb dabei, der mit einem karierten Tuch abgedeckt war. Der Inhalt musste schwer sein, denn die Fremde atmete heftig unter der Last. Als sie ihn auf den freien Sitz neben sich stellte, sah Cassie die roten und geschwollenen Hände ihrer Sitznachbarin.

Die grauen Augen der Frau musterten sie neugierig. Anscheinend kam sie zu dem Ergebnis, dass sie harmlos war, denn sie lächelte Cassie durchaus freundlich an.

»Sie sind auch auf dem Weg nach Dingwall?«, fragte sie höflich mit stark schottischem Akzent.

Cassie nickte. »Ja, und dann weiter nach Applecross.«

Die Augen der Frau weiteten sich.

»Ich habe einen Termin mit einem schottischen Schauspieler.« Sie wusste auch nicht, warum sie der fremden Frau auf die Nase band, weshalb sie gekommen war.

»Aye. Sie sind Journalistin.« Eine Feststellung, keine Frage.

»Ja. Ich bin hier, weil ich ein Interview mit Sam MacLeod führen soll.«

»Aye. Sam.«

»Sie kennen Sam MacLeod?« Cassies Neugierde war geweckt. Was hatte eine einfache Frau wie ihr Gegenüber mit Sam MacLeod zu tun?

»Natürlich.« Die Schottin faltete die Hände in ihrem Schoß.

»Aber woher?« Cassie schüttelte verwirrt den Kopf. Sie hatte mit allem gerechnet, nur nicht damit.

»Die MacLeods sind eine bekannte Familie in den Highlands, die ihren Stammsitz auf der Insel Skye hat. Ich bin seit nun fast dreißig Jahren die Haushälterin der Familie.« Der Stolz in ihrer Stimme war nicht zu überhören.

Cassie konnte ihr Glück kaum fassen. Wenn es stimmte, was sie sagte, war sie bestens mit den MacLeods vertraut. Als Haushälterin schnappte sie mit Sicherheit das eine oder andere auf. Cassies journalistischer Spürsinn war geweckt.

»Mein Name ist Cassandra Devinmoore.«

»Ella MacDonald.« Die Frau lächelte. »Sehr erfreut, Sie kennenzulernen.«

»Ganz meinerseits.« Cassie schenkte ihr ein Lächeln. »Ich frage mich gerade, warum Mr MacLeod auf ein Treffen in Applecross bestanden hat, wo doch der Hauptsitz der Familie auf Skye liegt.«

»Aye. Sams Familie gehört einem Ableger der Familie MacLeod an, zu deren ehemaligen Ländereien die Halbinsel Applecross dazu zählt«, fuhr Mrs MacDonald geduldig fort. »Die MacLeods haben einen Landsitz ganz in der Nähe des Ortes Applecross.«

»Ach, das erklärt einiges«, entgegnete Cassie trocken.

»Ja, der Junge ist sehr verbunden mit seiner Heimat. Wir sind alle mächtig stolz auf ihn.«

Mrs MacDonald sprach von Sam MacLeod, als würde es sich um ihren eigenen Sohn handeln.

»Und wie ist die Familie MacLeod so?«, fragte Cassie möglichst beiläufig. Sie wollte nicht, dass Mrs MacDonald den Eindruck bekam, ausgefragt zu werden.

»Die MacLeods gehören zu den ältesten Familien Schottlands. Mittlerweile ist die Familie über den ganzen Kontinent verstreut, aber der Stammsitz ist noch immer hier in Schottland. Rechtschaffene, gute Menschen, die ihrem Beruf nachgehen wie alle anderen auch.« Mrs MacDonald machte sich an ihrem Korb zu schaffen und zauberte zwei rote Äpfel hervor. »Hunger?«

»Sieht man es so offensichtlich?«, fragte Cassie lachend, die seit dem Frühstück nichts mehr zu sich genommen hatte.

Mrs MacDonald nickte.

»Ich habe gestern Nacht ein wenig mit meinen Freundinnen gefeiert«, erklärte sie.

Ein Lächeln huschte über das Gesicht von Mrs MacDonald. Ihr Blick wanderte zum Fenster. »Sie haben sich keinen besonders guten Tag für einen Besuch ausgesucht.«

Tatsächlich hatten sich die Wolken zu einer dichten Wolkendecke zusammengezogen und es hatte angefangen, leicht zu nieseln.

»Das ist mir egal. Ich mache das Interview und morgen früh bin ich wieder auf dem Weg nach Hause.«

»Und wo übernachten Sie, wenn ich fragen darf?«

»Im Applecross Inn.«

»Eine ausgezeichnete Wahl. Die Köchin ist eine Freundin von mir und für vorzügliches Essen bekannt. Viele Touristen nehmen extra den langen Weg dorthin in Kauf, um bei Gertrud zu speisen.«

»Wie ist Sam MacLeod so …« Cassie machte eine kurze Pause »… als Mensch betrachtet?«

»Ich kenne den Jungen nicht so gut. Ich habe ihn ein paar Mal auf dem Schloss getroffen.«

»Ja, aber ich schätze Sie als Frau mit einer guten Menschenkenntnis ein. Wie ist Ihr Eindruck?«, versuchte Cassie, ihr zu schmeicheln.

»Sie sind ganz schön neugierig.«

»Das bringt mein Beruf so mit sich.«

»Sam MacLeod ist ein guter Mensch. Mehr gibt es dazu nicht zu sagen.« Mrs MacDonald biss herzhaft in ihren

Apfel und kaute mit vollen Backen, ohne Anstalten zu machen, die Unterhaltung fortzusetzen.

Frustriert biss Cassie in ihren Apfel und sah nach draußen. Wieder einmal hatten sich zwei ihrer Vorurteile den Schotten gegenüber bestätigt: Starrköpfigkeit und Sturheit.

Der Zug fuhr in den kleinen Bahnhof von Dingwall ein. Mrs MacDonald packte eilig ihren Korb zusammen.

»Ich wünsche eine gute Reise und viel Glück mit Ihrem Interview. Bitte grüßen Sie Sam von mir.«

»Danke, das werde ich tun.«

Verwundert sah Cassie Mrs MacDonald hinterher, bis diese in der Menge verschwunden war.

Kapitel 4

Die Dame in der Autovermietung war äußerst freundlich und hatte ihr schnell die Schlüssel für einen Toyota Corolla in die Hand gedrückt mit dem Hinweis, dass alle Navigationsgeräte vergriffen wären. Stattdessen hatte sie Cassie einen Stoß Karten auf den Beifahrersitz gelegt und ihr die Route darauf mit einem Marker eingezeichnet. Nachdem Cassie die Empfangsbestätigung unterschrieben hatte, war sie sofort losgefahren. Sie hatte Dingwall schnell hinter sich gelassen und war der Landstraße bis zu der Abzweigung nach Applecross gefolgt. Hier teilte sich die Straße.

Langsam bog Cassie in Richtung Applecross ein. Ein großes Schild warnte die Autofahrer davor, die Straße bei schlechten Wetterbedingungen zu befahren.

Cassie runzelte die Stirn. Leichter Nieselregen hatte eingesetzt und behinderte ihre Sicht. Die Gipfel der

Berge lagen in eine weiße Nebelschicht gehüllt. Nichts, was sie daran hindern würde, dieses unsägliche Interview zu führen.

Sie schaltete einen Gang höher und fuhr weiter.

Parallel zur Straße lief ein kleiner Bach. Die Wiesen längs des Uferstreifens waren saftig grün, lediglich unterbrochen durch die bunten Farbtupfer der Wildblumen, die überall zu wachsen schienen. Die schmale Straße war durch einfache Findlinge begrenzt, die in unregelmäßigen Abständen dort abgelegt worden waren. Seitlich des Bachs erhoben sich die sanft geschwungenen Hügel der Highlands, die mit einer grünen Decke überzogen waren, unterbrochen durch grobes Gestein, das aus der Erde ragte.

Mühsam schraubte sich der Toyota die Straße hinauf. In der letzten Stunde waren Cassie nur zwei Autos entgegengekommen. Ansonsten herrschte um sie herum völlige Stille, die lediglich durch das Heulen des Windes, der an dem kleinen Gefährt zerrte, unterbrochen wurde. Die Straßenkarte lag ausgebreitet auf dem Beifahrersitz, daneben eine angebrochene Flasche Wasser, die Cassie in der Tankstelle am Ortsausgang von Dingwall erstanden hatte. Sie schaltete das Radio ein, um sich ein wenig abzulenken.

Die lange Nacht und der mangelnde Schlaf machten sich bemerkbar. Entschlossen kurbelte sie das Fenster herunter, um die Müdigkeit mit frischer Luft zu verscheuchen. Einmal mehr verfluchte sie Trish dafür, dass sie einem Interview an diesem gottverlassenen Ort zugestimmt hatte.

Der Regen nahm stetig zu. Dicke Tropfen prasselten gegen die Windschutzscheibe. Cassie musste das Fenster schließen und den Scheibenwischer einschalten. Langsam fuhr sie weiter, die Augen starr auf die Straße gerichtet.

Wie aus dem Nichts stoppte der Regen. Sehr zu Cassies Erleichterung, denn die Dämmerung hatte bereits eingesetzt und die Farben der Umgebung verwischten langsam zu einem dumpfen Grau.

Hinter der nächsten Anhöhe tauchten die ersten Bäume entlang der Straße auf und wie aus dem Nichts lag das Meer zu ihren Füßen, eingebettet in die Ausläufer der Berge. Sie trat auf die Bremse. Mit einem Ruck kam der Wagen zum Stehen. Sie brauchte dringend eine kurze Pause, außerdem wollte sie einen Blick auf die Umgebung werfen. Vorsichtig stieg sie aus dem Auto.

Die Straße war noch nass vom Regen und es hatten sich große Pfützen auf dem Asphalt gebildet. Sie rekelte sich, um ihre steifen Gliedmaßen aufzulockern. Dabei glitt ihr Blick über die Landschaft.

Eine kniehohe Mauer verlief seitlich der Straße. Die Steine waren stark verwittert und Moos hatte sich darauf gebildet. Dahinter fiel eine Wiese den Hügel hinab bis zum Meer.

Weiße Schaumkronen waren trotz der Dämmerung auf der rauen Oberfläche des Wassers zu erkennen. Dort, wo die Wellen gegen das Ufer klatschten, spritzte die Gischt meterhoch. Ein atemberaubender Anblick.

Cassie holte tief Luft. Sofort füllten sich ihre Lungen mit frischer Seeluft und sie hatte den Geschmack von Seetang auf der Zunge.

Das Meer. Sie konnte sich nicht erinnern, wann sie das letzte Mal an der See gestanden und den Sand zwischen ihren Zehen gespürt hatte. Die vergangenen zwei Jahre war sie damit beschäftigt gewesen, ihr Studium erfolgreich zu beenden. Seit ihrer Anstellung bei der *StarTouch* stand ihre Karriere im Vordergrund und sie hatte bis auf ein paar wenige Tage durchgearbeitet. Der Wind zerrte an ihren Kleidern. Fröstelnd schlang sie die Arme um ihre Brust.

Einer der Gründe, warum sie dieses Interview nicht verpatzen durfte. Ronan war in dieser Hinsicht mehr als deutlich gewesen. Holly Summers wartete nur darauf, dass sie einen Fehler machte und sie ihren Platz einnehmen konnte.

Das Motorengeräusch eines Autos näherte sich. Cassie drehte sich um. Ein Land Rover kam die Landstraße mit hoher Geschwindigkeit auf sie zu. Die Scheiben des Wagens waren verdunkelt, sodass Cassie den Fahrer nicht erkennen konnte. Er fuhr viel zu schnell. Eine meterhohe Fontäne aus Matsch und Wasser spritzte ihr entgegen, als der Rover an ihr vorbeifuhr. Erschreckt sprang Cassie zur Seite.

»Hey, du Idiot!«, schrie sie und riss empört die Arme in die Luft. Doch der Rover fuhr ungerührt weiter. Anscheinend hatte der Fahrer überhaupt nichts von dem Zwischenfall bemerkt oder er ignorierte sie einfach.

Sie sah an sich hinunter. Der helle Rock war über und über mit braunen Sprenkeln übersät und auf ihren beigen Pumps klebten kleine hässliche Dreckklumpen.

Das war eine Katastrophe!

Nicht nur, dass sie einen Schokoladenfleck auf dem Po hatte. Nun sah sie aus, als ob sie in Kakao gebadet hätte. Cassie war den Tränen nahe. Sie gab einen wütenden Schrei von sich, den der Wind mit sich trug.

Als sie sich beruhigt hatte, stieg sie mit klopfendem Herzen ins Auto.

Vergessen war die wunderschöne Landschaft. Sie wollte einfach nur noch so schnell wie möglich dieses verfluchte Interview hinter sich bringen.

Schlecht gelaunt löste sie die Handbremse und fuhr los. Der schmale Streifen war holprig und führte steil nach unten in die Bucht. Zusätzlich erschwerte der dichter werdende Regen die Sicht. Sie musste sich konzentrieren, um nicht von der Straße abzukommen. Cassie schaltete einen Gang runter.

Je näher sie Applecross kam, umso mehr hatte sie das Gefühl, in eine andere Zeit versetzt zu sein. Nirgends waren Häuser oder störende Masten mehr zu sehen. Alles wirkte unberührt. Nebelschwaden hingen wie zerrissene Schleier über dem nassen Gras und in den Blättern der Bäume. Keine Menschenseele weit und breit. Sie bog um die Kurve.

Ein unscheinbares Schild mit dem Namen *Applecross* darauf verkündete, dass sie ihr Ziel erreicht hatte.

Als sie in den Ort einfuhr, traute Cassie zunächst ihren Augen nicht. Applecross bestand lediglich aus einer einzigen Küstenstraße, an der mehrere Häuser aufgereiht wie Perlen einer Kette nebeneinanderstanden. Die Straße selbst lag unmittelbar am Ufer der Bucht und war nur durch eine hüfthohe Kaimauer vom Meer getrennt.

Auf dem kleinen Platz zwischen Mauer und Straße waren mehrere Tische und Stühle aufgebaut, die den Anwohnern bei schönem Wetter als Sonnenplatz dienten, um in Gesellschaft gemütlich ein Feierabendbier zu trinken.

Gleich am Ortseingang befand sich das einzige Hotel, dessen weiße Fassade schon von Weitem leuchtete. Auf das graue Schieferdach war mit großen Buchstaben der Name *Applecross Inn* gemalt. Die hellblauen Fensterläden blitzten wie Fremdkörper zwischen dem Mauerwerk hervor. Das zweistöckige Gebäude hatte einen hölzernen Vorbau, der als Eingang diente.

Cassie parkte den Toyota seitlich an der Kaimauer. Der Land Rover, der sie bespritzt hatte, stand ebenfalls dort.

Bevor sie ausstieg, überprüfte sie kurz ihr Aussehen. Ein Dreckspritzer verlief quer über ihre Wange und ihre Haare waren vom Wind völlig zerzaust. Emilys sorgfältig aufgetragenes Make-up war zerlaufen und die Wimperntusche hatte sich unter ihren Augen als dunkler Rand abgesetzt. Fluchend nahm Cassie ein Taschentuch und spuckte darauf, um die unschönen Spuren zu beseitigen. Ihre Frisur war ebenfalls dahin. Die Feuchtigkeit hatte die sorgfältig geformten Locken in eine wilde Krause verwandelt. Ungeduldig zerrte sie mit der Bürste an ihren Haaren. Ein zweckloses Unterfangen. Da half nur zusammenbinden. So gut es ging, versuchte sie, ihrer Locken dank des Haargummis Herr zu werden, mit mäßigem Erfolg. Noch immer standen einige Strähnen wie angriffslustige Schlangen vom Kopf ab. Ihre Locken hatten ihr in der Schule den Spitznamen »Medusa« eingebracht.

Genervt klappte sie den Spiegel beiseite und stieg aus. Als Erstes würde sie sich den Besitzer des Land Rovers schnappen, der schuld daran war, dass sie wie ein gerupftes nasses Hühnchen aussah, das man in Dreck getaucht hatte. Ihr Rock war völlig ruiniert, die Pumps ebenso. Nicht gerade die optimalen Voraussetzungen für ein Interview mit einem eingebildeten Schauspieler. Egal, darauf konnte sie keine Rücksicht nehmen. Sie würde es mit ihrer selbstbewussten Ausstrahlung wieder wettmachen. Man durfte sich nur nichts anmerken lassen und musste so tun, als ob alles völlig normal sei.

Guter Plan. Sie straffte den Rücken und ging mit energischen Schritten zum Eingang des Applecross Inn.

Als sie die Tür zum Restaurant öffnete, schlugen ihr laute Stimmen entgegen. In der Luft hing der Geruch von Essen und schwerem Tabak. Die Theke, hinter der ein grauhaariger Mann virtuos mit den Biergläsern jonglierte, befand sich seitlich des Eingangs. Ein Feuer prasselte leise im Kamin und verströmte wohlige Wärme. Der Raum war nicht sonderlich groß und völlig mit Holz getäfelt, wie es in den Siebzigern modern gewesen war. Die Tische standen dicht gedrängt nebeneinander. Überrascht stellte sie fest, dass jeder Platz im Applecross Inn belegt war. Es wurde laut gelacht und erzählt. Alle schienen sich blendend zu verstehen.

Als Cassie den Raum betrat, herrschte augenblicklich Stille. Alle Augen waren auf sie gerichtet. Eine ungute Wärme stieg ihr den Hals hoch. Demonstrativ stemmte sie die Hände in die Hüften. »Gehört hier jemandem der Anwesenden der schwarze Land Rover?«

Instinktiv hielt sie die Luft an.

»Hey, Sam, die Kleine meint dich«, rief irgendwer.

Lautes Gelächter ertönte.

Cassies Augen wanderten auf der Suche nach dem Schuldigen über die Köpfe der Männer hinweg.

»Wieso, wer will das wissen?«

Ein Mann trat nach vorne. Cassie schnappte hörbar nach Luft. Der Typ war kein Geringerer als Sam MacLeod.

»Ähm, ich.« Sie hoffte, dass er nicht merkte, wie sehr ihre Stimme zitterte. Das Herz schlug ihr bis zum Hals.

Sam MacLeod war eine imposante Erscheinung. Er hatte die Figur eines Zehnkämpfers, breite Schultern, schmale Hüften. Seine langen, lockigen Haare umrandeten das Gesicht. Die hellen blauen Augen bildeten einen starken Kontrast zu seinen dunklen Augenbrauen. Anders als auf seinen Pressefotos zierte ein Dreitagebart sein Kinn, der sein markantes Gesicht noch unterstrich. Er trug einen traditionellen Schottenrock in den Farben Grün und Braun. Drüber hing eine Ledertasche, die mit Fell überzogen war. Die muskulösen Beine waren mit dicken Wollstrümpfen bedeckt und die Füße steckten in groben Lederschuhen. Um Hüfte und Schultern hatte er sich ein Plaid* geschlungen. Das weiße Hemd spannte über seiner Brust. Sam MacLeod sah ein wenig so aus, als wäre er aus der Vergangenheit in die Zukunft gesprungen.

Cassie schluckte trocken. Sam MacLeod kam einen Schritt auf sie zu. Sie widerstand ihrem ersten Impuls, ihm auszuweichen.

»Aye. Und wer sind Sie?« Seine Augen glitten über ihren Körper wie die eines Raubtiers, das seine Beute erfasste. Eine brennende Wärme stieg ihr den Hals hoch in die Wangen. Hastig senkte sie den Kopf, damit er es nicht sah. In der Kneipe war es mucksmäuschenstill. Mit gespannten Gesichtern verfolgten die Männer ihr Gespräch.

»Cassandra Devinmoore.« Sie streckte ihm die Hand entgegen. »Ich bin hier, um Sie zu interviewen.«

Seine Augen zogen sich unheilvoll zusammen. Er hatte sie zweifellos erkannt. Mit einem Mal fühlte sie sich nicht mehr so sicher wie noch vor wenigen Augenblicken. Sam MacLeod sah nicht aus wie ein Mann, mit dem man sich anlegen sollte.

Er nahm ihre Hand. »Sie sind also die Kolumnenfrau.« Es war ihm deutlich anzumerken, dass er sie nicht ernst nahm. »Was machen Sie hier? Man sagte mir, dass Trish Canavan das Interview führen würde.« Seinem Ton nach war er mit Ronans Wahl nicht einverstanden.

Cassies Unwohlsein wuchs mit jeder Minute, die sie in seiner Gegenwart verbrachte.

»Trish ist überraschend krank geworden und konnte leider nicht kommen. Deshalb hat man mich geschickt.« MacLeod hielt noch immer ihre Hand.

»Warum hat man mich nicht darüber informiert?«

»Ich schätze, Ronan hat es vergessen.« Cassie zuckte gleichgültig mit den Achseln. Er sollte auf keinen Fall merken, wie unsicher sie war.

»Können Sie sich ausweisen?« Sein Blick glitt über ihr verschmutztes Kostüm. Cassie wäre am liebsten im Boden versunken.

»Ausweisen? Das ist nicht Ihr Ernst!« Sie war empört. Dieser Mann behandelte sie wie eine Schwindlerin. Was bildete der sich eigentlich ein?

MacLeod nickte, ohne sich von der Stelle zu bewegen.

Cassie entzog ihm ihre Hand und fing an, hektisch in ihrer Tasche zu wühlen. Wo steckte nur ihr verflixter Presseausweis?

»Hier.« Triumphierend wedelte sie mit dem Ausweis vor MacLeods Nase.

Ohne das Dokument eines Blickes zu würdigen, fuhr MacLeod mit seinen Bloßstellungen fort. »Sie sind also die Frau, die sich Anfang des Jahres in ihrer Kolumne über uns Schotten und im Speziellen über mich lustig gemacht hat.« Eine Feststellung, keine Frage.

Cassie spürte die feindseligen Blicke förmlich in ihrem Rücken. Sam MacLeod hatte es geschafft, mit einem einzigen Satz das gesamte Lokal gegen sie aufzubringen.

»Wenn Sie meinen Artikel über die Unterschiede von Engländern und Schotten ansprechen, dann muss ich Ihre Frage mit Ja beantworten.«

»Und Sie finden nicht, dass Sie ein wenig …«, er kratzte sich publikumsträchtig am Bart, »… voreingenommen sind?« Seine Augen funkelten angriffslustig.

»Nein.« Sie verschränkte die Arme vor ihrer Brust. Ihr Kampfgeist war erwacht. Sie würde sich nicht von diesem Macho einschüchtern lassen, sondern im Gegenteil beweisen, wie recht sie mit ihrem Artikel gehabt hatte.

Ihr Gegenüber umkreiste sie wie ein Raubtier seine Beute. »Haben Sie auf dem Weg hierher mit einem Wildschwein gekämpft?« Er deutete mit einer Handbewegung auf ihren Rock. Einige der Männer lachten laut auf. Ihre

Wangen glühten. Wahrscheinlich sah sie aus, als hätte man sie kopfüber in rote Farbe getaucht.

Es schien Sam MacLeod Spaß zu bereiten, sie vor allen Menschen im Restaurant lächerlich zu machen. Was fiel diesem blöden Schotten nur ein?

»Wenn Sie sich selbst als Wildschwein bezeichnen möchten, dann soll mir das recht sein«, konterte sie. Ihre Augen musterten ihn herausfordernd. »Ich stehe zu meinem Artikel und dem, was ich geschrieben habe. Wenn Sie nicht damit einverstanden sind, können Sie mich heute ja vom Gegenteil überzeugen.« Sie warf ihm einen abschätzigen Blick zu. »Aber bisher muss ich sagen, dass ich noch viel zu nachsichtig mit Ihnen umgegangen bin.«

»Hört, hört, die Kleine hat Haare auf den Zähnen«, johlte einer der Männer.

»Ich kann nichts dafür, wenn Sie beschließen, auf der Straße ein kleines Picknick zu machen, und dass Sie ein Mensch mit Vorurteilen sind«, antwortete MacLeod süffisant.

Sie ballte die Hände zu Fäusten. »Ich wollte nur den schönen Anblick genießen, Sie Ignorant.« Mittlerweile war es ihr egal, was dieser eingebildete Affe von ihr dachte.

»Das Lassie ist ein echter Wildfang!«, kommentierte Sam MacLeod sehr zur Belustigung der Anwesenden. Beifallrufe ertönten.

»Dann solltest du sie zähmen«, grölte irgendjemand.

»Es wäre nett, wenn Sie mich nicht als Lassie oder Wildfang bezeichnen würden«, konterte sie spitz. »Ich bin schließlich kein Hund.«

Seine Mundwinkel zuckten verdächtig. »›Lassie‹ ist die gälische Umschreibung für ein Mädchen oder eine Frau, und das Wort Wildfang muss ich Ihnen hoffentlich nicht erklären.«

Sam MacLeod war ein überheblicher Idiot, so viel war sicher.

»Danke für die Nachhilfe in Gälisch, aber ich weiß durchaus, was das Wort ›Lassie‹ bedeutet«, schnauzte sie zurück.

Er zuckte gleichgültig mit den Schultern. Seine blauen Augen blitzten gefährlich. Dabei sah er geradezu unverschämt gut aus, was Cassie nur noch wütender machte. Dieser Kerl bildete sich wahrscheinlich ein, dass er sich alles erlauben konnte, aber da hatte er sich getäuscht!

»Und was gedenken Sie, wegen meiner Kleider zu unternehmen?« Im gleichen Moment wusste sie, dass es ein Fehler gewesen war. Sie hatte ihm quasi eine Vorlage geliefert, um sie noch weiter bloßzustellen.

Er grinste sie breit an und legte makellose weiße Zähne frei. »Ich könnte Ihnen beim Ausziehen behilflich sein.«

Lautes Gejohle und Pfiffe waren zu hören.

»Bevor ich mich von Ihnen ausziehen lasse, gefriert die Hölle«, zischte sie und verschränkte unwillkürlich die Arme vor der Brust.

Seine Augen blieben spöttisch an ihrem Ausschnitt hängen. »Keine Angst, ich tue nichts, was Sie nicht möchten.«

Die feinen Härchen entlang ihrer Arme stellten sich auf. War sie eben noch eingeschüchtert gewesen, war sie jetzt wütend. Der Mann hatte Wertvorstellungen von einer Frau wie im vorigen Jahrhundert. Aber das würde sie ihm schon austreiben. »Ist das der Punkt, wo ich in Tränen ausbrechen sollte?« Sie zitterte am ganzen Körper. »Wir sind hier nicht beim Film, Mr MacLeod, und ich wäre Ihnen sehr verbunden, wenn Sie mich in Ruhe lassen würden.«

»Und ich dachte, Sie wollten mit mir ein Interview führen.« Seine Augenbraue schnellte nach oben und um seinen Mund spielte ein Lächeln. Es war offensichtlich, dass er sich seiner Position ihr gegenüber bewusst war.

»Es war meine Kollegin, die das Interview mit Ihnen führen wollte, nicht ich! Ich bin hier, weil ich muss!«, betonte sie. Sie war sich bewusst, dass sie mit dem Feuer spielte. Wenn er sie jetzt hinausschmiss, hatte sie verloren und musste mit leeren Händen nach London zurückkehren. Aber es wurde Zeit, dass jemand diesem versnobten Kerl eine Lektion erteilte. »Nicht jede Frau in England steht auf schottische Schauspieler.«

Pfiffe ertönten. Interessiert verfolgten die Gäste den Schlagabtausch zwischen ihr und MacLeod, als würde es sich um das Wimbledon-Finale handeln.

»Und ich dachte immer, alle Engländerinnen sind neugierig darauf, was wir unterm Kilt tragen.«

»Mr MacLeod …« Sie sog hörbar die Luft ein. »Es ist mir wirklich herzlich egal, was Sie unter Ihrem Schottenrock tragen, das können Sie mir glauben, solange Sie mich nicht damit belästigen. Ich wäre Ihnen zutiefst dankbar, wenn Sie mir ein paar Fragen beantworten würden, damit ich mich so schnell wie möglich wieder auf den Weg nach London machen kann.«

Draußen war das Grollen eines nahenden Gewitters zu hören.

»Eine Sassenach, wie sie im Buche steht«, kommentierte jemand aus den Reihen der Gäste.

Sie verzichtete darauf, zu fragen, was das Wort *Sassenach* bedeutete, da sie fürchtete, sich wieder einen blöden Spruch einzufangen. Eine Beleidigung war es zweifellos.

»Einverstanden. Sie haben eine Viertelstunde, um Ihre Fragen zu stellen.« Er sprach mit der Stimme eines Richters, der sein Urteil fällt.

Fünfzehn Minuten! Das reichte kaum, um den obersten Teil ihrer Fragen abzuarbeiten, geschweige denn, einen ordentlichen Bericht zu schreiben. Sie hatte den ganzen Tag im Flugzeug und im Zug verbracht, nur um ein Interview mit Sam MacLeod zu führen – ein Interview, das ihre Karriere vorantreiben sollte. Und nun sollte sie nur fünfzehn Minuten bekommen?

»Einverstanden!«, presste sie notgedrungen hervor. Tränen brannten in ihren Augen.

»Gut«, nickte Sam MacLeod zufrieden. »Dann lassen Sie uns nach hinten gehen.«

Ohne sie weiter zu beachten, machte er auf dem Absatz kehrt und bahnte sich den Weg durch die Menge zum hinteren Teil des Raumes. Cassie spürte, wie ihr die Blicke folgten. Es hätte sie nicht gewundert, wenn einer der Männer sie angespuckt hätte. Lediglich die Wirtin nickte ihr aufmunternd zu.

Als sie den Tisch erreichte, saß MacLeod bereits und trank aus einem Glas. Der goldbraunen Flüssigkeit nach zu urteilen, musste es sich um Whisky handeln.

Meine Güte, der Mann war ein lebendes Klischee. Nicht nur, dass er einen Schottenrock trug, ein Riese mit dem Kreuz eines Preisboxers war und kastanienbraune Haare hatte. Nein, der Kerl hatte auch noch das Benehmen eines schottischen Bauern. Ungehobelt. Grob. Rücksichtslos.

Wortlos ließ sie sich auf dem harten Stuhl nieder und holte ihr Diktiergerät aus der Tasche.

»Die Zeit läuft.« Mit einem selbstgefälligen Lächeln lehnte sich Sam MacLeod in seinem Stuhl zurück und wartete.

Draußen blitzte es und das Licht im Restaurant flackerte für einen Moment.

»Mr MacLeod«, sie räusperte sich, »Sie sind durch die Serie ›Scottish Kisses‹ bekannt geworden. Gab es vorher schon Filme, in denen wir Sie bewundern konnten?«

»Als gut informierte Journalistin sollten Sie eigentlich wissen, dass ich bereits zuvor einige recht erfolgreiche Filme gedreht habe.« Ein Lächeln umspielte seinen Mund. Er nannte ihr die Namen von Filmen, die sie noch nie zuvor gehört hatte.

»Ähm.« Sie funkelte ihn wütend an. »Vielleicht möchten Sie unseren Leserinnen verraten, welche Projekte in der Zukunft geplant sind.«

»Das würde ich gerne, aber leider bin ich zu Stillschweigen verpflichtet.«

Wieder dieses unverschämte Grinsen.

Cassie kochte innerlich vor Wut. *Reiß dich zusammen*, ermahnte sie sich selbst.

»Sie sind Schotte?«

»Wie man unschwer an meiner Kleidung erkennen kann, ja.« Er warf einen Blick auf seine Armbanduhr. Cassie war sich sicher, dass er es nur tat, um sie zu verunsichern. »Ich bin in Schottland geboren und aufgewachsen. Aber das wissen Sie als gut informierte Journalistin ja bereits.«

Sie nickte. Wenn sie auch nur einen vernünftigen Satz aus ihm herausbekommen wollte, musste sie ihre Taktik ändern. »Der Familiensitz des Clans MacLeod ist auf der Insel Skye. Warum haben Sie sich ein Treffen mit der *StarTouch* in Applecross gewünscht?«

Für einen kurzen Augenblick war das Lächeln aus seinem Gesicht verschwunden, bis er sich wieder im Griff hatte. »Wir MacLeods sind ein umtriebiges Völkchen und die Halbinsel Applecross ist Teil des MacLeod-Anwesens in Schottland. Warum also nicht?«

»Was hat Sie bewogen, Schauspieler zu werden?«

»Das Gleiche, das Sie bewogen hat, Journalistin zu werden«, kam es wie aus der Pistole geschossen.

»Eine Art Berufung also?«

»Ich würde es eher als Traum bezeichnen wollen.« Er sah sie an. Für den Bruchteil einer Sekunde trafen sich ihre Blicke.

Der Mann hatte wirklich die blauesten Augen, die sie jemals gesehen hatte. Unglaublich. Ihre Kehle fühlte sich ausgetrocknet an und ihr Herz schlug ihr bis zu den Ohrläppchen. Was war nur los mit ihr? Normalerweise war sie nicht auf den Mund gefallen. Er sah sie noch immer an. Eine verräterische Röte kroch ihr den Hals hoch. Hastig senkte sie den Kopf.

»Ms Devinmoore?« Seine Mundwinkel zuckten verdächtig. Lachte er über sie?

»Ja?«

»Die Zeit läuft. Sie wollen mir bestimmt noch ein paar Fragen stellen, oder nicht?«

»Haben Sie eine Freundin?« Der Satz war ihr herausgerutscht. Im gleichen Moment bereute sie es.

Wieder dieses unverschämte Grinsen.

»Wer will das wissen? Sie oder die Leserinnen der *StarTouch*?« Er beugte sich nach vorne. Sein Gesicht war kaum eine Handbreit von ihrem entfernt. Sein warmer Atem streifte ihre Wange.

»Mr MacLeod, ich bin hier, um Ihnen Fragen für die *StarTouch* zu stellen, und nicht, um Sie persönlich auszufragen. Mich interessiert es herzlich wenig, ob und mit wem Sie zusammen sind.«

»Natürlich. Ich dachte nur, weil Sie ständig rot werden, wenn Sie mich etwas fragen.«

Wie auf Kommando verstärkte sich das Wärmegefühl in ihren Wangen. Wahrscheinlich hatte ihr Gesicht mittlerweile die Farbe eines Nuklearsprengkopfs angenommen. *Mistkerl.* Es schien ihm geradezu ein diebisches Vergnügen zu bereiten, sie bloßzustellen.

»Tja, leider ist die Viertelstunde schon um. Ich hätte mich wirklich gerne weiter mit Ihnen unterhalten, aber die Pflicht ruft.« Er reichte ihr die Hand.

Cassie starrte ihn mit offenem Mund an. Das konnte unmöglich sein Ernst sein! »Aber …«, protestierte sie schwach.

»Ja?« Er gab dem Wirt ein Zeichen. Draußen donnerte es derart laut, dass Cassie instinktiv den Kopf einzog, was MacLeod mit einem spöttischen Lächeln quittierte.

»Nichts.« Sie schlug ein. »Vielen Dank, Mr MacLeod.«

»Ms Devinmoore. Es war mir ein Vergnügen.« Er kippte den restlichen Whisky mit einem Zug hinunter.

Sie nahm an, dass er den letzten Satz wörtlich gemeint hatte.

»Douglas, noch einen.« Er hielt sein Glas in die Höhe.

»Aber ich dachte, Sie müssten los.« Cassie starrte ihn fassungslos an.

»Habe ich das gesagt?«

Sie schüttelte den Kopf, die Lippen fest aufeinandergepresst. »Ich dachte nur, weil...« Sie brach ab. »Könnte ich noch ein Foto von Ihnen machen?«

»Nur, wenn Sie mit auf dem Bild sind. Ich fühle mich sonst so alleine.«

Das war eine glatte Lüge und Cassie wusste es.

»Leider muss ich ablehnen.«

»Dann schließe ich mich Ihnen an.« Er stand auf und seine Augen suchten die ihren. »Ach, Ms Devinmoore, bevor ich es vergesse.«

»Ja?« Sie sah ihn erwartungsvoll an. Ein Fehler, denn sofort nahmen seine Augen sie wieder gefangen.

Sam MacLeod zog ein Bündel Geldscheine aus seinem Kilt hervor. Er legte vier der Scheine vor ihr auf den Tisch. »Ich schätze, das sollte genügen, damit Sie sich ein neues Kostüm kaufen können. Von dem Rest können Sie einen Schluck Whisky auf mein Wohl trinken. Einen schönen Abend noch.«

Er tippte sich mit seinem Zeigefinger gegen die Schläfe, und bevor sie etwas entgegnen konnte, hatte er ihr seinen breiten Rücken zugewandt und verschwand in der Menge.

Cassie starrte auf die Geldscheine vor sich auf dem Tisch. Ihre Augen brannten. Es waren vier Einhundertpfundnoten. Sie schluckte, um nicht in Tränen auszubrechen. Sam MacLeod hatte ihr eine Lektion erteilt, die sie so schnell nicht vergessen würde.

Wütend und beschämt zugleich schnappte sie sich das Geld und ihre Tasche und rannte unter den verwunderten Blicken der Gäste durch das Lokal hinaus.

Es war bereits dunkel, als sie ins Freie trat. Der eiskalte Wind peitschte ihr ins Gesicht. Die Regentropfen fühlten sich wie winzige Nadelstiche auf ihrer Haut an. Der kurze Weg bis zum Auto genügte, dass sie komplett durchnässt war. Tränen brannten in ihren Augen und verschleierten ihr die Sicht. Sam MacLeod hatte sich als ebenbürtiger Gegner herausgestellt. Noch nie war sie so gedemütigt worden. Dieses Zusammentreffen war eine einzige Katastrophe gewesen und der Sargnagel für ihre Karriere. Ronan würde ihr nie mehr einen Job anvertrauen. Sie hatte sich zum Gespött der Branche gemacht.

Fluchend ließ sie sich auf den Fahrersitz gleiten. Zumindest war sie im Trockenen. Ihre Klamotten hingegen waren pitschnass und eine unangenehme Kälte kroch darunter.

Grelle Blitze zuckten am Horizont, begleitet durch das Grollen des Donners. Wellen schlugen gegen die Kaimauer und die Gischt spritzte hoch bis zur Straße. Es herrschte eine geradezu apokalyptische Stimmung.

Cassie warf einen sehnsüchtigen Blick zum Applecross Inn. Ihr Magen meldete sich laut knurrend zu Wort. Sie hatte seit dem Frühstück nichts mehr gegessen. Eigentlich hatte sie gehofft, gemütlich im Inn zu Abend zu essen. Für einen winzigen Moment war sie versucht, zurückzugehen und es sich im Restaurant gemütlich zu machen, schließlich hatte sie ein Zimmer für die Nacht dort reserviert. Sie könnte sich einfach durch die Hintertür nach oben zu den Zimmern schleichen, aber dann lief sie Gefahr, diesem aufgeblasenen Idioten noch einmal über den Weg zu laufen. Etwas, das sie unter allen Umständen vermeiden wollte.

Aus dem Augenwinkel sah sie eine einsame Gestalt über den Hof laufen. Sie trug schweres Ölzeug als Schutz gegen das Unwetter und hatte die Kapuze tief ins Gesicht gezogen. Mit wenigen Schritten hatte sie Cassies Auto erreicht und klopfte gegen die Scheibe.

Verwundert ließ Cassie das Fenster herunter.

»Miss, Sie dürfen jetzt nicht mit dem Auto fahren.« Es war die ältere Frau, die sie zuvor hinter dem Tresen des Applecross Inn gesehen hatte. »Bei dem Wetter ist es zu gefährlich«, schrie die Wirtin gegen das Heulen des Windes an.

Cassie schüttelte den Kopf. »Ich gehe auf keinen Fall zurück.« Regentropfen fielen auf ihr Gesicht.

»Miss, seien Sie doch vernünftig.«

»Nein, aber vielen Dank.«

»Typisch Engländer. Keine Ahnung vom Wetter.« Die Frau blickte ihr direkt ins Gesicht. Missbilligung stand in ihren Augen geschrieben. »Ich sehe doch, dass Sie frieren.«

»Danke, ich komme schon klar«, erwiderte Cassie trotzig.

»Aye. Ganz wie Sie wünschen.« Die Frau trat einen Schritt zurück. Cassie hörte, wie die Frau das Wort »Sassenach« in die Dunkelheit rief.

Kurz entschlossen startete Cassie den Wagen. Der Motor des Toyotas heulte auf, dann machte das Auto einen Satz nach vorne und schoss über die Straße.

Applecross und dieser überhebliche Sam MacLeod konnten ihr gepflegt den Buckel runterrutschen.

Im Rückspiegel sah sie, wie die Frau kopfschüttelnd über den Parkplatz zurück in das warme Inn eilte. Die wenigen Straßenlaternen hatte sie bald hinter sich gelassen. Nun war es dunkel um sie herum. Blitze erhellten sekundenlang den Himmel und warfen ihr gespenstisches Licht auf die nasse Straße.

Die Sicht wurde durch den starken Regen zusätzlich erschwert. Cassies Hände umklammerten das Lenkrad und ihre Knöchel traten weiß hervor. Mühsam schraubte sich der Toyota die steile Straße den Berg hoch.

Ihre Augen hafteten auf dem Asphalt, wo die Pfützen das Licht der Scheinwerfer reflektierten. Der Wind rüttelte an dem kleinen Wagen.

Cassie hatte Mühe, die Spur zu halten. Sie schaltete in den nächsten Gang.

Ihr Herz wummerte wie verrückt gegen ihre Brust. Sam MacLeods Augen tauchten in ihrem Kopf auf.

Was für ein überheblicher Idiot! Er hatte von Anfang an vorgehabt, sie bloßzustellen. Dieses ganze Interview war eine einzige Farce gewesen.

Sie seufzte. Irgendwie war es ein ungeschriebenes Gesetz, dass Männer, die gut aussahen, gleichzeitig einen schlechten Charakter hatten. Die meisten attraktiven Männer wussten um ihre Wirkung auf Frauen und nutzten sie zu ihren Zwecken. Sam MacLeod bildete darin keine Ausnahme. Eigentlich hätte sie sich denken können, dass das Interview ein Reinfall werden würde.

Ein Schauspieler und noch dazu Schotte. Eine schlechtere Kombination aus Egoismus und Sturheit konnte es kaum geben. Sie war MacLeod direkt in die Arme gelaufen und er hatte die Situation offensichtlich zu seinen Gunsten genutzt.

Es blieb die Frage, was ihr Boss dazu sagen würde. Wahrscheinlich würde Ronan sie in Stücke reißen, wenn er hörte, dass sie das Interview mit dem Schauspieler vermasselt hatte. *Shit. Shit. Shit.*

Cassie warf einen kurzen Blick auf die Uhr. Es war bereits neun. Wenn sie Dingwall noch zu einer zivilisierten Uhrzeit erreichen wollte, musste sie Gas geben.

Der Regen lief in dicken Schlieren die Scheibe hinunter. Cassie kniff die Augen zusammen in der Hoffnung, die Straße besser erkennen zu können. Draußen war es stockdunkel, als hätte der Sturm jedes vorhandene Licht geschluckt.

Die warnenden Worte der Frau kamen ihr in den Sinn. *Fahren Sie nicht, warten Sie, bis sich der Sturm gelegt hat!* Vielleicht hätte sie ihren Rat annehmen und die Nacht im Inn verbringen sollen? Aber dafür war es jetzt zu spät.

Bei dem Gedanken an die steil abfallenden Felsen links der Straße und an das tosende Meer wurde ihr mulmig zumute.

Ein Fahrfehler konnte fatale Folgen haben. Vorsichtshalber drosselte sie das Tempo, um in die Kurve zu fahren, als der Toyota von einer kräftigen Böe getroffen wurde. Der Wagen machte einen Satz zur Seite.

Panisch riss Cassie das Steuer herum und brachte den Toyota zurück auf die Fahrbahn. Ein Schweißtropfen lief ihr kitzelnd zwischen den Brüsten runter. Die Lippen fest aufeinandergepresst, fuhr sie weiter. Ihr war eiskalt. Die Finger fühlten sich bereits taub an und die Gänsehaut auf ihren Armen und Beinen wollte nicht verschwinden. Sie sehnte sich nach einem heißen Bad und trockener Kleidung. Sobald sie in Dingwall ankam, würde sie sich ein Hotel suchen und versuchen, diesen ganzen unseligen Tag einfach zu vergessen. Sam MacLeod konnte ihr gestohlen bleiben.

Langsam fuhr sie den Berg in einer sanften Kurve hinunter, begleitet durch das Heulen des Windes. Blätter und kleine Zweige flogen durch die Luft und landeten auf der Windschutzscheibe des Toyotas. Das Unwetter tobte mit ungebrochener Kraft und die Sicht wurde mit jedem Meter, den sie fuhr, schlechter.

Außerdem machte ihr die Müdigkeit zu schaffen. Die Augenlider fühlten sich schwer an, als hätte jemand Gewichte daran gehängt, und das monotone Brummen des Motors versetzte ihr den Rest.

Rumms. Der Wagen fuhr durch ein Schlagloch.

Der Toyota machte einen Satz nach vorne und Cassie wurde aus ihrem Sitz gehoben und unsanft gegen den Sicherheitsgurt gedrückt. Fluchend fuhr sie weiter. Das Licht der Scheinwerfer huschte über den nassen Asphalt.

Rumms. Wieder ein Schlagloch. Noch ein paar von den Dingern und ihre Bandscheiben waren endgültig kaputt.

Noch eine Stunde, bis sie endlich in Sicherheit und im Warmen war. Sie schaltete das Radio ein, um sich abzulenken und die Müdigkeit zu verscheuchen.

Lautes Rauschen und Stimmfetzen tönten ihr aus den Lautsprechern entgegen. Sie warf einen Blick auf die Einstellungen. Es musste an diesem gottverlassenen Ort doch einen vernünftigen Radiosender geben.

Endlich. Leise Dudelsackklänge ertönten. Nicht das, was sie sich unter guter Musik vorstellte, aber besser als das beunruhigende Heulen des Windes. Mit der Hand tastete sie nach ihrer Tasche auf dem Beifahrersitz, um das Kaugummi herauszuholen, das sie vorsorglich eingepackt hatte. Verdammt, wo war die Packung nur? Ein Blick zur Seite genügte und sie hatte es gefunden.

Sie sah wieder geradeaus. Wie aus dem Nichts traf der Scheinwerfer auf etwas Weißes, das mitten auf der Straße stand – keine zehn Meter entfernt. Ein Tier. Cassie schrie laut auf.

Mit voller Wucht trat sie auf das Bremspedal. Für den Bruchteil einer Sekunde sah Cassie die Augen des Schafes im Scheinwerferlicht panisch aufleuchten. Lautes Quietschen und das Knirschen der Reifen auf dem Asphalt.

Ihre Hände hielten das Lenkrad fest umklammert. Der Wagen geriet ins Schleudern und sie wurde gegen den Sitz gedrückt. Wie in Zeitlupe nahm sie wahr, wie sich das Auto um die eigene Achse drehte. Cassie wurde in ihrem Sitz hin und her geschleudert. Für einen Moment wusste sie nicht mehr, wo oben und unten war.

Der Toyota schlitterte von der Straße. Mit einem Ruck wurde Cassies ganzer Körper nach vorne katapultiert. Der Gurt schnitt schmerzhaft in ihre Brust und mit einem lauten Knall ging der Airbag auf.

Bitte lass mich nicht sterben, nicht wegen eines doofen Schafs, war ihr letzter Gedanke, dann wurde sie in Dunkelheit gehüllt.

Cassie blinzelte benommen. Alles war verschwommen und in ihrem Kopf pochte ein dumpfer Schmerz. Auf ihrer Zunge lag der metallische Geschmack von Blut. Sie fror entsetzlich und ihr Körper fühlte sich taub an, als ob er nicht zu ihr gehören würde. Mühsam hob sie den Kopf.

Etwas Warmes lief ihr über das Gesicht und verschleierte ihr die Sicht. Sie blinzelte angestrengt, um etwas zu erkennen. Das Licht der Scheinwerfer verlor sich im hohen Gras. Es regnete stark und kleine Nebelschwaden stiegen aus der feuchten Erde nach oben.

Was war passiert?

Warum lag sie offensichtlich verletzt im Auto?

Wo war das Schaf?

Sie war verwirrt. Aus dem Augenwinkel registrierte sie ein grelles Licht, das langsam auf sie zukam. Sie öffnete den Mund, um nach Hilfe zu rufen, aber alles, was sie zustande brachte, war ein heiseres Stöhnen. Es klang kläglich. Jegliche Kraft war aus ihrem Körper gewichen. Ihr Versuch, die Hand zu heben, scheiterte. Sie hing schlaff wie eine Puppe über dem Airbag. Das Licht leuchtete auf und sie erkannte die Umrisse eines Mannes. Hilflos musste sie mitansehen, wie die Gestalt immer näher kam. Unter lautem Quietschen wurde die Tür aufgerissen.

Der Lichtstrahl der Taschenlampe fiel ihr direkt in die Augen. Zeitgleich blitzte ein stechender Schmerz hinter ihren Augäpfeln auf. Stöhnend drehte sie den Kopf zur Seite. Der Mann senkte die Hand mit dem Licht.

»Miss, können Sie mich hören?« Seine Stimme war melodisch und hatte einen starken schottischen Einschlag. Er klang besorgt.

Cassie nickte leicht. Sofort war der Schmerz wieder da. Sie ächzte, unfähig, sich zu bewegen.

»Ganz ruhig, Lassie«, redete er besänftigend auf sie ein.

Das Nächste, was sie spürte, waren starke Arme, die sie vorsichtig aus ihrem Sitz hoben. Sie stöhnte leise. Ihr ganzer Körper tat weh und ihr war schrecklich schwindelig. Alles drehte sich. Hastig schloss sie die Augen und kuschelte ihren Kopf gegen die Brust des Mannes, der sie noch immer in seinen Armen hielt. Er strömte einen angenehm maskulinen Duft aus.

»Hm«, murmelte sie und drückte sich noch näher an den Brustkorb des Mannes, um seinen köstlichen Duft aufzusaugen. Der Stoff seiner Jacke kratzte auf ihrer Haut.

Eine Hand streichelte sanft über ihr Haar. »Sassenach.«

Dann wurde sie wieder von einer wohligen Dunkelheit übermannt.

Kapitel 5

Cassie träumte wild. Sie lag auf einem Bett. Zumindest glaubte sie, dass es ein Bett war. Die nassen Kleider klebten auf ihrer Haut und sie fror entsetzlich. Sie hatte fürchterliche Kopfschmerzen. Ihre Lider waren bleischwer. Mühsam öffnete sie die Augen. Für einen Moment war alles verschwommen. Es dauerte ein paar Sekunden, bis sie ihr Umfeld wahrnahm.

Vor ihr stand ein Mann. Verwundert registrierte sie, dass er bis auf seinen Kilt nackt war. Er hatte die Figur eines Zehnkämpfers. Breite Schultern, schmale Hüfte, muskulöse Beine.

Sie wollte ihm sagen, dass ihr kalt war, aber alles, was sie zustande brachte, war ein leises Stöhnen.

»Schschsch …« Der Mann nestelte an ihrer Bluse. Hilflos wie ein kleines Kind musste sie mitansehen, wie er ihr die Bluse und den Rock auszog. Seine Berührungen waren sanft und zielgerichtet zugleich. Gänsehaut überzog ihren ganzen Körper. Für einen Moment hielt er inne. Er hatte ein markantes Gesicht und in seinen katzenhaften blauen Augen spiegelte sich das Licht in kleinen gelben Punkten wider. Er sah besorgt aus. Zwischen seinen Augenbrauen hatte sich eine tiefe Falte gebildet.

Das Zittern ihres Körpers wurde stärker. Wortlos machte er sich daran, die taube Haut ihrer Arme zu massieren. Dort, wo er sie berührte, fühlte es sich an wie Hunderte von Nadelstichen. Schmerzhaft verzog sie das Gesicht.

Immer wieder sprach er beruhigend auf sie ein, während er mit kräftigen Bewegungen ihre Arme und Beine massierte. Langsam kehrte das Gefühl zurück, und mit ihm die Schmerzen. Trotzdem fror sie noch immer. Ihr war noch nie im Leben so kalt gewesen.

So fühlt es sich also an, wenn man erfriert, dachte sie erstaunt. Ihre Zähne klapperten vor Kälte.

Der Fremde machte sich an ihrem BH zu schaffen. Cassie wollte ihn davon abhalten, aber sie war zu schwach. Mit einem leisen Klick öffnete sich der Verschluss. Sekunden später zog er ihr die Unterhose aus und sie lag völlig nackt auf dem Bett. Panik kroch in ihr hoch.

Was hatte der Unbekannte vor? Zum Weglaufen war sie zu schwach. Sie war dem Fremden hilflos ausgeliefert.

Der Mann wendete ihr den Rücken zu. Benommen vor Kälte und Schmerz, sah sie, wie er sich bis auf seine Boxershorts auszog. Ehe sie einen klaren Gedanken fassen konnte, legte sich der Fremde neben sie aufs Bett. Seine Arme zogen sie an sich. Stöhnend protestierte Cassie, aber der Fremde ließ sie nicht los, sondern erhöhte den

Druck, mit dem er sie an sich presste. Auf eine eigenartige Weise fühlte es sich nicht anzüglich an, sondern eher beschützend. Noch immer redete er mit ruhiger Stimme auf sie ein.

Von seinem Körper ging eine unglaubliche Wärme aus und übertrug sich auf ihren. Mit einer einzigen Handbewegung breitete er eine Decke über sie aus. Cassie spürte, wie sich ihre Muskeln langsam entspannten.

»Schlaf, mo cridhe*«, flüsterte seine Stimme sanft in ihr Ohr. Cassie schloss entkräftet die Lider und fiel augenblicklich in einen tiefen Schlaf.

Als sie das nächste Mal die Augen aufschlug, war es halb dunkel um sie herum. Silbernes Mondlicht fiel durch ein Fenster auf ihr Bett. Sie war von einer wohligen Wärme umgeben. In ihrer Stirn pochte der Schmerz und sie fühlte sich, als würde ihr Körper in flüssigem Honig stecken.

Jede Bewegung fiel ihr unendlich schwer und die Geräusche waren seltsam gedämpft. Alles war verschwommen. Sie blinzelte angestrengt. Von irgendwoher roch es nach Feuer.

Langsam gewöhnten sich ihre Augen an die Dunkelheit und der Raum um sie herum gewann an Kontur. Noch orientierungslos sah sie sich um. In der Mitte der gegenüberliegenden Wand war ein Kamin eingelassen, in dem ein Feuer prasselte. Grelles Licht flammte von draußen auf und fiel durch das Fenster.

Ein Blitz, schoss es ihr durch den Kopf. Für den Bruchteil einer Sekunde war es taghell. Der Struktur der Wände nach zu urteilen, waren sie aus grobem Stein gemauert. Von der Decke hing ein einfacher Kronleuchter herab, in dem sich glitzernd das Mondlicht fing.

Wo bin ich? Sie konnte sich nicht daran erinnern, schon jemals hier gewesen zu sein. Der Raum war ihr gänzlich unbekannt. Das Bett, in dem sie lag, war so groß, dass eine vierköpfige Familie bequem darin Platz gefunden hätte. Vorsichtig strich sie mit der Hand über die seidige Bettwäsche, die sie einhüllte wie ein Kokon.

Wie war sie hierhergekommen?

Tastend fuhr sie mit der Hand unter die Decke, entlang ihres Körpers. Ihr Puls schnellte in die Höhe, als ihre Finger zurückmeldeten, was sie befürchtet hatte. Sie war nackt.

Mit einem Ruck richtete sie sich auf und wurde sogleich mit einem stechenden Schmerz im Kopf bestraft. Sie fuhr mit der Hand an die Stelle. Jemand hatte ihr die Stirn verbunden. Sie war verletzt. Eigenartig. Wie lange hatte sie geschlafen? Erschöpft ließ sie sich zurück auf das Kopfkissen sinken und schloss die Augen. Ihr Herz schlug wie wild gegen ihre Brust. Sie fühlte sich unendlich müde und jeder Knochen in ihrem Körper tat ihr weh, als hätte man sie verprügelt. Bilder wirbelten durch ihren Kopf. Wunderschöne blaue Augen, die sie ansahen, während eine Stimme sanft mit ihr sprach.

Sie erinnerte sich an Blitze und das Grollen des Donners. Sie war mit dem Auto gefahren und es hatte geregnet. Aber was war dann passiert?

Das Letzte, was sie noch wusste, war das Schaf, das völlig unerwartet auf der Fahrbahn gestanden hatte. Das Quietschen der Reifen gellte in ihren Ohren. Und dann war der Mann gekommen, hatte sie aufgehoben und weggetragen.

Aber wer war der Mann? Und wo war er jetzt?

Müdigkeit übermannte sie. Einen Wimpernschlag später war sie eingeschlafen.

Als sie die Augen wieder aufschlug, war es hell. Der dumpfe Schmerz in ihrem Kopf war noch da. Benommen vom Schlaf richtete sie sich mühsam auf. Das Feuer im Kamin war ausgegangen. Jemand hatte ein Glas Wasser neben ihr Bett auf den Nachttisch gestellt.

Sie lag in einem Schlafzimmer, dessen Wände aus einfachem Stein gehauen waren. Regentropfen trommelten gegen das Fenster. Das Unwetter tobte also weiterhin mit ungebrochener Kraft. Blitze leuchteten auf und es donnerte.

Im selben Moment ging die Tür auf und ein Mann betrat den Raum. Erschreckt zuckte sie zusammen. Es war der Fremde aus ihrem Traum. Nur dass er diesmal nicht nackt war. Er trug ein T-Shirt und dazu einen Kilt. Seine Waden waren von dunklen Wollstrümpfen bedeckt und seine Füße steckten in derben Lederschuhen. Seine lockigen Haare waren am Hinterkopf zusammengebunden. Ein Schotte?

»Madainn mhath.« Seine Augen glitten zu ihren nackten Brüsten. »Snog*.«

Mit einem Schrei riss Cassie die Decke schützend vor ihre Brust.

Ein Lächeln huschte über sein Gesicht. »Wie ich sehe, bist du endlich aufgewacht.«

»Wo bin ich?« Ihre Stimme war kaum mehr als ein heiseres Ächzen. Sie schluckte trocken.

»In Callekille Cottage.«

»Wer sind Sie und warum bin ich hier?«, fragte sie. Ihr Fluchtinstinkt war erwacht.

Er stutzte für einen Moment. »Aye. Du hast wirklich keine Ahnung, wer ich bin?« Seine dunkle Stimme ließ ihr eine Gänsehaut die Arme entlanglaufen.

Sie schüttelte den Kopf. Er trat einen Schritt auf sie zu. Instinktiv wich sie zurück.

»Hey, keine Angst, ich bin es doch – Sam«, sagte er lächelnd.

»Sam?« Sie musterte ihn genauer. Der Mann aus ihren Träumen hieß also Sam.

»Haben Sie mich …?« Sie deutete mit einer schwachen Kopfbewegung auf ihren Körper unter der Decke.

»Ausgezogen?«, vollendete er ihren Satz. Er nickte. »Du warst halb erfroren und verletzt. Ich hatte Angst um dich.« So wie er es sagte, klang es wie die selbstverständlichste Sache auf der Welt.

»Um mich?« In ihrem Kopf herrschte völliges Chaos. Warum tat der Fremde so, als ob er sie kannte, und warum war sie halb erfroren gewesen? Der Unfall! Sie musste sich bei dem Unfall verletzt haben und er hatte sie gefunden.

»Natürlich.« Er sah unglaublich gut aus.

»Aber ich kenne Sie doch gar nicht.« Sie dachte daran, wie sie in ihrem Traum nackt und frierend vor ihm auf dem Bett gelegen hatte. Eine heiße Welle flutete ihr Gesicht.

»Aye, Cassie.«

Sie zuckte zusammen, als er sie direkt ansprach. Woher wusste der Fremde ihren Namen? Panisch suchte sie in ihrem Kopf nach Antworten, aber dort herrschte absolute Leere. Vereinzelte Bilder, die irgendwie nicht zusammenpassten.

»Du hast keine Ahnung, was mit dir passiert ist und wer ich bin?« Ungläubigkeit stand ihm in sein markantes Gesicht geschrieben.

Ihre Augen schwammen in Tränen. Sie blinzelte hart, um sie zu verscheuchen. »Nein.«

Er trat noch einen Schritt auf sie zu und war jetzt keine Handbreit mehr vom Bett entfernt. »Nicht die kleinste Kleinigkeit?«

Sie presste die Lippen aufeinander und schüttelte kaum merklich den Kopf. Ihr Herz schlug ihr bis zum Hals und ihre Hände waren schweißnass.

»Weißt du wenigstens deinen Namen?«

»Cassandra Devinmoore«, antwortete sie wie aus der Pistole geschossen.

Er strich sich nachdenklich mit der Hand über das Kinn. »An was kannst du dich sonst noch erinnern?«

Sie schluchzte verzweifelt. Warum quälte er sie? »Nichts.« Panisch suchten ihre Augen die seinen.

Er ließ sich neben ihr auf der Bettkante nieder. Behutsam nahm er ihre Hand. »Cassie, bitte mach dir keine

Sorgen. Alles wird wieder gut, hörst du? Ich passe auf dich auf.«

»Aber wer sind Sie?«, wiederholte sie ihre Frage.

»Sam MacLeod – dein Mann.«

Kapitel 6

Sie wollte etwas sagen, aber in ihrem Kopf herrschte absolutes Vakuum. Stattdessen starrte sie ihn mit offenem Mund an, während ihr Verstand noch damit beschäftigt war, die Information zu verarbeiten.

Sam MacLeod. Ihr Mann?

Jede Zelle ihres Körpers war in Aufruhr und sie fühlte sich, als ob sie Fieber hätte. Eigentlich hätte sie sich freuen müssen, schließlich war Sam MacLeod ein äußerst attraktives Exemplar seiner Gattung, das ihren Hormonhaushalt alleine durch seine pure Anwesenheit durcheinanderbrachte – aber verheiratet? Sie suchte in ihrem Kopf nach Antworten auf ihre Fragen, aber da war nichts.

»Das kann nicht sein. Ich bin nicht verheiratet«, widersprach sie. Ihr Blick wanderte zu ihren Fingern der linken Hand. Kein Ring. Noch ein Hinweis darauf, dass er log. Zeitgleich fragte sie sich, warum er das tun sollte.

»Ich habe ihn dir sicherheitshalber ausgezogen, falls deine Finger anschwellen.« Er musste ihren Blick aufgefangen und ihre Gedanken erraten haben.

Sie nickte, die Augen auf seine Hand gerichtet, wo ein Siegelring seinen Finger zierte.

»Und wo ist deiner?«

»Wir MacLeods sind ziemlich traditionell veranlagt. Die Männer des MacLeod-Clans tragen als Ehering den Wappenring des Clans.« Er lächelte sie an.

»Wenn ich mit dir verheiratet sein soll, möchte ich sofort meinen Ring sehen.« Ihr Puls raste. Sie brauchte einen handfesten Beweis, dass sie wirklich die Frau von Sam MacLeod war.

»Aye. Ich hole ihn dir gleich.«

»Jetzt bitte!«, beharrte sie. Sie konnte keine Sekunde länger mit dieser Ungewissheit leben.

Er sah sie nachdenklich an. »Natürlich. Warte einen Moment.«

Mit klopfendem Herzen sah sie, wie Sam durch die Tür verschwand.

Konnte es wirklich sein, dass Sam MacLeod ihr Mann und dass dies ihr Ehebett war? Sofort waren die Bilder ihres Traumes wieder in ihrem Kopf. Wie Sam sie behutsam ausgezogen und mit seinem Körper gewärmt hatte. Es hatte sich so gut angefühlt, ihn an ihrer Seite zu spüren. Vielleicht hatte er doch die Wahrheit gesagt und sie war tatsächlich seine Frau?

Ein Geräusch ließ sie hochschrecken. Sam war zurück. Mit katzenartigem Gang kam er zu ihr ans Bett.

»Hier, mo cridhe … dein Ring.« Es war ein Goldring mit einem geschwungenen Herz in der Mitte, über dem eine winzige Krone schwebte. Eine Distelblüte rankte sich um das Herz.

»Er ist wunderschön«, hauchte sie.

»Ein schottischer Luckenbooth-Ring. Ich habe ihn damals für dich ausgesucht, weil du so mit der schottischen Kultur verbunden bist.« Ein Lächeln huschte über sein Gesicht und winzige Fältchen bildeten sich um seine Augen.

Sie betrachtete den Ring. »Wie lange sind wir schon …?«

»Verheiratet?«

Sie nickte. Ihre Blicke kreuzten sich.

»Im September sind es zwei Jahre.« Er lächelte sie an. »Die wunderschönste Zeit meines Lebens.«

Zwei Jahre. Tränen hatten sich in ihre Augen geschlichen. Sie war verheiratet und konnte sich an nichts davon erinnern. Nicht die kleinste Kleinigkeit. Ihr Leben war ein unbeschriebenes Blatt für sie. Ihr Plus schaltete einen Gang höher bei dem Gedanken und ihre Handflächen waren von einem feuchten Film überzogen. Sie stand definitiv unter Schock.

»Warte.« Behutsam nahm er ihre linke Hand und streifte ihr den Ring über, der viel zu locker auf ihrem Finger saß.

Bei dem Anblick ihrer Hand mit dem goldenen Ring stockte ihr der Atem. Das Gold schimmerte samtig im Licht. Wunderschön und zugleich beängstigend.

»Das ist nicht mein Ring. Er ist viel zu groß«, sagte sie bestimmt.

»Cassie, Darling. Erinnerst du dich denn nicht mehr?« Seine Mundwinkel zuckten verdächtig. »Als wir uns kennengelernt haben, warst du ein wenig …« Er machte eine ausladende Handbewegung. »… fülliger.«

»Was meinst du mit fülliger?«

»Du hast fast dreißig Pfund mehr gewogen.«

»Ich war dick?« Fassungslos starrte sie ihn an.

»Na ja, so würde ich es nicht bezeichnen. Sagen wir, ein wenig stämmig.« Er tätschelte ihre Wange wie bei einem Kind.

Cassie knabberte schweigend an ihrer Unterlippe. In ihrem Kopf wirbelten die Gedanken. Es fühlte sich irgendwie falsch an. Was war passiert, dass ihr Hirn ihr die wichtigsten Informationen verweigerte?

»Und warum habe ich abgenommen?«, fragte sie misstrauisch.

»Du wolltest als schlanke Braut zum Altar geführt werden. Deshalb hast du mit dem Weight-Watchers-Programm angefangen, bis du dein Traumgewicht hattest.«

»Aha.«

Er nickte bestimmt. Um seinen Mund spielte noch immer dieses kleine Lächeln, das sie sich nicht erklären konnte.

»Du hast ausgesehen wie eine Lichtgestalt, als du in deinem Hochzeitskleid auf mich zugekommen bist.« Sams Gesicht bekam einen schwärmerischen Ausdruck. Er strich ihr sanft mit der Hand über die Wange und hinterließ eine brennende Spur.

»Und wo haben wir geheiratet?«

»In der Kapelle meiner Familie auf Skye«, antwortete er, ohne zu zögern.

»Skye?« Sie sah ihn verwundert an. Die Insel lag am äußersten Zipfel Schottlands. »Ich war noch nie in meinem Leben auf Skye«, erwiderte sie trotzig.

»Aber Cassie, woher willst du das wissen? Du hast selbst gesagt, dass du dich an nichts erinnern kannst.« Er nahm ihre Hand. »Es war dein Wunsch.« Er schmunzelte. »Du liebst die schottischen Bräuche und Traditionen.«

Irgendetwas in ihr weigerte sich, ihm zu glauben. Sie war Engländerin, warum sollte sie also Schottland so sehr lieben, dass sie dort heiraten wollte? Wäre es nicht natürlich gewesen, in England zu heiraten? Ein stechender Schmerz breitete sich in ihrem Kopf aus. Stöhnend fasste sie sich an die Stirn.

»Wo sind wir hier?«

»In den Highlands in unserem Haus.«

»Wir haben ein Haus in den Highlands.« In ihrem Kopf drehte sich alles. Sie war Engländerin, zumindest glaubte sie es. Wieso sollte sie in die schottischen Highlands ziehen? Eine raue Gegend, in der es nur Schotten und wilde Tiere gab. Alles in ihr sträubte sich dagegen. Eigenartig.

»Ja, du wolltest unbedingt hier leben. Du hast dich ab dem ersten Moment in Callekille Cottage verliebt«, antwortete er, als hätte er ihre Gedanken erraten. Eine Eigenschaft, die für ihn als ihr Ehemann sprach. Sagte man nicht immer, dass Paare die Gedanken des anderen erraten konnten?

»Wirklich?« Sie forschte in ihren Hirnwindungen nach einer Antwort, aber außer Leere war dort nichts.

»Ja. Wir haben unsere Flitterwochen hier verbracht. Es ist der Landsitz meiner Familie. Unser Zufluchtsort, wenn wir alleine sein wollen.«

Sie schluckte. »Wie heiße ich?«

»Cassandra Elisabeth Jane MacLeod.«

»Meinen Mädchennamen meine ich.«

»Cassandra Elisabeth Jane Devinmoore.«

»Wo bin ich geboren?«

»Ist das hier ein Ratespiel?« Seine Augen funkelten belustig.

»Nein, aber woher soll ich wissen, dass du nicht ein Betrüger bist, der mich hier gegen meinen Willen festhält?« Tränen verschleierten ihr die Sicht.

»Mache ich auf dich etwa den Eindruck eines Kriminellen?« Er schüttelte den Kopf. »Dann werde ich deinem Gedächtnis mal ein bisschen auf die Sprünge helfen.«

Ehe sie etwas sagen konnte, beugte sich Sam nach vorne und nahm ihren Kopf zwischen seine Hände. Ehe sie es verhindern konnte, legte er seinen Mund auf ihren. Sie sog überrascht die Luft ein. Sein Mund lag heiß auf ihrem, dabei hielten seine Arme sie fest umschlungen. Einem Reflex folgend schmiegte sie sich an ihn. Durch das dünne Shirt konnte sie seine stahlharten Muskeln spüren. Ihr Herz hämmerte wie verrückt gegen ihre Brust und es hätte sie nicht gewundert, wenn es rausgesprungen wäre.

Sein Duft hüllte sie ein, eine Mischung aus Moschus und Hölzern, wild und erregend zugleich, wie der ganze Mann. In ihrem Kopf herrschte völlige Leere und ihr ganzer Körper vibrierte. Was war nur los mit ihr? Als seine Zunge ihre Lippen teilte, ließ sie es nicht nur geschehen, sondern genoss es. Seine Hand fuhr unter ihre Haare. Ein wohliger Schauer lief über ihre Arme. Ihre Zungen neckten sich wie alte Bekannte. Für einen Augenblick schien die Welt stillzustehen. Es gab nur noch Sam und sie.

Dort, wo seine Hände sie berührten, hinterließ er eine brennende Spur. Sein Mund war herrlich weich und sein Kuss fordernd.

Sie stöhnte leise. Cassie fühlte sich wie Wachs in seinen Händen. Jede Faser ihres Körpers schien seinen Kuss zu bejahen, als stille Antwort auf ihre Frage, ob Sam MacLeod wirklich der war, für den er sich ausgab. Es war unglaublich.

Als er sie freigab, ließ er sie atemlos zurück. Sie blinzelte benommen.

»Das dürfte als Antwort genügen, oder?« Seine Mundwinkel kräuselten sich verdächtig.

Sie zitterte am ganzen Körper und in ihrem Kopf tobten die widersprüchlichsten Gefühle.

Sam legte seine Hand unter ihr Kinn und zwang sie, ihm in die Augen zu schauen.

»Mo cridhe. Ich passe auf dich auf, bis du wieder völlig gesund bist.«

Sie hatte das Gefühl, im Blau seiner Augen zu ertrinken.

»Hast du Hunger?«

Sie schüttelte den Kopf. Ihr Magen fühlte sich an wie zugeschnürt.

»Du musst etwas essen, nur eine Kleinigkeit. Ich habe Porridge gekocht, der ist gut verträglich und gibt Energie. Nicht weglaufen.« Er zwinkerte ihr zu.

Cassie zwang sich zu einem Lächeln. Nachdenklich betrachtete sie den Ring an ihrer Hand. Sie war verheiratet. Die Erkenntnis traf sie wie ein Schlag.

Aber warum konnte sie sich an nichts erinnern? Nicht einmal das kleinste Detail. Schließlich war eine Heirat eines der wichtigsten Ereignisse im Leben einer Frau. Aber sosehr sie sich auch bemühte, es gelang ihr nicht. Ihr Kopf war wie leer gefegt. Die einzigen Erinnerungen, die sie hatte, waren gesichtslos und verschwommen.

Plötzlich tauchte das Bild von einem Lokal hinter ihren geschlossenen Lidern auf. Sie und Sam saßen darin und stritten sich …

Cassie schüttelte den Kopf, als könnte sie so ihre wirren Gedanken ordnen.

Sam kam zurück mit einem Tablett in den Händen. »Hier ist etwas Tee und eine Portion Porridge. Das wird dir guttun.« Er stellte das Tablett auf dem Bett ab.

»Tee? Ich mag keinen Tee«, sagte sie bestimmt.

»Woher willst du das wissen? Du hast dein Gedächtnis verloren. Du liebst Tee. Wir haben deinetwegen einen riesigen Vorrat angelegt.«

Ungläubig starrte sie auf das Tablett. Sollte sie sich so in ihren Gefühlen täuschen, oder woher kam diese plötzliche Abneigung gegen Tee?

Obwohl sie beim Anblick der klebrigen braunen Masse keinen Appetit verspürte, meldete sich ihr Magen knurrend zu Wort,

Sam grinste schief. »Wusste ich doch, dass du Hunger hast.«

»Eigentlich nicht, aber mein Magen scheint da anderer Ansicht zu sein«, antwortete sie verlegen.

Sam tauchte den Löffel in den Porridge und streckte ihn ihr entgegen. »Mund auf.«

»Ich bin doch kein Kleinkind«, protestierte sie und drückte seine Hand beiseite.

»Aye, aber du bist krank und ich bin dein Mann. Also hör auf, mir zu widersprechen!«

Cassie öffnete den Mund wie ein kleines Vögelchen.

»Siehst du, es geht doch«, sagte Sam zufrieden und setzte ihr den Becher mit dem Tee an den Mund, damit sie trinken konnte. Widerwillig nahm Cassie einen kleinen Schluck. Sofort breitete sich eine angenehme Wärme in ihrem Bauch aus. Sie seufzte, was Sam mit einem Lächeln quittierte. Er fütterte sie weiter. Gierig schlang sie den heißen Brei herunter.

»Es scheint dir zu schmecken!«

»Nicht wirklich, aber es ist schön warm im Bauch.«

»Das reicht als Grund.« Er grinste zufrieden. »Du hast vierundzwanzig Stunden geschlafen.«

»Vierundzwanzig Stunden?« Sie hielt inne und sah ihn erstaunt an.

»Wie ein Murmeltier.«

»Was ist heute für ein Tag?«

»Mittwoch. Wenn du mich jetzt fragst, welches Jahr, mache ich mir wirklich Sorgen.«

»2021«, kam es aus ihrem Mund, ohne dass sie darüber nachdachte.

»Stimmt.«

In ihrem Hinterkopf regte sich etwas und mit einem Mal hatte sie das Bild von einem Schaf mitten auf der Fahrbahn im Kopf.

»Ich hatte einen Unfall?«

»Aye, ich habe deinen Wagen auf der Wiese neben der Fahrbahn gefunden. Du hast ganz schön übel ausgesehen. Überall war Blut und ich dachte im allerersten Moment, du könntest …«, er stockte, »… tot sein.«

»Ach Sam, das tut mir leid. Ich wollte dir keinen Schrecken einjagen. Ich tue manchmal unüberlegte Dinge.« Sie wusste auch nicht, woher sie diese Erkenntnis nahm. Es war einfach aus ihr herausgesprudelt.

»Aye.« Er deutete auf die Stelle an ihrer Stirn, die verbunden war. »Der Airbag war aufgeblasen. Ich nehme an, du bist beim Abkommen von der Fahrbahn ziemlich hart mit dem Kopf in Richtung Lenkrad aufgeschlagen. Das wird auch der Grund sein, warum du unter der Amnesie leidest. Du hast Glück, dass ich dich so schnell gefunden habe.«

»Du warst nicht mit im Auto?« Es schien ihr logisch, dass sie zusammen nach Hause gefahren wären.

»Nein, wir haben uns in Applecross getroffen, um dort eine Kleinigkeit zu essen, und anschließend wollten wir zurück nach Callekille Cottage fahren.« Er machte eine kurze Atempause. »Wir haben uns während des Essens gestritten, und du bist trotz des Unwetters einfach losgefahren. Du bist ein ziemlicher Sturkopf, musst du wissen. Ich bin dir sofort gefolgt und habe dein Auto im Straßengraben gefunden.«

Sie hatten sich also gestritten. Das erklärte die Szene in dem Lokal. »Und worüber haben wir uns gestritten?« Sie sah ihn mit großen Augen an.

Für einen Moment zögerte er.

»Komm schon, Sam, sag es mir. Ich muss es wissen, schließlich wäre ich deswegen fast gestorben.« Es war das erste Mal, dass sie seinen Namen ausgesprochen hatte, und es fühlte sich gut an.

Er nahm ihre Hand. »Du wolltest dabei sein, wenn Fairy ihr Kind bekommt.«

»Wer ist Fairy?«

»Deine Stute.«

»Ach so.« Sie schüttelte verwirrt den Kopf. »Ich kann reiten?«

»Du lernst es gerade«, antwortete er knapp. »Auf jeden Fall habe ich gesagt, dass es zu gefährlich ist, wenn du bei diesem Wetter mit deinem Auto fährst. Aber wie so oft hast du deinen Dickkopf durchsetzen wollen und bist einfach losgefahren, entgegen jedem gesunden Menschenverstand.«

Sie schüttelte den Kopf. »Das tut mir leid, Sam. Ich bin anscheinend manchmal schrecklich unvernünftig.«

»Aye.« Er sah sie durchdringend an.

»Was mache ich eigentlich beruflich?«

»Hm.« Er fuhr sich mit der Hand über sein Kinn, als müsse er darüber nachdenken. »Du hast letztes Jahr deinen Job verloren und arbeitest seitdem als freie Redakteurin. Dein Fachgebiet sind Gartenbau und Landhäuser. Deshalb wolltest du auch so gerne hier inmitten der Natur leben. Du hast immer gesagt, dass dich die Umgebung inspiriert.«

»Ich bin arbeitslos?«, sagte sie, darum bemüht, die Enttäuschung in ihrer Stimme zu verbergen. Irgendwie hatte sie die Vision von sich als arbeitender Geschäftsfrau. Das Pochen in ihrem Kopf war wieder stärker geworden. Sie massierte sich die Schläfen.

»Alles okay mit dir?« Seine Augen ruhten besorgt auf ihr.

»Ich habe schreckliche Kopfschmerzen.«

»Du hast mit Sicherheit eine Gehirnerschütterung. Was hältst du davon, wenn du dich noch etwas ausruhst?

Umso schneller bist du wieder gesund und kannst dich um den Haushalt kümmern.«

»Ja, ich glaube, das wird das Beste sein.« Erschöpft flatterte sie mit den Augen.

Sam nahm den Becher und die Schüssel und stellte sie zurück auf das Tablett. »Ich komme in einer Stunde wieder und sehe nach dir.«

»Danke, Sam«, hauchte sie.

»Ich bin dein Mann, schon vergessen?« Ein Lächeln spielte um seinen Mund.

Sie schüttelte den Kopf. »Wie könnte ich.« Tatsächlich war es das Einzige, woran sie denken konnte.

»Bis später.«

Sam beugte sich zu ihr. Sein Gesicht war keine Handbreit von ihrem entfernt. Sein warmer Atem streichelte ihr Gesicht wie ein Samthandschuh. Seine Augen liebkosten sie zärtlich. Eine Locke fiel in sein Gesicht. Cassie widerstand der Versuchung, sie zur Seite zu schieben. Stattdessen blieb sie regungslos liegen und betrachtete ihn aus der Nähe. Seine gerade Nase, die leicht geschwungenen Lippen, die so wunderbar küssen konnten, und die kleine Narbe unterhalb seines Auges. Als gute Ehefrau hätte sie wissen müssen, wobei er sich die Narbe zugezogen hatte. Unbewusst hielt sie die Luft an, als sein Mund sich näherte.

Küss mich noch mal. In diesem Augenblick wünschte sie sich nichts mehr, als in seinen starken Armen zu versinken und seine Lippen auf ihren zu spüren. Sie schloss die Augen und streckte ihm ihren Mund entgegen. Ihr ganzer Körper kribbelte. Aber nichts geschah.

»Schlaf gut, mo cridhe.«

Cassie öffnete die Augen und sah gerade noch, wie die hochgewachsene Gestalt ihres Mannes aus dem Zimmer ging.

Mit jeder Minute, die sie mit Sam verbrachte, tauchten mehr und mehr Fragen auf. Sie konnte nur hoffen, dass sie ihr Gedächtnis so schnell wie möglich wiederfand! Bis dahin würde sie sich auf Sams Worte verlassen müssen.

Nachdenklich betrachtete sie die Steinwände und die Bilder, die dort hingen. Sie war also Journalistin für Landhäuser und Gartenbau. Dann war die Einrichtung des Schlafzimmers bestimmt ihr Werk. Die dunklen Möbel passten zu dem rustikalen Ambiente des Raumes. Der Holzboden glänzte honigfarben im Licht. Vor dem Kamin lag ein Fell.

Auf dem Kaminsims entdeckte sie mehrere silberne Bilderrahmen mit Fotos darin. Neugierig richtete sie sich auf und wollte aus dem Bett schlüpfen, als sie von heftigem Schwindel erfasst wurde. Alles drehte sich um sie herum. Frustriert ließ sie sich zurück auf das Bett fallen. Ihre Untersuchungen der Umgebung würden warten müssen, bis sie wieder bei Kräften war.

Stöhnend schloss sie die Augen. Sofort tauchte Sams Gesicht hinter ihren Lidern auf, und mit ihm ein wohliges Gefühl der Geborgenheit. Aber da war noch etwas …

Es dauerte einen Moment, bis sie realisiert hatte, was es war – Lust.

Sie begehrte Sam MacLeod. Ihr ganzer Körper sehnte sich danach, von ihm berührt und liebkost zu werden.

Mit diesem Gedanken schlief sie lächelnd ein.

Kapitel 7

Als sie das nächste Mal die Augen öffnete, brannte Licht im Zimmer.

Sie rekelte sich genüsslich. Die Kopfschmerzen, die sie geplagt hatten, waren verschwunden. Lediglich ein dumpfes Gefühl im Hinterkopf war geblieben.

»Guten Abend, Schlafmütze«, begrüßte Sams Stimme sie freundlich. »Wie ich sehe, hast du gut geschlafen.« Er hatte den Zopf gelöst und seine Haare fielen ihm offen bis auf die Schultern.

»Wundervoll.« Tatsächlich fühlte sie sich erfrischt vom Schlaf, und das Gefühl, in Watte gehüllt zu sein, war verschwunden.

»Und was machen die Schmerzen?«

»Viel besser«, antwortete sie lächelnd.

»Gut. Das freut mich, zu hören.« Er hielt ein Shirt in die Höhe. »Ich dachte mir, dass du dich vielleicht umziehen möchtest.«

»Danke.« Sie nahm das T-Shirt und zog es sich über den Kopf. Dabei achtete sie darauf, dass ihre Brüste bedeckt waren. Was natürlich albern war, schließlich war Sam ihr Mann.

»Hier, der Tee ist frisch aufgebrüht. Das hilft dir vielleicht ein bisschen auf die Sprünge.« Er reichte ihr einen dampfenden Becher.

Dankbar nippte sie daran. Der Tee war herrlich stark und süß.

»Mm, lecker.« Sie schloss genießerisch die Augen.

»Und du hast behauptet, dass du keinen Tee magst.« Er zwinkerte ihr zu. »Möchtest du dich ein wenig frisch machen und duschen?«

»Wieso? Stinke ich etwa?« Sie rückte ein Stück von ihm ab.

»Man könnte sagen, du riechst etwas streng«, grinste er.

»O nein!« Eine verräterische Hitze breitete sich auf ihren Wangen aus. »Wie unangenehm.«

»Ich liebe dich, egal wie sehr du riechst. Ich halte beim Küssen einfach die Luft an, dann geht es schon.«

Sie versetzte ihm lachend einen leichten Stoß in die Seite. »Hör auf damit. Ich fühle mich auch so schlecht genug. Duschen klingt wundervoll.«

Seine Augen ruhten auf ihrem Gesicht. »Es ist schön, dich lachen zu sehen.«

»Ich fühle mich auch deutlich besser als noch vor ein paar Stunden.« Sie stellte den Becher auf den kleinen

Tisch neben dem Bett und schlug die Decke beiseite. Ihr war noch immer leicht schwindelig.

»Wow, langsam.« Er eilte zu ihr und legte seinen Arm um ihre Taille. Mühelos hob er sie hoch. Sie kuschelte sich wie ein kleines Kind an seine Brust. Sein herrlich männlicher Duft hüllte sie ein.

Die Decke im Flur war niedrig, sodass Sam leicht gebückt gehen musste, um sich nicht den Kopf anzustoßen. Die honigfarbenen Holzdielen waren an vielen Stellen abgenutzt und knarrten unter der Last. Von irgendwoher hörte sie eine Uhr ticken. Es roch leicht nach Bohnerwachs und Kerzen. Der Flur war nur schwach beleuchtet. Im Haus herrschte absolute Stille, unterbrochen durch das Heulen des Windes.

Sam stieß die Tür zum Badezimmer auf. Cassie schwankte, als er sie vorsichtig auf den Boden absetzte. Ihre nackten Zehen berührten den kalten Steinboden. Die Wände des Bads waren wie in den übrigen Räumen aus einfachen Steinen gemauert. Bei dem Anblick der Badewanne machte ihr Herz einen freudigen Hüpfer. Ein Prachtstück aus früheren Zeiten, das auf goldenen Löwenfüßen mitten im Raum stand. Darüber befand sich ein Duschkopf, der an einer Stange befestigt war.

Eine Toilette war ebenfalls im Raum. Gott sei Dank, denn sie verspürte schon seit geraumer Zeit einen Harndrang.

»Kommst du alleine zurecht oder soll ich bei dir bleiben?« Er stand direkt hinter ihr. Seine Augen glitten mit quälender Langsamkeit über ihren schlanken Körper.

»Danke, das bisschen schaffe ich schon.« Der Gedanke, sich vor ihm auszuziehen, ließ sie erröten wie ein junges

Mädchen. Eigentlich lächerlich, schließlich war er doch ihr Mann. Aller Wahrscheinlichkeit nach hatte er sie bereits Hunderte Male nackt gesehen.

»Du findest mich im Wohnzimmer, Süße.«

Sie verzichtete darauf, ihn zu fragen, wo sich das Wohnzimmer befand. Sie würde es schon finden.

Im Vorbeigehen blieb er kurz stehen und zog sie an sich. »Weißt du, dass du in deinem T-Shirt zum Anbeißen aussiehst?« Seine Hände umfassten ihre Pobacken. »Du hast Glück, dass ich nicht über wehrlose kranke Frauen herfalle.« Er lachte heiser.

Cassie senkte verlegen den Kopf.

»Nanu, du bist doch sonst nicht so schüchtern.«

»Ich bin im Moment auch nicht ich selbst.« Sie schaute zu ihm hoch. Ein Fehler – sofort nahmen seine blauen Augen sie gefangen. Ihr ganzer Körper fing an, zu kribbeln.

»Womit du wahrscheinlich recht hast.« Er grinste schräg. »Lass dir Zeit.«

Cassie ging mit unsicheren Schritten zum Waschbecken. Sie erschrak, als sie sich in dem großen Spiegel sah. Ihre braunen Haare hingen wirr auf die Schultern herab. Ihr Gesicht war weiß wie ein leeres Blatt Papier. Ein Pflaster zierte ihre Stirn und ihre Augen lagen in dunklen Höhlen. Spuren von Make-up verliefen über ihren Wangen.

Sie widerstand der Versuchung, das Pflaster abzuziehen. Zaghaft fuhr sie mit den Fingern über die schmerzende Stelle. Würde sie ihr Gedächtnis wiedererlangen und damit ihr Leben? Alleine der Gedanke genügte, dass sich ihr Magen zusammenzog. *Nur nicht darüber nachdenken*, beruhigte sie sich selbst.

Neugierig öffnete sie den kleinen Schrank oberhalb des Waschbeckens, der sich hinter der Spiegelfront verbarg. Darin standen sorgfältig aufgereiht diverse Kosmetikutensilien. Ein Eau de Toilette für Männer. Ein Frauenparfüm. Ihres? Zwei Zahnbürsten, eine rote und eine blaue, standen in dem Zahnputzbecher. Sie entdeckte eine Haarbürste und einen Glasbehälter mit verschiedene Make-up-Utensilien darin. Mascara, Eyeliner und ein Wimpernbürstchen. Wie es aussah, war sie eher der natürliche Typ.

Sie wandte den Blick ab und ging zur Dusche, um den Wasserhahn aufzudrehen.

Fauchend schoss das eiskalte Wasser aus dem Messinghahn. Sie würde einen Moment warten müssen, bis es warm war.

Es war kalt im Raum und sie schauderte. Auf Zehenspitzen schlüpfte sie unter die Dusche. Mit geschlossenen Augen genoss Cassie das Gefühl des prasselnden warmen Wassers auf ihrer Haut. Ihre verkrampften Muskeln entspannten sich merklich und wurden weicher. Unwillkürlich musste sie an Sam und seinen Kuss denken. Wenn sie die Augen schloss, spürte sie noch immer seine weichen Lippen auf ihrem Mund. Ihr Körper schien schon lange begriffen zu haben, was ihr der Verstand verweigerte, denn ihr Unterleib zog sich lustvoll zusammen.

Verdammt. Was war nur los mit ihr? Sie wünschte, sie könnte sich erinnern. Aber noch immer war da diese große Leere in ihrem Kopf. Seufzend schnappte sie sich das Shampoo und schäumte ihre Haare damit ein. Kurze Zeit später umfing sie ein leichter Kokosduft.

Nachdem sie sich gewaschen hatte, schlüpfte sie aus der Dusche und trocknete sich ab. Aus Ermangelung ordentlicher Kleidung wickelte sie sich das Handtuch um die Brust und knotete es notdürftig zusammen. Zufrieden betrachtete sie sich im Spiegel. Die Make-up-Spuren waren verschwunden und ihre Haare glänzten seidig im Licht der Lampe. Ihre Wangen waren leicht gerötet und die bernsteinfarbenen Augen leuchteten fast unnatürlich golden.

Sie fühlte sich noch ein wenig wacklig auf den Beinen, deshalb setzte sie vorsichtig einen Fuß vor den anderen, während sie über den Flur lief. Wo Sam wohl war?

Nach ein paar Schritten hatte sie eine offen stehende Tür erreicht, aus der leise Musik zu ihr drang. Neugierig blieb sie im Türrahmen stehen. Das Erste, was sie entdeckte, war Sam, der mit dem Rücken zu ihr auf einem Sofa saß und regungslos in das Kaminfeuer vor ihm starrte.

Neugierig ließ sie ihren Blick durch das Zimmer gleiten. Auf dem honigfarbenen Dielenboden rund um die Sitzecke lagen Kurzflorteppiche. Die Wände waren naturbelassen und schimmerten in einem sanften Sandton. Über dem Kamin zeugten Rußspuren auf den Steinen von seinem Gebrauch. Ein einfaches Regal bedeckte die Stirnseite des Raumes fast komplett. Unzählige Bücher standen darin sorgfältig aufgereiht. Über die Decke zogen sich dunkle Fachwerkbalken, an denen in der Mitte des Zimmers ein antiker Kronleuchter befestigt war, der sein schwaches Licht an die Umgebung abgab.

Sam hatte die Schultern nach vorne gebeugt und fuhr sich mit der Hand nachdenklich durch seine Haare. Sie konnte sein Gesicht nicht erkennen, aber seiner Haltung nach zu urteilen, dachte er nach.

Es erschütterte sie, dass sie so wenig über den Mann wusste, mit dem sie verheiratet war. Würde sie jemals ihr Gedächtnis wiedererlangen?

Sie machte einen Schritt nach vorne. Der Boden unter ihren Füßen knackte, als sie vorsichtig einen weiteren Schritt in Sams Richtung machte. Sofort drehte Sam seinen Kopf in ihre Richtung. Ertappt blieb sie stehen.

»Da bist du ja.« Ein Lächeln huschte über sein Gesicht. Seine Augen glitten mit quälender Langsamkeit über ihren Körper. Es kostete sie ihre ganze Kraft, seinem Blick standzuhalten.

»Entschuldige die Störung, aber eigentlich wollte ich dich nur fragen, wo meine Sachen sind. Mir ist nämlich ziemlich kalt.«

»Dabei steht dir das Handtuch ganz ausgezeichnet.« Seine Augen blieben auf ihrer Brusthöhe hängen.

Sofort fingen Cassies Wangen an, zu brennen. Was hatte dieser Mann nur an sich, dass sie bei der kleinsten Bemerkung aussah wie ein in Flammen gesetztes Streichholz?

Sam klopfte mit der Hand auf den freien Platz neben sich auf dem Sofa. »Komm, setz dich einen Moment zu mir. Hier ist es schön warm.«

Zögernd blieb sie stehen.

»Ich beiße nicht«, brummte er.

»Ich habe auch keine Angst«, entgegnete sie schnippisch.

»Worauf wartest du dann noch?«

Mit wenigen Schritten war sie bei ihm. Zögerlich ließ sie sich neben Sam auf das Sofa fallen. Tatsächlich war es deutlich wärmer vor dem Kamin.

Sam lehnte sich zurück, legte dabei wie selbstverständlich seinen Arm um ihre Taille und zog sie näher zu sich.

»Besser so?« Seine Augen funkelten wie Kristalle im Schein der Flammen.

»Hm«, murmelte sie. Sie war sich seiner Gegenwart nur allzu bewusst. Er strahlte eine unglaubliche Körperwärme aus, und dort, wo er sie berührte, krochen kleine elektrische Schläge ihre Haut entlang.

Er schnupperte an ihren Haaren. »Du riechst gut.«

»Ja, dem Shampoo sei Dank. Sag mal, wo sind meine ganzen Sachen? Im Badezimmer waren nur deine Sachen und ein bisschen Make-up von mir zu finden.« Sie schaute ihn forschend an.

»Du hattest in den letzten Wochen ziemliche Probleme mit Allergien. Deshalb hast du fast alles weggeschmissen.«

Sie hätte schwören können, dass er ihrem Blick auswich.

»Ach wirklich?« Wieder war da nur diese Leere in ihrem Kopf statt einer Antwort.

»Ja. Außerdem finde ich, dass du ohne Schminke viel besser aussiehst. Ich mag deinen natürlichen Look.«

Gedankenverloren starrte sie in die Flammen des Feuers. »Wie haben wir uns eigentlich kennengelernt?«, fragte sie beiläufig. Sie wollte nicht verunsichert klingen.

»In einem Pub in London. Du warst sturzbetrunken und hast den ganzen Laden unterhalten.« Seine Stimme lächelte bei dem Gedanken an damals.

»Was habe ich gemacht?« Sie forschte in ihren Hirnwindungen nach einer Antwort – erfolglos.

»Gesungen.«

»Gesungen? Aber ich kann gar nicht singen!«, sagte sie mit der Inbrunst der Überzeugung.

»Natürlich kannst du singen.«

Sie schüttelte verwirrt den Kopf.

»Ich habe dir einen Drink spendiert und du bist mir um den Hals gefallen.«

»Halt!« Sie hob die Hand. »Willst du mir etwa erzählen, dass ich mich gleich am ersten Abend an dich rangeschmissen habe? Für einen Drink?« Sie musterte ihn ungläubig.

»Allerdings! Und nicht nur das …« Es schien ihm Spaß zu bereiten, sie zu quälen.

»O Gott, ich bin ein Flittchen.« Sie sackte in sich zusammen.

»So würde ich es nicht bezeichnen.« Er grinste breit. »Sonst hätte ich dich schließlich nicht geheiratet. Es war einfach Liebe auf den ersten Blick zwischen uns.«

»Wirklich?«

»Aye. Ich war vom ersten Moment an vernarrt in dich. Du bist das schönste Lassie, das mir jemals über den Weg gelaufen ist.«

Völlig überraschend beugte er sich vor und legte seine Lippen auf ihren Mund. Vorsichtig. Zögerlich. Tastend. Eine zarte Berührung, die eine Welle an Emotionen bei ihr auslöste, und die Schmetterlinge in ihrem Bauch flatterten unruhig. Sie blinzelte, als er sich genauso überraschend wieder von ihr löste.

Instinktiv schmiegte sie sich an ihn, nicht mehr fähig, auch nur einen klaren Gedanken zu fassen. Ihre Zungen umspielten sich wie zwei alte Bekannte. Vergessen waren all ihre Bedenken. Auf einer Skala von eins bis zehn waren Sams Küsse eine glatte Elf.

Seine Hände wanderten ihren Rücken entlang nach unten. Sehnsüchtig bog sie sich ihm entgegen. Sie wollte mehr von seinen Berührungen. Wollte ihn spüren. Vergessen waren all ihre Bedenken. Es gab nur sie und Sam.

Der Knoten ihres Handtuchs löste sich wie von selbst. Sofort richteten sich ihre Brustwarzen auf, als wollten sie ihn willkommen heißen. Er atmete schwer. Sein Hemd kratzte auf ihrer zarten Haut, was ihre Lust nur noch anfeuerte.

Ohne Vorankündigung löste er sich von ihr. Irritiert öffnete sie die Augen und blickte geradewegs in sein Gesicht.

»Du solltest dir lieber etwas anziehen, sonst kann ich für nichts garantieren«, sagte er mit rauer Stimme. In seinem Blick lag pure Begierde.

Noch benommen von seinem Kuss zog sie das Handtuch eng über ihrer nackten Brust zusammen.

»Frische Klamotten hängen im Schlafzimmer. Die schmutzigen habe ich weggeworfen, die waren völlig kaputt und dreckig«, teilte er ihr ruhig mit, ohne die Augen von ihr zu nehmen.

»Okay, dann weiß ich Bescheid.« Ihr Puls raste noch immer und ihre Lippen brannten von seinem Kuss.

»In Ordnung. Während du dich umziehst, schenke ich uns ein Glas Wein ein.« Er lächelte ihr zu.

Cassie ging zurück ins Schlafzimmer. Tatsächlich hatte er ihre Unterwäsche, ein Paar Jeans und ein T-Shirt auf dem Schreibtischstuhl unter dem Fenster bereitgelegt. Sie schlüpfte in die Sachen. Das T-Shirt saß perfekt, die Jeans hingegen wirkten etwas eng. *Eigenartig.* Hatte er nicht gesagt, sie hätte abgenommen?

Der Wind heulte noch immer durch die Ritzen der Fenster und gelegentlich flammte in der Ferne ein Blitz auf. Das Unwetter tobte mit unverminderter Kraft. Noch nie hatte sie etwas Derartiges erlebt.

Als sie den Raum betrat, war Sam gerade dabei, den Wein einzuschenken.

»Und ich dachte, ihr Schotten trinkt nur Whisky«, rutschte es ihr lächelnd heraus.

»Aye, aber in Gesellschaft einer so schönen Frau trinken wir auch gerne mal einen Wein.« Er reichte ihr das Glas mit der dunkelroten Flüssigkeit darin. »Slàinte mhath*.«

Sie folgte seinem Beispiel. »Slàinte mhath.«

Klirrend stießen die Gläser aneinander. Sie nippte an ihrem Glas. Sofort legte sich der Geschmack von reifen dunklen Beeren und einem Hauch von Eiche auf ihre Zunge. »Mm, köstlich.«

»Freut mich, dass er dir schmeckt«, erwiderte Sam zufrieden. »Hast du Hunger?« Er deutete auf den langen Esstisch am Ende des Zimmers, wo eine Platte mit frischem Käse und ein einfaches Landbrot angerichtet waren.

»Angesichts der Tatsache, dass ich bis auf die paar Löffel Porridge seit heute Morgen noch nichts gegessen habe, wäre ein bisschen Käse vielleicht keine schlechte Idee. Außerdem bin ich sonst gleich betrunken.«

»Aye. Wobei ich dich gerne betrunken sehen würde.« Er zwinkerte ihr zu. »Du bist immer so herrlich hemmungslos, wenn du beschwipst bist.«

Sie verzichtete darauf, ihn zu fragen, was er damit wohl gemeint hatte, sondern setzte sich ihm gegenüber an den Tisch.

Sam reichte ihr ein grobes Messer, dessen Griff aus Horn gearbeitet war.

»Ich weiß, das klingt doof, aber was machst du eigentlich beruflich?«

Sie schnitt eine Scheibe vom Hartkäse ab und schob sich das Stückchen in den Mund. Kauend beobachtete sie, wie Sam einen Schluck Rotwein nahm, bevor er ihr antwortete.

»Ich bin Farmer.«

»Tatsächlich«, rutschte es ihr überrascht heraus. Sie hatte einen Bauern geheiratet. Was ihre Eltern wohl dazu gesagt hatten? Wieder einmal wurde ihr bewusst, an wie wenig von ihrem Leben sie sich erinnerte. Sie konnte nur hoffen, dass sie ihr Gedächtnis schnell zurückkommen würde. Sie fühlte sich wie ein halber Mensch. Es war, als ob man sie ihrer Identität beraubt hätte.

Sam beobachtete sie amüsiert. »Das Gleiche hast du damals auch gesagt.«

»Entschuldige, ich wollte nicht unhöflich klingen, aber …« Sie legte ihr Messer beiseite.

»Du hast etwas anderes erwartet«, ergänzte er ihren Satz.

Sie nickte ertappt.

Sam lachte laut auf. »Was ist es nur mit euch Frauen, dass ihr einen Mann nur gut findet, wenn er einen Beruf hat wie Arzt, Rechtsanwalt oder …«

»Schauspieler?«

Seine Augenbrauen zogen sich zusammen. »Wie kommst du gerade auf Schauspieler?«

»Ach, einfach so.« Der Beruf war ihr spontan in den Sinn gekommen, ohne dass sie darüber nachgedacht hatte. »So schlimm kann es nicht gewesen sein, sonst hätte ich dich nicht geheiratet. Außerdem siehst du nicht aus wie ein Bauer.« Im selben Moment wurde ihr bewusst, wie es in seinen Ohren klingen musste. »Ich meine, ich hätte dich eher in einem der eben aufgezählten Berufe gesehen.«

»Ich nehme das als Kompliment.« Seine Augen brannten sich in ihr Gesicht.

»Und ist das hier unsere Farm?« Sie war schließlich seine Frau, also auch Teil seines beruflichen Lebens.

»Ja. Früher war es der Landsitz der Familie. Als mein Vater starb, habe ich das Land geerbt. Im Moment haben wir nur ein paar Schafe. Wenn es gut läuft, wollen wir nächstes Jahr noch ein paar Kühe dazu kaufen.« Er wischte sich mit dem Handrücken über den Mund. »Aber erst muss ich den Stall fertig bauen.«

»Du baust den Stall selbst?« Ihr Blick lag bewundernd auf ihm.

»Aye. Wir haben kein Geld, aber wenn ich es selbst mache, reicht es gerade.«

Sie waren also arm. Cassie schluckte hart. Langsam fügten sich die Puzzleteile ihres Lebens zu einem Bild zusammen. Sie war sich noch nicht sicher, ob es ihr gefiel. Ganz im Gegensatz zu dem Mann – er gefiel ihr sogar außerordentlich gut.

»Deshalb arbeitest du auch von zu Hause aus, damit du mir zur Hand gehen kannst.«

»Ich verstehe etwas von Schafzucht?«

»Für eine Engländerin machst du deine Sache schon ganz gut.« Seine Mundwinkel zuckten belustigt.

Irgendwie sträubte sich alles in ihr gegen den Gedanken, dass sie Schafe züchten und einen Hof bewirtschaften sollte. Sie leerte das Glas in einem Zug und stellte es mit einem lauten Knall zurück auf den Tisch. »Ich glaube, ich brauche jetzt doch einen Whisky.«

»Aye.« Sam stand auf und ging zu einem kleinen Schrank, der in der Ecke stand, um kurz darauf mit zwei Gläsern und einer Flasche Whisky in der Hand zurückzukommen.

Nachdenklich sah sie zu, wie er die goldbraune Flüssigkeit in die Gläser schenkte.

»Slàinte mhath.«

»Slàinte mhath.« Der Whisky lief ihr brennend die Kehle runter. Sie schnappte überrascht nach Luft und fing an, zu husten.

»Das ist mein Mädchen!«, kommentierte Sam schmunzelnd und klopfte ihr kräftig auf den Rücken.

»Aufhören, du erschlägst mich noch.« Tränen liefen ihr übers Gesicht.

Das Licht flackerte kurz auf, dann war es stockdunkel im Zimmer.

»Mist«, hörte sie Sam fluchen.

»Was ist passiert?«, fragte sie ängstlich.

»Der Strom ist ausgefallen.« Sie hörte seine Schritte über den Holzboden poltern.

»Wo gehst du hin?« Ihre Augen tasteten durch die undurchdringliche Dunkelheit.

»Ich will nachsehen, ob die Sicherung rausgeflogen ist«, kam die knappe Antwort zurück. »Ich bin gleich wieder da. Am besten, du wartest hier auf mich.«

Das war keine Bitte, sondern eine Anordnung. Seine Schritte entfernten sich, bis sie schließlich gänzlich verhallten.

Grelles Licht fiel von draußen durch das Fenster und beleuchtete sekundenlang den Raum. Ängstlich zog sie die Beine an und schlang ihre Arme um die Knie. Sie hasste Dunkelheit und sie hasste Gewitter. Das war ein Gefühl, das tief aus ihrem Inneren kam. Vielleicht ein Überbleibsel des Unfalls. Sie hatte keine Ahnung. Zusammengekauert blieb sie sitzen und starrte mit pochendem Herzen in die Dunkelheit. Dabei verlor sie sämtliches Zeitgefühl.

Als sie Sams Schritte wieder näher kommen hörte, atmete sie erleichtert aus. Er hatte eine Kerze in der Hand, die ihr flackerndes Licht auf sein Gesicht warf.

»Wie es aussieht, ist der Strom komplett ausgefallen. Wir werden die Nacht wohl so verbringen müssen.« Er stellte den Kerzenständer auf den Tisch. Ihre Augen wanderten unruhig durch den Raum.

Es blitzte erneut, gefolgt vom Donner, dessen dumpfes Grollen mehrfach von den Bergen widerhallte.

Sie gab einen erstickten Angstlaut von sich. Sie wollte nicht, dass er sie für ein Weichei hielt, aber das war einfach zu viel. Zu tief saß der Schreck des Unfalls. Ein Zittern lief durch ihren Körper.

»Mo cridhe, es ist nur ein Gewitter. Hier drinnen kann dir nichts passieren«, murmelte er und strich ihr eine Strähne aus dem Gesicht. »Das Haus hat schon viele Stürme erlebt und wird auch diesen Sturm unbeschadet überstehen.«

Sie nickte stumm, die Lippen fest aufeinandergepresst.

Es donnerte erneut.

»Ich muss noch mal nach draußen.« Mit einem Ruck löste sich Sam von ihr und stand auf.

»Was? Jetzt? Bei diesem Unwetter?« Entsetzt sah sie ihn an.

»Machst du dir etwa Sorgen um mich?« Sein Blick ruhte auf ihr, als würde ihn die Vorstellung belustigen.

»Du bist schließlich mein Mann.« Sie stand auf.

»Aye. Trotz alledem muss ich nach den Tieren sehen.«

»Tiere?«

»Unsere Schafe und die Pferde.«

Es donnerte erneut. Cassie zuckte zusammen, die Hände um die Lehne des Stuhls gekrallt.

Er lachte heiser.

»Das ist nicht witzig«, piepste Cassie.

»Es ist nur ein Gewitter. Morgen sieht die Welt schon wieder anders aus«, versuchte er, sie zu beruhigen.

»Egal. Ich komme auf jeden Fall mit.« Sie verschränkte die Arme trotzig vor der Brust. »Du hast selbst gesagt, dass ich extra wegen der Stute hierhergekommen bin.«

»Ich glaube nicht, dass das eine gute Idee ist. Du bist noch schwach und draußen tobt ein echter Sturm. Außerdem ist es im Stall saukalt.«

»Das ist mir egal! Ich bin schließlich nicht aus Zucker.«

»Ganz wie du willst«, murmelte er.

Sie stieß ein erleichtertes Seufzen aus. Ohne zu zögern, schnappte sich Sam ihre Hand und führte sie in den Flur.

»Hier.« Er nahm eine gefütterte Wachsjacke vom Haken. »Und da hinten stehen deine Gummistiefel.« Er deutete auf ein Paar grüner Stiefel direkt neben der Eingangstür.

Stumm zog sie sich die Jacke über. Sie passte wie angegossen und das Futter hüllte sie in eine angenehme Wärme. Anschließend schlüpfte sie mit nackten Füßen in die Gummistiefel.

»Die Stiefel sind zu groß«, stellte sie verwundert fest. Hatte er nicht gesagt, dass es ihre Stiefel wären?

»Du hast sie dir mit Absicht größer gekauft, weil du immer kalte Füße hast und gerne dicke Socken darin anziehst.«

»Wirklich?« Cassie legte den Kopf leicht schräg. Was er sagte, ergab Sinn, aber irgendwie glaubte sie ihm nicht.

Wortlos reichte er ihr ein Paar dicker Wollsocken, die er wie aus dem Nichts herbeigezaubert hatte. »Versuch es mal damit.«

Tatsächlich passten die Gummistiefel zusammen mit den Socken deutlich besser, obwohl sie noch immer genügend Platz darin hatte.

»Fertig?« Sam hatte eine Laterne in der Hand.

Sie nickte. Ihr Herz wummerte wie verrückt gegen ihre Brust und mit einem Mal war sie sich nicht mehr so sicher, ob sie ihn wirklich nach draußen begleiten wollte.

»Gut. Bleib dicht hinter mir, egal, was passiert. Der Stall liegt gleich nebenan.«

Sie nickte.

Zusammen traten sie nach draußen. Kalter Regen prasselte ihr ins Gesicht. Der Wind zerrte an ihren Kleidern.

»Hier lang.« Sam deutete auf einen schmalen Steinweg, der zu einem länglichen Gebäude führte, das ungefähr zweihundert Meter entfernt vom Haus stand.

Dicht an Sam gedrängt, kämpfte sie sich vorwärts, begleitet durch das Heulen des Windes. Am Himmel zuckten die Blitze und warfen ihr gespenstisches Licht auf die bedrohlich wirkenden Berge. Einmal mehr fragte sie sich im Stillen, was sie geritten hatte, in diese Einöde zu ziehen.

Sie hatten den Stall erreicht. Das ängstliche Blöken der Schafe drang zu ihnen. Der Stall selbst lag in völliger Dunkelheit.

»Halt mal kurz«, schrie Sam und reichte ihr die Laterne.

Ihre kalten Finger umklammerten den eisernen Griff.

Mit geübten Bewegungen schob Sam das schwere Eisenschloss beiseite. Knarrend öffnete sich die Stalltür.

Der scharfe Geruch von Tierexkrementen schlug ihr entgegen und nahm ihr fast die Luft.

Sam hielt die Laterne hoch, um sich einen Überblick über die Lage im Stall zu verschaffen. Sein Gesicht war angespannt und seine Kiefermuskeln mahlten. Sie folgte seinem Blick.

Die Schafe standen dicht gedrängt in der Ecke des Stalls beieinander und blökten ängstlich. Sie zählte zehn Schafe, darunter ein Lamm.

Mit erhobenen Armen ging Sam ein paar Schritte auf die verängstigten Tiere zu. Dabei murmelte er etwas auf Gälisch, von dem Cassie kein Wort verstand. Die Schafe jedoch schien es zu beruhigen, denn eines der Tiere löste sich aus der Gruppe und kam auf Sam zu.

In diesem Moment polterte es laut. Es klang, als ob jemand mit einem Hammer gegen eine Tür schlagen würde. Erschrocken drehte sie den Kopf in die Richtung, aus der das Geräusch gekommen war. Schrilles Wiehern drang vom hinteren Teil des Stalls zu ihnen.

»Die Pferde«, teilte Sam ihr knapp mit. Mit schnellen Schritten bahnte er sich den Weg vorbei an der Schafherde zum hinteren Teil des Stalls. Cassie folgte ihm mit klopfendem Herzen.

Kapitel 8

Es dauerte einen Moment, bis ihre Augen sich an das schummrige Licht gewöhnt hatten. Das Erste, was sie sah, war die Stute. Ihr braunes Fell glänzte schweißnass im Schein der Laterne. Das Weiße der Augen war hervorgetreten und sie schien Schmerzen zu haben. Der Bauch der Stute war gespannt wie eine Trommel, und dicke Adern, die dort entlangliefen, traten deutlich hervor.

Das Heu zu den Füßen des Tiers war mit Blutspuren beschmutzt.

Cassies Blick fiel auf den Hengst, der sich von hinten dicht an die Stute drängte, als wollte er sie beschützen. Ein wunderschönes Tier mit glänzendem schwarzen Fell, dessen lebhafte braune Augen jede ihrer Bewegungen zu verfolgen schienen.

Mit entschlossenem Gesichtsausdruck hängte Sam die Laterne an einem Deckenbalken an einen eigens dafür angebrachten Haken.

Der Hengst tänzelte nervös neben der Stute.

»Whoa.« Sam schnalzte mit der Zunge und ging langsam auf den Hengst zu. In Panik keilte das Tier aus und trat mit den Hinterläufen gegen die Holzwand hinter sich.

Unbewusst hielt Cassie den Atem an, als Sam sich dem Hengst näherte.

»Ruhig, mein Großer.« Sam klopfte dem Pferd kräftig auf die Flanke. Dabei flüsterte er dem Tier etwas ins Ohr, das sie nicht verstand. Anschließend kniete er sich neben die trächtige Stute auf den Boden. Ein Tritt des Hengstes würde genügen, um Sam zu verletzen. Mit beruhigender Stimme redete er auf das verängstigte Tier ein, während er mit gezielten Bewegungen den Bauch der Stute abtastete.

»Sie liegt in den Wehen«, teilte er Cassie zum Abschluss seiner Untersuchungen mit. Eine tiefe Sorgenfalte hatte sich zwischen seine Augenbrauen gegraben. »Normalerweise kommt Doc Frazer, aber bei diesem Sturm sind wir ganz auf uns gestellt.«

»Kann ich irgendwie helfen?« Sie ließ sich neben ihm im Heu nieder und streichelte vorsichtig den Kopf der Stute. Deren Ohren wackelten alarmiert hin und her.

»Aye. Ich muss frisches Stroh holen, damit wir Mutter und Fohlen über Nacht trocken halten können. Deine Aufgabe ist es, sie so lange zu beruhigen, bis ich wieder da bin. Der Sturm macht ihr Angst.«

»Dann sind wir ja schon zwei.«

»Aye. Nur dass du nicht schwanger bist.« Sam stand auf und klopfte sich das Stroh von der Hose.

Cassie streichelte der Stute über den Nasenrücken. Sams hochgewachsene Gestalt verschwand in der Dunkelheit, begleitet vom Blöken der Schafe.

Die Stute schnaubte laut. Sofort drängte sich der Hengst besorgt an sie.

»Hey, alles wird gut.« Cassie strich sanft über den Bauch der Stute. »Du bist nicht alleine. Sam kennt sich mit solchen Dingen aus. Also mach dir keine Sorgen.«

Sie hatte keine Ahnung, ob es stimmte, was sie sagte. Der aufgetriebene Bauch der Stute verhärtete sich abrupt. Sie gab ein gequältes Wiehern von sich. Der Hengst beugte besorgt den Kopf und stupste mit der Nase gegen den Bauch seiner Partnerin.

»Du musst ganz ruhig atmen«, murmelte Cassie. »Alles wird gut.«

Immer und immer wieder wiederholte sie ihre Worte und strich dabei über den Bauch. Der Stute schien es zu gefallen, denn das Tier entspannte sich zusehends unter ihren Händen.

Sam kam mit zwei Strohballen zurück. Über die Schulter hatte er sich eine Decke geworfen. »Und, was macht die Patientin?« Er warf einen besorgten Blick auf die Stute.

»Ich glaube, es geht ihr den Umständen entsprechend gut. Allerdings kenne ich mich nicht mit Geburten aus. Glaube ich zumindest.« Sie sah ihn unglücklich an.

»Du machst das gut«, lobte er sie, dabei legte er die Decke über den Balken. »Möchtest du wirklich hierbleiben? Ich denke, wir haben eine lange Nacht vor uns. Ich kann dich auch rüber ins Haus bringen.«

Sie schüttelte entschieden den Kopf. »Nein, auf keinen Fall. Ich bleibe bei dir. Außerdem haben wir zwei uns gerade angefreundet. Nicht wahr?« Sie streichelte die Stute.

»Es ist Fairy.«

Sie sah ihn verständnislos an.

»Ihr Name ist Fairy.«

Die Stute gab ihr einen leichten Stups, als wollte sie Cassie begrüßen.

Ein Lächeln huschte über ihr Gesicht. »Hallo, Fairy.«

»Lass uns versuchen, sie zum Aufstehen zu bewegen. Dann hat sie es leichter.«

»Verstanden.«

Sam legte seinen Arm um den Hals der Stute. »Komm, mein Mädchen. Komm.«

Als ob sie ihn verstanden hätte, ging die Stute schwerfällig auf ihre Vorderhufe und richtete sich mit einem Ruck auf.

»Gut gemacht!«, lobte Sam und klopfte ihr anerkennend auf die Flanken. Ein Lächeln huschte über sein Gesicht und die Anspannung der letzten Minuten war verflogen.

»Hier, jetzt bist du dran.« Er reichte Cassie die Leine. »Führ sie ein bisschen im Kreis herum.«

Cassie sah ihn skeptisch an.

»Du kannst nichts verkehrt machen. Wenn sie nicht mehr will, legt sie sich sowieso hin.«

»Okay.« Entschlossen nahm sie die Zügel in die Hand. »Komm, meine Hübsche. Wir beiden Mädels müssen doch zusammenhalten.«

Willig folgte Fairy ihr, während Sam sich um den Hengst kümmerte.

Sie wusste nicht, wie lange sie die Stute durch den Stall geführt hatte. Ihre Füße taten ihr mittlerweile weh vom Gehen. Sam hatte in der Zwischenzeit das blutige Stroh entfernt und durch frisches ersetzt. Der Wind pfiff durch die Ritzen im Holz und der Regen trommelte unaufhörlich auf das Dach des Stalls.

Cassie beobachtete, wie sich der Bauch der Stute in regelmäßigen Abständen verspannte. »Ich glaube, das Fohlen kommt bald«, rief sie Sam zu.

Er trat zu ihr. Geschickt untersuchten seine Hände den Bauch der Stute.

»Aye. Du hast recht, es dauert nicht mehr lange.« Anerkennung sprach aus seiner Stimme.

In diesem Moment machte Fairy einen unerwarteten Schritt zur Seite. Fruchtwasser ergoss sich auf den Stallboden. Die Stute zirkelte um die eigene Achse, dann ließ sie sich auf den Boden nieder, den Rücken gegen die Stallwand gepresst.

Instinktiv ließ sich Cassie neben der Stute auf das Heu nieder. Mit sanften Bewegungen fuhr sie dem Tier über das feuchte Fell, während sie beruhigend auf es einredete.

Aus dem Augenwinkel sah sie, wie Sam das Tier erneut untersuchte.

Fairy schwitzte stark. Cassie nahm etwas trockenes Stroh und rieb ihr das nasse Fell ab, um ihr Erleichterung zu verschaffen. Immer und immer wieder krampfte der Bauch des Tieres und Cassie fragte sich, wie lange es noch dauern würde, als Sam sie zu sich rief.

»Cassie, es ist so weit. Komm.«

Sie robbte zu ihm durch das Stroh. Die Vorderbeine des Fohlens schauten bereits heraus. Die Geburt war in vollem Gange.

Ohne zu zögern, packte Sam die Vorderfüße des Fohlens und zog daran.

Cassie schluckte. Ihr Magen zog sich zusammen, als hätte sie in eine Zitrone gebissen. Sie hatte noch nie etwas Derartiges gesehen.

Fasziniert beobachtete sie, wie Sam das Fohlen aus dem Leib der Mutter zog. Sekunden später rutschte das Fohlen, begleitet von einem Schwall Fruchtwasser, in das nasse Stroh.

»Gut gemacht, Fairy«, lobte Sam.

Cassie spürte, wie ihr Tränen in die Augen stiegen.

Das Fohlen wieherte leise. Sein Fell war dunkel, wie das seines Vaters, mit einem dicken weißen Fleck auf der Nase. Seine Augen glänzten goldbraun im Schein der Laterne.

Tränen verschleierten Cassies Blick. Ein Gefühl des Glücks überwältigte sie und am liebsten hätte sie den Moment für immer festgehalten.

Der Hengst senkte schnaubend seinen Kopf neben der Stute, um seine Tochter zu begrüßen.

»Herzlich willkommen, meine Kleine«, flüsterte Sam. Seine Hand tastete nach Cassies. »Ist sie nicht wunderschön?«

»Sie ist unglaublich«, hauchte Cassie. Tränen des Glücks liefen ihr über die Wangen. »Das ist das Schönste, was ich jemals gesehen habe«, schluchzte sie, völlig überwältigt von dem Moment.

»Aye.«

Ihre Blicke trafen sich. Cassie hatte das Gefühl, in seinen blauen Seen zu versinken. Sein warmer Atem streifte ihre Wange wie ein Samthandschuh. Ihre Lippen fanden sich. Sein Kuss war zart und voller Gefühl. Die Welt um sie herum schien stillzustehen. Es gab nur noch sie und ihn.

Cassie wünschte sich, dass dieser Kuss ewig dauern würde. Er neckte sie mit seiner Zunge und sie erwiderte sein Spiel. Ihre Tränen mischten sich mit seinem ureigenen Geschmack. Wild und erregend zugleich. Seine Hände lagen glühend heiß auf ihrem Rücken. Sein männlicher Duft hüllte sie ein und benebelte ihre Sinne. Alles, was sie wollte, war, ihn zu küssen.

Als sie sich voneinander lösten, ließ sie die Augen für einen Moment geschlossen. Seine Finger glitten sanft wie eine Feder über ihre Wange und fuhren zärtlich die Konturen ihres Gesichts nach.

»Du bist wunderschön«, murmelte er.

Sie schlug die Augen auf und blickte ihm geradewegs ins Gesicht. Seine Haare hingen wild auf die Schultern herab. Vorsichtig schob sie eine Locke hinter sein Ohr.

»Sassenach«, flüsterte er und küsste ihre Handinnenfläche. Seine Bartstoppeln kitzelten leicht auf ihrer zarten Haut. Eine winzige Geste, die ihr Inneres berührte.

Das Fohlen wieherte leise.

»Ich glaube, da ist jemand eifersüchtig.« Cassie lachte glücklich.

»Aye«, nickte Sam. »Was hältst du davon, wenn wir neues Stroh auslegen und es Mutter und Kind ein wenig gemütlich machen, bevor wir wieder ins Haus gehen?«

»Hast du schon einen Namen für das Fohlen?«, fragte Cassie noch immer benommen von seinem Kuss.

»Ja.« Er lächelte, dabei bildeten sich winzige Fältchen um seine Augen. »Wie würde dir Cassandra gefallen?«

»Du willst das Fohlen nach mir benennen?« Sie sah ihn ungläubig an.

»Ich könnte mir keinen schöneren Namen vorstellen.« Sein Blick ruhte liebevoll auf Cassie.

Sie streckte die Hand nach dem Fohlen aus. »Hallo, Cassandra. Willkommen in Callekille Cottage.«

Das Fohlen schnaubte, als ob es ihre Worte verstanden hätte.

Sam legte dem Neugeborenen eine Decke über den Rücken. »Jetzt müssen wir nur noch die tapfere Mutter mit etwas Stroh abreiben.«

Stumm folgte sie seinem Beispiel und nahm eine Handvoll Stroh. Schweigend machten sie sich an die Arbeit. Dabei sagte keiner von ihnen ein Wort. Jeder hing seinen Gedanken nach. Cassie war noch völlig überwältigt von den Ereignissen der letzten Stunden.

Als sie nach draußen traten, dämmerte es bereits. Der Sturm hatte etwas nachgelassen und zwischen den dunklen Wolken tauchte gelegentlich der Mond auf.

»Wie es aussieht, haben wir das Schlimmste überstanden.« Als sie ins Haus traten, wurden sie von angenehmer Wärme empfangen. Müde und glücklich zog Cassie die dreckigen Sachen aus, bis sie nur noch in Unterwäsche vor ihm stand.

»Ich hätte nichts gegen eine Dusche einzuwenden. Du auch?«, fragte Sam.

Lächelnd betrachtete sie ihre verschmutzten Hände. »Ich schätze, eine Dusche könnte nicht schaden, sonst sagst du mir wieder, dass ich stinke.«

»Aye. Du weißt ja, wo das Badezimmer ist. Ich lege solange ein paar Holzscheite nach, damit uns das Feuer nicht ausgeht.«

Lächelnd ging sie den Flur entlang. Vielleicht war es doch nicht so schlimm, die Frau eines Bauern zu sein.

Langsam fiel die Anspannung der letzten Stunden von ihr ab und eine bleierne Müdigkeit machte sich in ihr breit. Sie hatte gefühlt Stunden unter der Dusche verbracht und das Gefühl des warmen Wassers auf ihrer Haut genossen.

Als sie ihr Gesicht im Spiegel sah, huschte unwillkürlich ein Lächeln über ihre Lippen. Ihre Wangen waren gerötet und ihre Augen glänzten glücklich. Was für eine Veränderung im Vergleich zu heute Morgen, wo sie blass und verwirrt ausgesehen hatte. Ihre Zweifel, ob Sam MacLeod wirklich ihr Mann war, waren verschwunden.

Als sie ins Schlafzimmer kam, fand sie Sam nur mit seinem Kilt bekleidet vor. Das Shirt lag achtlos auf dem Boden, wie ein zerknülltes Stück Papier. Er sah aus wie das Abbild einer griechischen Statue. Fasziniert folgte sie mit den Augen den feinen Linien seiner Muskeln, runter bis zu dem dunklen Flaum, der entlang des Bauchnabels verlief und in seiner Unterhose verschwand. Wie es sich wohl anfühlen würde, seine nackte Haut zu berühren? In diesem Moment legte er den Kilt ab und stand, so wie Gott ihn geschaffen hatte, vor ihr.

Cassie sog hörbar die Luft ein. Damit hatte sie nicht gerechnet.

»Jetzt bist du hinter das Geheimnis gekommen, was wir Schotten unter unserem Kilt tragen«, holte seine Stimme sie zurück.

»Das bin ich doch schon lange«, erwiderte sie keck. »Schließlich bin ich deine Frau.«

Er drehte sich mit dem Rücken zu ihr, sodass sie seinen prachtvollen, durchtrainierten Po aus nächster Nähe bewundern konnte. Das war der Moment, in dem sich ihr Verstand endgültig verabschiedete und ihre Hormone das Kommando übernahmen. Alles, an was sie noch denken konnte, war Sex. Hemmungsloser, wilder Sex mit Sam – ihrem Mann!

Zu ihrem Bedauern schlang er sich ein Handtuch um die Hüfte.

»Nicht weglaufen.« Seine Stimme klang rau.

»Versprochen.« Sie zwinkerte im gut gelaunt zu. Noch immer rauschten die Glückshormone durch ihre Adern.

Nur mit Unterhose und Shirt bekleidet schlüpfte sie unter die kühle Bettdecke und wartete auf Sam.

Mit geschlossenen Augen dachte sie an die letzten gemeinsamen Stunden. Sams Gesicht tauchte hinter ihren geschlossenen Lidern auf. Sein Lächeln, als er das Fohlen in den Armen gehalten hatte. Noch immer spürte sie seinen Kuss auf ihren Lippen. Sam MacLeod kam ihr vor wie ein Traum – mit dem Unterschied, dass dies kein Traum war.

Sie schlug die Augen auf, als sie seine Schritte hörte. Er war nackt. Seine Haare glänzten feucht. Wassertropfen perlten von seiner Haut und liefen ihm über die muskulöse Brust. Cassie schnappte hörbar nach Luft. Ihr ganzer Körper prickelte und ihr Puls schaltete einen Gang höher.

Ihre Blicke trafen sich. Ein Gänsehautschauer lief ihr den Rücken hinunter und die feinen Härchen an ihren Armen richteten sich auf. Sie begehrte diesen Mann wie noch keinen Mann zuvor. Ein Lächeln umspielte seinen Mund, das sie nicht deuten konnte.

Ohne sie eines weiteren Blickes zu würdigen, ging er auf die andere Seite des Bettes. Unbewusst hielt sie die Luft an. Die Matratze gab unter seinem Gewicht nach, als er sich neben sie legte. Sie drehte sich zu ihm.

»Du hast dich heute Nacht im Stall wirklich tapfer geschlagen«, brummte er. Sein warmer Atem streifte ihr Gesicht wie die Hand eines Geliebten.

»Danke, ich hatte einen guten Lehrmeister.« Erwartungsvoll schaute sie ihn an.

Küss mich.

Aber Sam machte keinerlei Anstalten, sie zu verführen. Die Schmetterlinge in ihrem Bauch, die bis eben erwartungsvoll geflattert hatten, verfielen in eine Schockstarre.

Sam drehte sich zur Seite und pustete die Kerze aus, die er neben das Bett auf den Nachttisch gestellt hatte. »Weck mich, wenn was ist.«

Sekunden später verkündeten seine regelmäßigen Atemzüge, dass er eingeschlafen war.

Cassie lag auf dem Rücken und starrte in der Dunkelheit gegen die Decke. Sie verstand die Welt nicht mehr. Eben noch hatte er sie voller Leidenschaft angesehen und kurz darauf verhielt er sich eigenartig distanziert. War das schon immer so mit ihnen gewesen oder interessierte er sich nach zwei Jahren Ehe nicht mehr für sie?

Seufzend schloss sie die Augen und war kurz darauf eingeschlafen.

Kapitel 9

»Guten Morgen!«, drang Sams Stimme an ihr Ohr.

Cassie blinzelte orientierungslos.

»Aufstehen.«

Mit einem Ruck richtete sie sich im Bett auf. »Was ist passiert?«

Sam stand in voller Schottenmontur einen Schritt entfernt. Offensichtlich hatte er schon geduscht, denn seine Haare glänzten noch feucht. Um seinen Mund spielte ein spöttisches Lächeln.

»Ein arbeitsreicher Tag liegt vor uns, oder besser gesagt, vor dir.« Er kreuzte seine Arme vor der Brust.

»Ähm, was meinst du damit?« Cassie fuhr sich verwirrt mit den Fingern durch die Haare.

»Das Stroh im Stall ist feucht und muss ausgemistet werden. Außerdem könnte ich ein ordentliches Frühstück vertragen.« Er strich sich über den Bauch.

»Ja, und was habe ich damit zu tun?« Sie konnte sich beim besten Willen nicht vorstellen, was er von ihr wollte.

»Du bist meine Frau. Du bist für das Frühstück zuständig und für das Ausmisten des Stalls.«

Sie sah ihn verwundert an. »Das ist jetzt nicht dein Ernst, oder?«

Seinem Blick nach zu urteilen, meinte er es todernst. Cassie fragte sich, was den plötzlichen Sinneswandel bewirkt hatte. Gestern noch der liebevolle Mann und heute präsentierte er sich als Macho.

»Los.« Ohne Vorwarnung zog er die Decke vom Bett.

»Hey. Was soll das?« Sie sah ihn entrüstet an.

»Sassenach, du hast lange genug faul im Bett gelegen. Es wird Zeit, etwas zu tun.« Sein Grinsen war geradezu unverschämt.

»Kann ich wenigstens noch duschen?«, knurrte sie.

»Ja, aber schnell. Ich habe ziemlichen Hunger!«

Noch immer fassungslos huschte Cassie auf nackten Füßen über den Holzboden ins Badezimmer. Sie schlang ihre Haare zu einem lockeren Knoten zusammen und schlüpfte unter die Dusche. Das warme Wasser war angenehm und sie schloss für einen Moment die Augen.

»Du brauchst ganz schön lange!«

Durch den milchigen Duschvorhang sah sie, wie Sam sich vor der Toilette aufbaute und anfing, an seinem Kilt zu nesteln. Das konnte unmöglich sein Ernst sein.

»Hey, was fällt dir ein? Ich dusche gerade, du kannst doch nicht einfach hier hereinspazieren, um dein …«, sie schnappte nach Luft, »… dein Geschäft zu erledigen!«

»Da kommt wieder mal die spießige Engländerin in dir durch. Schatz, wir sind seit zwei Jahren verheiratet. Du hast mich schon tausend Mal aufs Klo gehen sehen.«

»*Zum* Klo gehen vielleicht, aber nicht *aufs* Klo«, schnaubte sie entrüstet.

»Du erinnerst dich einfach nicht«, sagte er mit einem süffisanten Grinsen auf dem Gesicht.

Cassie wandte sich ab. Erst als sie die Toilettenspülung hörte, drehte sie sich wieder zu ihm.

»Willst du den ganzen Tag da drin verbringen?« Pfeifend schlenderte er an ihr vorbei zum Waschbecken.

»Wenn du endlich verschwinden würdest, könnte ich auch aus der Dusche kommen.«

»Ich sage es ungern noch einmal – aber du bist meine Frau.« Er baute sich vor der Dusche auf.

Wütend schlug sie den Vorhang zur Seite. »Das gibt dir trotzdem nicht das Recht, mir zu sagen, was ich machen soll.«

Er lächelte. »Gott, siehst du süß aus, wenn du wütend bist!« Er gab ihr einen Kuss auf die Nase.

Verdutzt sah sie ihm hinterher, wie er aus dem Badezimmer ging.

Da soll mal einer die Männer verstehen. Cassie schnappte sich das Handtuch und fing an, sich abzurubbeln, bis ihre Haut rosig glänzte.

Das Pflaster auf ihrer Stirn hatte sich an den Ecken gelöst. Mit einem Ruck zog Cassie sich das hässliche Ding ab.

Autsch. Missmutig betrachtete sie ihr Gesicht. Die Stelle, wo der Airbag sie an der Stirn getroffen hatte, war noch immer leicht geschwollen und rot. Sie konnte nur hoffen, dass die Verfärbung nicht in Richtung Auge absacken würde. Sie tupfte die Stelle trocken und fing dann an, sich zu schminken.

Nachdem sie mit ihrer Morgentoilette fertig war, ging sie ins Schlafzimmer, um sich anzuziehen.

Die Jeans und das T-Shirt von gestern lagen unordentlich über den Stuhl geworfen. Mit spitzen Fingern nahm sie die Jeans hoch. Dicke braune Flecken gemischt mit Blutspritzern waren darauf verteilt, gepaart mit dem Gestank nach Tier und Stall. Cassie zog die Nase kraus. Mit dem T-Shirt verhielt es sich ähnlich. Sie brauchte definitiv neue Klamotten. So konnte sie unmöglich den Tag verbringen. Neue Jeans und ein Shirt mussten her.

Sie öffnete den großen Kleiderschrank. Der rechte Teil war mit Sams Sachen gefüllt. Erst als sie den linken Teil öffnete, fand sie ihre Klamotten. Mehrere T-Shirts und Pullover lagen sorgfältig gefaltet im obersten Fach. Darunter entdeckte sie ein Fach mit Tüchern und einem Plaid, das die gleichen Farben wie Sams Kilt hatte. Ganz unten standen mehrere Schuhkartons nebeneinander aufgereiht, mit kleinen Fotos der jeweiligen Schuhe darauf. Verwundert begutachtete sie die verschiedenen Kleider.

Es erschien ihr unpassend für die raue Gegend, ein feines Kleid wie diese, die dort hingen, zu tragen. Sie fragte sich, was sie sich dabei gedacht hatte. Sie hatte derbe Schuhe, Wollpullover, einfache Baumwoll-Shirts und Hosen erwartet.

Neugierig nahm sie eines der Kleider zur Hand und zog es sich über. Es passte wie angegossen. Der seidige Stoff fühlte sich angenehm auf der Haut an, jedoch war der Rock etwas zu kurz und die Farbe ließ ihr Gesicht blass erscheinen. Stirnrunzelnd zog sie es wieder aus und hängte es zurück in den Schrank. Sie würde Sam fragen, was es mit den Kleidern auf sich hatte.

Nach längerem Suchen entdeckte sie endlich ein Paar dunkle Jeans und ein passendes langärmliges T-Shirt dazu. Zuvor holte sie sich noch frische Unterwäsche aus der Schublade. Wie es aussah, hatte sie ein Faible für Spitzenunterwäsche. Jede Unterhose, jeder BH war aus kostbarer Spitze gewebt. Mit dieser Auswahl hätte man locker ein *Victoria's Secret*-Schaufenster ausstatten können. Hatte Sam nicht erwähnt, dass sie knapp bei Kasse waren? *Eigenartig.*

Sie entschied sich für eine weiße Spitzengarnitur. Stirnrunzelnd betrachtete sie sich im Spiegel. Ihre Brust quoll zu allen Seiten aus dem BH. Hatte Sam nicht gesagt, sie hätte abgenommen?

Die Jeans saßen ebenfalls alles andere als perfekt. In der Taille waren sie zu weit, an den Oberschenkeln zu eng und die Länge war zu kurz. Konnte es sein, dass sie mit den Jeans einen weiteren Fehlkauf entdeckt hatte?

Sie warf einen Blick auf die Jeans über dem Stuhl, die sie am Vorabend getragen hatte. Die Hose hatte wie angegossen gesessen. Wahrscheinlich handelte es sich bei den engen Jeans um ein älteres Modell, von dem sie sich aus irgendeinem Grund nicht getrennt hatte. Bevor sie ging, nahm sie noch das Plaid aus der Schublade und warf es sich wie einen Schal über die Schultern. Draußen war es zwar sonnig, aber sobald sich eine Wolke davorschob, würde es kühl werden.

Als sie in die Küche kam, erwartete Sam sie bereits. Er stand lässig mit der Hüfte gegen den Tisch gelehnt und trommelte ungeduldig mit den Fingern.

»Ah, da ist ja meine kleine Highlanderin.« Er musterte sie wohlwollend. »Du siehst zum Anbeißen aus.«

»Thema anbeißen – ich hatte gehofft, dass du das Frühstück schon mal vorbereitest.« Sie schielte hinter seinen Rücken.

»Das würde ich nicht wagen, schließlich ist die Küche dein Reich.« Er breitete die Arme aus.

Unbeholfen sah sie sich um. In der Küche herrschte totales Chaos. In der Spüle stapelte sich das dreckige Geschirr und auch die Arbeitsfläche war vollgestellt. Überall entdeckte sie Krümel auf der Ablage. Auf dem Herd stand ein Topf, dessen milchig-gräulichen Inhalt sie als Porridge deutete. Es sah aus, als hätte hier seit Wochen niemand mehr sauber gemacht.

»Meine Güte, das ist ja das reinste Schlachtfeld und keine Küche.« Sie wandte sich zu Sam.

»Du warst krank. Was hätte ich tun sollen?« Er zuckte mit den Schultern.

»Aufräumen«, erwiderte sie spitz.

»Ich musste mich um dich und die Tiere kümmern. Weißt du, bei uns herrscht eine klare Arbeitsteilung. Du den Haushalt – ich den Rest. Ich finde, das ist ziemlich fair.«

»Hm«, brummte sie. Ihre Augen glitten über die Küchenzeile, in der Hoffnung, eine Spülmaschine zu entdecken.

»Falls du einen Geschirrspüler suchst, muss ich dir leider sagen: Fehlanzeige.« Anscheinend hatte er ihre Gedanken erraten.

Cassie fuhr sich durch die Haare. Eine Übersprunghandlung, die sie sich nicht abgewöhnen konnte. »So wie es hier aussieht, muss ich erst einmal Geschirr spülen, bevor ich Frühstück machen kann.«

»Eine gute Idee. Ich gehe solange ins Wohnzimmer und schau mal, ob der Strom wieder funktioniert.«

Sie nickte grimmig.

»Bis gleich, mein Schatz.« Er gab ihr im Hinausgehen einen Kuss. »Schön, dass du dich besser fühlst.«

»Damit ich für dich arbeiten kann«, gab sie schnippisch zurück.

Ohne zu antworten, verschwand Sam im Flur. Fluchend machte sie sich an die Arbeit.

Nachdem sie eine Stunde geputzt hatte, sah die Küche endlich wieder ordentlich aus. Sie hatte Geschirr gespült, den Müll nach draußen gebracht und die Flächen vom Schmutz befreit.

Schlecht gelaunt und mit knurrendem Magen stand sie vor dem riesigen Kühlschrank. Der Inhalt stellte sich eher als dürftig heraus, was ihre Laune nicht gerade verbesserte. Bis auf den restlichen Käse, ein paar Scheiben Wurst, Butter und etwas Marmelade war nichts Essbares darin zu finden. Sie stellte die Sachen auf den Tisch und machte sich daran, Wasser für den morgendlichen Tee aufzusetzen.

»Sam«, rief sie. »Frühstück ist fertig.«

Keine zwei Minuten später hörte sie seine Schritte den Flur entlangeilen.

»Das sieht ja prächtig aus.« Sichtlich zufrieden setzte er sich. Der Esstisch war groß genug, dass man zu zweit bequem daran essen konnte.

»War auch ein gutes Stück Arbeit. Du hättest mir ruhig etwas zur Hand gehen können.«

Interessiert betrachtete Cassie die Fotos an der Wand, während Sam das Brot schnitt. Die meisten von ihnen zeigten ihren Mann.

Sam, wie er stolz einen gefangenen Fisch in die Kamera hielt; Sam mit freiem Oberkörper, wie er vor einer Gruppe von Männern in Kilts stand und lachte; Sam in traditioneller schottischer Kleidung und zusammen mit seinen Eltern. Zumindest nahm sie es an, denn die ältere Frau hatte liebevoll den Arm um seine Taille gelegt und der Mann hatte die gleiche Statur und die gleichen Gesichtszüge wie Sam.

»Sind das deine Eltern?«, fragte sie.

»Aye.« Er strich sich nachdenklich über das Kinn. Jetzt erst fiel ihr auf, dass er sich rasiert hatte. Sein Bart war deutlich kürzer und er wirkte dadurch jünger.

»Stell dir vor, ich habe mich an meine Eltern erinnert.«

»Wann?« Es war das erste Mal, dass er sie ansah, seit sie aufgestanden war.

»Heute Morgen.«

»Aber warum hast du nichts davon gesagt? Schließlich ist das wichtig.«

Sie zuckte mit den Schultern. »Ich schätze, ich habe es einfach vergessen.« Im gleichen Moment kicherte sie. »Das hört sich jetzt komisch an.« Ihr Blick fiel erneut auf die Fotowand. Dabei stach ihr ein Bild ins Auge, das ihr zuvor nicht aufgefallen war. Es zeigte Sam in einem Kilt, wie ihn die Schotten um die Jahrhundertwende getragen hatten, mit einem klassischen Dolch an der Seite. Um ihn herum lauter Menschen in normalen Klamotten. Die Aufnahme sah aus, als wäre sie in einem Studio entstanden.

»Und was machst du da?«, kicherte sie und deutete mit dem Finger auf das Foto. »Sieht aus, als ob du Theater spielst.«

»Aye, so ähnlich.« Er fixierte seinen Becher, als würde es sich dabei um die wichtigste Sache seit der Entdeckung Amerikas handeln. Wortlos machte er sich daran, seinen Porridge zu essen.

Die Sonne spiegelte sich in den Pfützen, als sie nach draußen kamen, und die Luft roch nach Erde und Regen. Sam war während des Frühstücks äußerst einsilbig gewesen und auch jetzt lief er schweigend neben ihr.

Der Sturm war weitergezogen und es herrschte eine friedliche Stille. Es war das erste Mal, dass Cassie die Farm und ihre Umgebung bei Tageslicht sah. Mit angehaltenem Atem schaute sie sich um.

Das Farmhaus war traditionell aus hellgrauem groben Stein gebaut und mit einem Reetdach gedeckt. Zu ihrer Überraschung wuchsen Rosenbüsche an der Hauswand entlang, die ihren süßlichen Duft verbreiteten und sich in üppigen rosa Kaskaden über den Hauseingang ergossen.

Der Vorgarten war durch eine hüfthohe Steinmauer vom übrigen Grundstück abgetrennt. Zwischen dem Gras blühten gelber Löwenzahn und Gänseblümchen. Inmitten des Gartens stand ein mächtiger Apfelbaum, dessen Äste sich gleich einem Schirm über die kleine Sitzecke darunter ausbreiteten.

Der Stall war ungefähr zweihundert Meter vom Haupthaus entfernt. Dahinter befanden sich die Pferdekoppel und die Wiesen für die Schafe.

Im Hintergrund erhoben sich majestätisch die grünen Berge von Applecross. Cassie kam sich vor, als würde sie in einer Postkarte aus Schottland stecken.

»Es ist wunderschön hier.«

»Das freut mich, schließlich ist es auch dein Haus«, erwiderte er lächelnd.

»Ich kann gar nicht glauben, dass das Ganze uns gehören soll.« Die Sonne blendete sie und sie legte schützend die Hand vor die Augen.

»Aye. Das Land ist seit mehreren Generationen im Besitz meiner Familie. Zuvor hat es meinem Vater gehört und nun ist es meins.«

»Wann ist dein Vater gestorben?«

»Vor drei Jahren.«

»Oh, dann habe ich ihn gar nicht mehr kennengelernt«, bedauerte sie.

Sam schüttelte den Kopf. »Leider nein. Komm.« Er schnappte sich ihre Hand.

Ihre Schritte knirschten auf dem Steinweg, als sie Sam zum Stall folgte, wo sie von den Schafen freudig begrüßt wurden, die sich an ihnen vorbei ins Freie drängten. Es stank erbärmlich nach Tierexkrementen und feuchtem Stroh.

Cassie verzog angewidert das Gesicht und streifte ihr T-Shirt über Mund und Nase.

»Höchste Zeit zum Ausmisten«, kommentierte Sam ungerührt. »Deine Aufgabe. Da drüben findest du alles, was du dazu brauchst. Mistgabel, Handschuhe, Besen und Schubkarre.« Er deutete in die Ecke. »Du solltest dir vielleicht besser die Schürze überziehen, die am Haken hängt. Ach ja, und der Misthaufen befindet sich hinter dem Stall, du musst nur dem kleinen Weg folgen, falls du es vergessen hast.«

Ohne sie eines weiteren Blickes zu würdigen, ging er in Richtung Pferdestall.

Cassie sah ihm mit offenem Mund hinterher. Es dauerte einen Moment, bis sie ihre Stimme wiedergefunden hatte.

»Hey, Schotte.«

Stirnrunzelnd drehte Sam sich um.

»Und wann kommst du und hilfst mir?« Sie hatte die Hände in die Hüfte gestemmt und funkelte ihn feindselig an.

»Gar nicht. Einer muss sich um die Pferde kümmern.« Seine Mundwinkel kräuselten sich verdächtig.

»Ich finde, ich habe das gleiche Recht, die Pferde zu begrüßen, wie du, schließlich war ich bei Cassandras Geburt dabei.«

Er blieb stehen. »Das klingt mehr als fair.«

Sie eilte an seine Seite.

Als sie den Pferdestall betraten, bot sich ihnen ein friedliches Bild. Das Fohlen säugte an der Mutter, während der Hengst still über sie wachte.

»Hallo, Cassandra«, begrüßte Cassie das kleine Fohlen freudig.

Neugierig kam das Junge mit staksigem Gang auf sie zugelaufen. Sie streckte die Hand aus und das Fohlen leckte mit der rauen Zunge darüber.

Sam öffnete die Tür zur Pferdekoppel. »Wenn du den Stall noch vor Sonnenuntergang ausgemistet haben willst, solltest du anfangen«, ermahnte er sie mit süffisantem Lächeln.

»Ich soll schuften, während du es dir hier gemütlich machst?«

»Du hast damals selbst darauf bestanden, das Ausmisten des Stalls zu übernehmen. Du hast immer gesagt, es würde dich beruhigen und du könntest dabei prima deinen Gedanken nachhängen. Ich werde solange überprüfen, welche Schäden der Sturm auf der Farm verursacht hat.«

Seufzend gab sie sich geschlagen. Wahrscheinlich hatte Sam recht mit dem, was er sagte. Jedoch wurde sie den Verdacht nicht los, dass er ihren Zustand durchaus zu seinen Gunsten nutzte.

Lustlos schlurfte sie zu der Ecke, wo die Sachen abgestellt waren. So hatte sie sich ihren Tag nicht vorgestellt. Die Handschuhe sahen aus, als ob sie schon bessere Zeiten erlebt hätten, und waren mit dem Schweiß von unzähligen Stunden harter Arbeit getränkt. Angewidert schmiss sie die ollen Dinger in die Ecke und schnappte sich das Ungetüm von Mistgabel.

Unbeholfen machte sie sich an die Arbeit. Bereits nach kurzer Zeit tat ihr vom schweren Schleppen alles weh und auf ihren Händen zeigten sich die ersten Anzeichen von Blasen. Vielleicht hätte sie doch die Handschuhe nehmen sollen.

Der Schweiß lief ihr kitzelnd den Rücken herunter. Sie wischte sich mit der Hand über das Gesicht und sah sich um. Sie hatte gerade etwas mehr als ein Viertel geschafft. Es würde noch Stunden dauern, bis sie fertig war.

Wenn sie das jeden Tag machte, müsste sie doch eigentlich viel fitter sein? Im Augenblick hatte sie eher den Verdacht, sich einen satten Muskelkater einzufangen.

Wo steckte Sam? Sie lehnte die Mistgabel gegen die Stallwand und spähte um die Ecke, wo die Pferdekoppel lag.

Sam hockte auf dem Gatter und sah den Pferden zu, die auf der Weide miteinander herumtollten. Fairy neckte das Fohlen mit dem Kopf, was die Kleine mit lustigen Bocksprüngen quittierte.

Sam hatte die Ärmel seines Hemds hochgekrempelt und sie konnte die Muskeln seiner Unterarme sehen. Seine Haare schimmerten wie die eines Fuchsschwanzes im Sonnenlicht. Er bot das perfekte Bild eines Highlanders.

Als hätte er ihre Anwesenheit gespürt, drehte er den Kopf plötzlich in ihre Richtung. Cassie schluckte nervös, als sich ihre Blicke trafen. Sofort fingen die Schmetterlinge in ihrem Bauch an, zu flattern.

»Gibt es Probleme?« Sam sprang vom Gatter und kam mit langen Schritten zu ihr.

Sie schüttelte den Kopf. »Nein, ich wollte nur mal sehen, was du so treibst. Haben wohl nicht so lange gedauert, deine Überprüfungen?«, stichelte sie.

»Ich bin noch nicht ganz fertig«, gab er zu. Er zog einen Strohhalm aus ihren Haaren. »Und wie kommst du voran?«

»Ganz gut. Allerdings tun mir meine Arme jetzt schon weh.«

»Das kommt nur davon, dass du zu viel im Bett gelegen hast. Du wirst sehen, du gewöhnst dich schnell wieder daran. Trotzdem solltest du zwischendurch etwas trinken.«

»Wasser wäre prima.« Ihr Mund war trocken und ihre Zunge klebte am Gaumen.

»Die Wasserpumpe ist seitlich an der Stallwand angebracht.« Sonnenlicht fiel auf sein Gesicht und ließ das Blau seiner Augen unnatürlich leuchten.

»Danke für den großzügigen Hinweis«, brummte sie. Sie hatte eigentlich gehofft, dass er ihr eine Flasche mit Mineralwasser anbieten würde oder zumindest ein Glas.

»Gerne geschehen.« Er tippte sich mit den Fingern gegen die Schläfe. »Wenn du mich entschuldigen magst, ich muss weitermachen, und du solltest es auch.«

Wütend stapfte Cassie zurück in den Stall. »Mistkerl. Idiot«, fluchte sie und stach mit der Mistgabel in das nasse Stroh. *Was bildet sich der Kerl eigentlich ein, mit mir herumzuspringen wie mit einer Leibeigenen?* Gedächtnisverlust hin oder her. Sie würde sich seine unverschämte Art nicht länger gefallen lassen. Sollte er sich doch sein Essen alleine machen. Und den beknackten Stall konnte er das nächste Mal gerne selbst ausmisten.

Erbost schleuderte sie die Mistgabel in hohem Bogen in die Ecke. Frustriert hockte sie sich auf den kalten Stallboden und ließ den Kopf zwischen ihre Knie sinken. Was war nur los mit ihr? Seit sie nach dem Unfall wieder aufgewacht war, hatte sie ständig das Gefühl, dass etwas in ihrem Leben mächtig falschlief.

Auf der einen Seite war da Sam, charmant, sexy und gleichzeitig doch so unberechenbar. Seine plötzlichen Sinneswandel machten ihr zu schaffen, ebenso seine ruppige Art ihr gegenüber. Und auf der anderen Seite war die Farm. Alles hier war ihr fremd. Jeder Handgriff, den sie tat, fühlte sich an, als sei es das erste Mal. Hätte ihr Körper nicht die Bewegungen erinnern müssen, anstatt mit Widerwillen zu reagieren?

Ohne Vorwarnung flammte ein Bild von mehreren Frauen in ihrem Kopf auf, die zusammen mit ihr um einen Tisch saßen und lachten. Wer waren die Frauen? Freundinnen? Ehe sie eine Antwort hatte, war das Bild wieder verblasst.

Grübelnd hob sie den Kopf und pustete sich eine Locke aus dem Gesicht. Die Sonne stand schon hoch am Horizont.

Sam hatte recht. Wenn sie heute noch fertig werden wollte, musste sie sich ranhalten. Der Wind trug das Geräusch von Hammerschlägen zu ihr. Anscheinend hatte Sam eine kaputte Stelle im Zaun gefunden.

Schwerfällig stand sie auf. Sie hatte sich das Leben als Farmersfrau irgendwie leichter vorgestellt. Jeder Knochen schmerzte, und sie wagte nicht, darüber nachzudenken, wie sie sich heute Abend fühlen würde. Missmutig hob sie die Mistgabel auf und beförderte eine Ladung altes Stroh in die Schubkarre.

Zwei Stunden später war der Stall endlich vom gröbsten Dreck befreit und der Boden mit neuem Stroh ausgelegt. Das T-Shirt klebte auf ihrer Haut und unter ihren Achseln hatten sich dunkle Flecken gebildet. Sie hatte mehrere Blasen an der Hand, die aufgegangen waren und brannten. Auch wenn sie es ungern zugab, hatte ihr die körperliche Arbeit gutgetan. Zuerst hatte sie bei jeder Gabel, die sie in die Karre schaufelte, geflucht wie ein Rohrspatz, aber irgendwann war ihr Zorn verraucht und eine seltsame Zufriedenheit hatte sich in ihr ausgebreitet.

Sie schmunzelte gedankenverloren.

Hufe klapperten über den Steinboden. Überrascht blickte sie hoch. Sam kam langsam auf seinem Pferd den Stallgang längs getrabt. Als er nur ein paar Schritte entfernt war, zog er am Zügel und der Hengst blieb tänzelnd stehen.

»Einen Penny für deine Gedanken.«

»Körperliche Arbeit befreit den Geist«, entwich es ihr.

»Was?« Verwunderung spiegelte sich in seinem Gesicht wider.

»Du hast mich gefragt, was ich gedacht habe.«

»Aye. Wie ich sehe, warst du fleißig.« Sein Blick glitt anerkennend über den sauberen Stallboden. »Was hältst du von einem kleinen Ausritt?«

»Du meinst, als Belohnung?« Sie kniff die Augen zusammen.

»Ich hätte es als Motivation für weitere Arbeiten bezeichnet.« Ein schiefes Grinsen spielte um seinen Mund.

»Gerne, aber ist es für Fairy nicht ein bisschen früh, so kurz nach der Geburt?«

»Aye, ich dachte an einen Ausritt auf Ahearn.«

»Zu zweit? Sind wir nicht zu schwer?«

Sam schüttelte lachend den Kopf. »Ahearn hat seinen Namen nicht umsonst bekommen.«

»Was bedeutet der Name denn?«

»Fürst der Pferde.« Sam streckte ihr die Hand entgegen und zog sie mit einem Ruck hinter sich auf das Pferd. »Bist du so weit?« Er drehte fragend den Kopf zu ihr.

»Immer.« Sie schlang die Arme um seine Taille und rutschte mit der Hüfte so nah an ihn heran, wie der Sattel es zuließ.

Sam schnalzte mit der Zunge. Sofort verfiel der Hengst in einen sanften Galopp.

Cassie hätte schwören können, dass sie noch nie zuvor geritten war. Jede Bewegung fühlte sich fremd und ungewohnt an. Eigenartig. Schließlich hatte Sam behauptet, Fairy wäre ihr Pferd.

Sie schob den Gedanken wie eine lästige Fliege beiseite und kuschelte sich an Sams Körper, während die Landschaft an ihnen förmlich vorbeiflog. Ahearn schien der Ausritt ebenfalls Spaß zu bereiten. Seine Mähne wehte im Wind wie eine Flagge, während er mit kraftvollen Bewegungen über den weichen Boden galoppierte.

Sam saß aufrecht vor ihr und hielt die Zügel locker in den Händen. Jeder Muskel seines Körpers war angespannt. Sie spürte seinen knackigen Hintern zwischen ihren Schenkeln, was ihr die Röte ins Gesicht trieb. Sein männlicher Duft war allgegenwärtig.

Ich bin verliebt! Der Gedanke erwischte sie völlig unvorbereitet. Jetzt, da er in ihrem Kopf war, konnte sie ihn nicht mehr abschütteln. Verstohlen warf sie einen Blick auf Sam. An seiner entspannten Haltung konnte sie sehen, wie sehr er den Ausritt genoss. Seine dichten Haare waren zu einem lockeren Zopf am Hinterkopf zusammengebunden. Er und Ahearn waren eins. Mit perfekt synchronisierten Bewegungen ritten sie durch das unebene Gelände. Der kleinste Druck seiner Schenkel genügte, und das Tier wusste, was von ihm verlangt wurde.

Sie galoppierten einen sanften Hügel hoch. Als sie das Plateau erreichten, verfiel der Hengst in einen gemächlichen Trab.

Cassie schnappte überrascht nach Luft. Der Ausblick von hier oben war atemberaubend schön. Rechts und links von ihnen erhoben sich die majestätischen Berge der Highlands. Blumen, deren Namen sie nicht kannte, wuchsen inmitten der grünen Decke, die sich über die Landschaft zog. Keine Masten. Keine Stromleitungen. Einfach nur die pure Natur.

»Schau, da hinten ist das Meer«, holte Sam sie aus ihren Beobachtungen.

Sie folgte seinem ausgestreckten Arm mit den Augen. Tatsächlich leuchtete zwischen den grünen Hängen der Berge das Meer dunkelblau hervor.

»Bei guter Sicht kann man manchmal bis zum Festland sehen. Heute ist es leider zu diesig.« Er drehte den Kopf zu ihr.

»Alleine für diesen Anblick hat sich die Arbeit von heute gelohnt.« Eine Windböe blies ihr die Haare ins Gesicht. Lachend schob sie eine vorwitzige Strähne hinter das Ohr.

»Möchtest du schon zurück oder sollen wir weiterreiten?« Sein Blick ruhte auf ihren vollen Lippen. Sofort fingen die Schmetterlinge in ihrem Bauch an, aufgeregt zu flattern.

»Ich würde gerne noch ein wenig reiten, wenn es dir nichts ausmacht«, bat sie ihn.

»Mir ausmachen?« Er lachte laut auf. »Niemals. Mit meiner schönen Frau in Begleitung kann der Ausflug gar nicht lange genug dauern.«

Es war das Netteste, was er ihr den ganzen Tag gesagt hatte. Vergessen waren die Blasen an ihren Händen und die schmerzenden Muskeln. Glücklich legte sie ihr erhitztes Gesicht gegen seinen Rücken.

Sam schnalzte mit der Zunge und Ahearn trabte los. Sie folgten einem kleinen Weg durch das hohe Gras den Berg weiter nach oben. Mit jedem Meter, den sie höher stiegen, wurde die Luft deutlich kühler.

Cassie warf sich das Plaid über die Schulter, sodass es sie fast vollständig bedeckte. Der dicke Stoff hielt den Wind ab und sofort breitete sich eine angenehme Wärme aus. Wolken huschten über den Horizont, angetrieben von einem kräftigen Wind draußen auf dem Meer. Die Sonne stand schon tief. Keine Menschenseele war weit und breit zu sehen. Sie waren ganz alleine.

Nachdem sie eine Weile schweigend geritten waren, brachte Sam den Hengst zum Stehen. »Pause?«

»Gerne.« Tatsächlich tat ihr der Hintern von der ungewohnten Art, sich fortzubewegen, weh.

Sam ließ sich vom Sattel gleiten und landete mit einem eleganten Sprung auf dem moosigen Untergrund. Er streckte die Arme nach ihr aus.

Dankend nahm sie seine Hilfe an. Als sie sanft auf dem Boden landete, hielt er sie länger in seinen Armen, als es nötig war.

Seine blauen Augen verankerten sich in ihren. Sein Mund war ganz nah und sein warmer Atem streifte ihre Wange. Eine winzige Bewegung und ihre Lippen würden sich berühren. Seine Hand glitt leicht wie eine Feder über ihren Arm. Ein Zittern lief durch ihren Körper.

»Cassie.« Er sprach ihren Namen wie eine Süßigkeit aus. Sekunden später lagen seine Lippen auf ihrem Mund. Sie schlang ihre Arme um seinen Hals und presste sich gegen Sam. Von seinem Körper ging eine unglaubliche Wärme aus.

Alles um sie herum war vergessen. Es gab nur noch Sam und sie. Ihre Zungen umspielten sich, begierig, den Geschmack des anderen aufzunehmen. Er schmeckte genauso gut, wie er roch.

Seine Hand fuhr entlang ihres Rückens und blieb oberhalb des Pos liegen. Dort, wo er sie berührte, hinterließ er eine brennende Spur. Ihr ganzer Körper bebte und das Blut pulsierte in ihren Adern.

Das war definitiv der beste Kuss ihres Lebens. Ihr Herz hämmerte derart gegen die Brust, dass sie Angst hatte, es könnte herausspringen. In ihrem Kopf herrschte völlige Leere.

Seine Hand fuhr hoch unter ihre Haare. Ein wohliger Schauer lief über ihre Arme. Mit dem Daumen massierte er die empfindliche Stelle in ihrem Nacken, während seine Zunge sie neckte. Zögerlich. Sanft. Tastend.

Es war unglaublich und Cassie hatte das Gefühl, sich in seinen Armen aufzulösen. Ein leises Stöhnen entwich ihrer Kehle, als sich ihr Unterleib lustvoll zusammenzog. Gleichzeitig wünschte sie sich, dass der Kuss niemals enden möge. Leider wurde ihr Wunsch nicht erhört.

Als seine Lippen sie freigaben, war ihr schwindelig, und hätte er sie nicht gehalten, wäre sie gestürzt.

»Whoa. Alles okay mit dir?«

Sie nickte stumm.

»Möchtest du dich setzen?« Er klang besorgt.

»Nein.« Sie schüttelte den Kopf. »Es reicht mir, wenn du mich einfach noch ein bisschen in deinen Armen hältst.«

Wortlos drückte er sie an sich, den Blick in die Ferne gerichtet.

Ihr Herz schlug heftig gegen ihre Brust und sie zwang sich, ruhig zu atmen.

Über dem Meer versank die Sonne als glühend roter Ball. Die wenigen Wolken wurden in das rosa Licht getaucht wie kleine Schleier, die jemand dort aufgehängt hatte. Der Wind säuselte leise sein Lied. Ein Schwarm Vögel flog über ihre Köpfe hinweg. Es herrschte eine mystische Stimmung.

»Geht es wieder?«, unterbrach seine melodische Stimme die Stille. Er streichelte die Haare in ihrem Nacken, was ihren Puls erneut nach oben schnellen ließ.

»Ja, danke.« Wie in Zeitlupe hob sie den Kopf. Seine Augen waren auf sie gerichtet. Seine Haare sahen aus, als würden sie in Flammen stehen. Der Wind blähte sein Hemd auf und ließ ihn noch imposanter aussehen, als er es ohnehin schon war.

Er legte die Hand unter ihr Kinn und hob es an, sodass sie ihm direkt in die Augen sah. Sekundenlang starrten sie sich an, ohne dass einer von ihnen etwas sagte. Mit ihren Augen streichelte sie seinen Mund, seine Nase und seine hohen Wangenknochen.

Ich liebe dich, flüsterte ihre innere Stimme in der Hoffnung, er würde ihre Gefühle erwidern.

Sam räusperte sich. »Ich glaube, wir sollten zurück. Die Sonne geht gleich unter, und ich möchte nicht riskieren, dass Ahearn sich verletzt.«

Der Moment war vorbei. Sie nickte bedauernd.

Während des gesamten Heimritts sagte keiner von ihnen ein Wort. Cassie saß stumm und mit klopfendem Herzen an Sam gekuschelt.

Die Dämmerung hatte bereits eingesetzt, als sie die Farm erreichten.

Sam half Cassie vom Pferd. Jeder Muskel ihres Körpers schmerzte von der ungewohnten Arbeit, aber sie war glücklich. Der Ausritt hatte sie der Landschaft ein Stück näher gebracht, und mehr und mehr kam das Gefühl in ihr auf, dass dies ihr Heim war.

Nachdem Sam den Sattel abgenommen und aufgehängt hatte, ging er zur Weide, um die übrigen Pferde zu holen. Fairy hatte sich zwar gut von der schweren Geburt erholt, aber die Ruhe und Wärme im Stall würden ihr ebenso guttun wie dem Fohlen.

Cassie blieb solange bei Ahearn. Sein Fell glänzte feucht von der Anstrengung. Sie nahm etwas frisches Stroh und rieb ihn trocken.

»Danke für diesen schönen Ausritt«, flüsterte sie in sein Ohr. Der Hengst wieherte leise, als hätte er sie verstanden. Unwillkürlich breitete sich ein Lächeln auf Cassies Gesicht aus. Sie warf dem Hengst die Decke über, die Sam zuvor sorgfältig aufgehängt hatte.

Leise Schritte kündigten an, dass Sam zurück war. An seiner Seite trabte Fairy mit ihrem Fohlen.

»Die Familie wieder glücklich vereint«, kommentierte Cassie und lachte.

Eigenartigerweise antwortete Sam nicht, sondern sah sie mit eindringlichem Blick an. Hatte sie etwas Falsches gesagt?

Gemeinsam gingen sie zurück ins Haus. Mittlerweile war es dunkel geworden und der Mond kam hinter den Bergen hervorgekrochen. Trotz der warmen Temperaturen während des Tages war es kühl geworden und die Nacht legte sich mit einer feuchten Decke über die Landschaft. Cassie fröstelte leicht.

»Ich mache den Kamin an, dann wird dir schnell warm«, sagte Sam, der ihr Zittern bemerkt hatte.

Cassie nickte dankbar und rieb sich die eiskalten Hände.

»Was hältst du davon, wenn ich uns eine Kleinigkeit zu essen koche und du lässt dir ein Bad ein, um dich aufzuwärmen?«, schlug er vor.

»Ich dachte, die Küche wäre mein Bereich.« Sie sah ihn verwundert an.

»Normalerweise ja, aber wie heißt es so schön: Ausnahmen bestätigen die Regel.« Ein Lächeln huschte über sein Gesicht. »Ich schaue mal nach, was die MacLeod'sche Vorratskammer so zu bieten hat. Viel ist es nicht. Ich hatte eigentlich vor, einkaufen zu fahren, aber dann bist du ...« Er machte eine kleine Pause. »... dazwischengekommen.«

»Soso«, erwiderte sie lächelnd. »Ich bin für dich also ein Zwischenfall.«

»Blödsinn. Der Sturm und dein Unfall haben meine Pläne durcheinandergewirbelt, das ist alles.«

»Was waren denn deine Pläne?«

»Sieh mich nicht so misstrauisch an. Eigentlich wollten wir zusammen nach Dingwall, um unsere Vorräte aufzustocken.« Mit einem Mal klang er gereizt.

»Ach so. Aber vielleicht können wir morgen fahren. Das Wetter ist schließlich wieder gut.«

»Ja, wir werden sehen.« Ohne sie weiter zu beachten, verschwand Sam in der Küche.

Nachdenklich sah sie ihm hinterher. Was hatte den Stimmungswechsel verursacht? Manchmal wurde sie aus ihrem Mann nicht schlau.

Müde schleppte sie sich ins Badezimmer.

Kurze Zeit später lag sie im warmen Badewasser, eingehüllt in einen zarten Jasminduft. Sie lehnte den Kopf zurück und schloss die Augen.

Langsam entspannten sich ihre Muskeln in der Wärme und eine angenehme Schläfrigkeit breitete sich in ihr aus. Ihre Gedanken wanderten zu Sam und ihrem gemeinsamen Ausritt. Es war unglaublich gewesen und sie hatte jeden Moment ihres kleinen Ausflugs genossen. Vor allem den Kuss. Noch immer konnte sie seine Lippen auf ihrem Mund spüren.

Es klopfte an der Tür. Sekunden später tauchte Sams Kopf im Türrahmen auf. Er hatte ein Glas Rotwein in der Hand.

»Ich dachte mir, ein Schluck Wein könnte nach der Anstrengung nicht schaden. Darf ich?«

Sie nickte verschämt und rutschte noch etwas tiefer in das Wasser, sodass jeder Zentimeter ihres Körpers mit Schaum bedeckt war, ehe sie das Glas entgegennahm.

»Danke, das ist sehr aufmerksam von dir.«

Lächelnd setzte sie das Glas an die Lippen und nahm einen tiefen Schluck. Der Wein war köstlich und füllte ihren Mund mit dem intensiven Geschmack von reifen Beeren.

Seine Augen brannten sich in ihr Gesicht. »Ich geh dann mal wieder in die Küche. Das Essen ist in einer halben Stunde fertig.«

Cassie hob das Glas in die Höhe. »Danke für den Wein.« Schaum tropfte ihr dabei aufs Gesicht. Bevor sie reagieren konnte, beugte Sam sich zu ihr und wischte ihr mit dem Zeigefinger über die Nase. Er murmelte etwas auf Gälisch, den Blick auf die rosa Spitzen gerichtet, die frech unter dem Schaum hervorlugten.

Cassie lag wie erstarrt im Wasser, unfähig, einen Muskel zu bewegen. Seine Nähe und das Bewusstsein, nackt vor ihm zu liegen, ließen ihr Herz höherschlagen. Ihr ganzer Körper prickelte.

Wie in Zeitlupe beugte Sam sich zu ihr und küsste sie. Zärtlich. Ohne Hast. Seine Zunge fuhr über ihre Lippen und liebkoste sie. Seine Bartstoppeln kratzten über die empfindliche Haut, was ihre Lust nur noch anfeuerte. Sie schlang ihre Arme um seinen Hals und zog ihn zu sich heran.

»Du machst mich verrückt, weißt du das?«, flüsterte er. Wasser lief ihm tropfend über den Bart.

Sie nickte stumm, unfähig, zu sprechen.

Sams Hand schnellte über die Wasseroberfläche und sie wurde von einem Schwall Wasser getroffen.

»Hey, was soll das?«, protestierte sie überrascht.

»Ich dachte mir, du könntest eine kleine Abkühlung gut gebrauchen.« Lachend richtete er sich auf.

»Du solltest lieber abhauen, bevor ich mich an dir räche und das hier in eine Wasserschlacht ausartet«, erwiderte sie bedauernd.

»Lieber nicht.« Mit wenigen Schritten war er an der Tür. Er warf ihr einen letzten Blick zu, den sie nicht deuten konnte. Dann verschwand er im Flur.

Nachdenklich sah sie ihm hinterher. Der Mann war ihr ein Rätsel. Seine Berührungen waren voller Verlangen, aber jedes Mal entzog er sich ihr im letzten Moment. Was hielt ihn davon ab, mit ihr zu schlafen? Manchmal hatte sie ihre Zweifel, ob zwischen ihnen wirklich alles in Ordnung war. Die Art, wie er sie ansah, wenn er dachte, sie würde es nicht merken, oder seine zufälligen Berührungen. Etwas stimmte nicht, und sie würde herausfinden, was es war!

Das Bad hatte Wunder bewirkt und Cassie fühlte sich erfrischt. Sie verzichtete darauf, Jeans anzuziehen, sondern schlüpfte in eine bequeme Jogginghose, die sie ganz hinten im Kleiderschrank gefunden hatte. Darüber zog sie eines von Sams Hemden. Der raue Stoff kratzte ein wenig auf der Haut, aber dafür roch es herrlich nach ihm. Ihre Haare ließ sie offen auf die Schultern fallen.

»Das duftet ja lecker.« Sie schnupperte, als sie die Küche betrat. Sam stand vor dem Herd und hatte sich ein Handtuch um die Hüfte gewickelt, was in Kombination mit seinem Kilt ziemlich unpassend wirkte. Die langen Haare hatte er sich nach hinten zu einem Zopf gebunden.

Seine Augenbraue schnellte nach oben. »Wie ich sehe, hast du dich an meinem Kleiderschrank bedient.«

»Ja, mir war kalt, und nach dem langen Tag hatte ich keine Lust auf etwas Schickes.«

Seine Augen glitten begehrlich über sie hinweg. Sofort schaltete Cassies Puls einen Gang höher. »Du siehst zum Anbeißen aus«, sagte er mit rauer Stimme.

»Freut mich, zu hören.« Keck warf sie den Kopf in den Nacken.

Sam reichte ihr wortlos sein Glas, in dem Eiswürfel in einer goldbraunen Flüssigkeit schwammen. »Der wärmt von innen. Auf einen gemütlichen Abend.«

Cassie hob ihr Glas. »Slàinte mhath.«

»Du lernst schnell«, grinste Sam.

»Ich bin ja auch mit einem Schotten verheiratet.«

»Darauf trinken wir. Slàinte mhath.«

Die Spaghetti, die Sam zubereitet hatte, waren einfach, aber ausgesprochen schmackhaft. Gierig hatte Cassie ihre erste Portion verspeist und sogar Nachschlag verlangt.

»Wie ich sehe, hat es dir geschmeckt.« Er deutete auf ihren leeren Teller.

»Ich glaube, das waren die besten Spaghetti meines Lebens.«

»Freut mich, zu hören«, sagte er sichtlich geschmeichelt. Seine Augen schimmerten wie zwei Kristalle.

Im Hintergrund prasselte ein Feuer im Kamin und verbreitete eine angenehme Wärme. Die Kerzen auf dem Tisch gaben ihr flackerndes Licht an die Umgebung ab.

»Ist es eigentlich immer so friedlich hier?«, fragte sie nachdenklich. Seit sie hier waren, hatten sie keine Menschenseele getroffen.

»Ja, meistens. Gelegentlich verirren sich ein paar Touristen hierher, aber das sind nur wenige, und wenn, bleiben sie zum Glück nur kurz.« Er nahm einen Schluck aus seinem Whiskyglas.

»Ich finde diese Stille herrlich. Manchmal habe ich das Gefühl, als ob ich mein Leben lang in Hektik gelebt hätte und erst jetzt richtig zur Ruhe gekommen bin.«

»Aye.« Er sah sie mit unergründlichem Blick an.

Sie schluckte. Ihr war leicht schwindlig vom Whisky und von dem Wein, den er ihr zum Essen angeboten hatte.

»Ich sollte abräumen«, murmelte sie und stand auf.

»Cassie.« Sam war ebenfalls aufgestanden. »Das brauchst du nicht.«

Sie blieb mit pochendem Herzen stehen, ohne die Augen von ihm zu lassen. Die Unbefangenheit zwischen ihnen, die noch eben geherrscht hatte, war verschwunden. Der Blick, mit dem er sie ansah, hatte sich verändert.

Küss mich. Sie sehnte sich nach seinen Lippen. Wollte ihn berühren und so spüren, wie es nur zwischen Mann und Frau möglich war. Der Gedanke ließ ihr die Röte ins Gesicht steigen.

Doch diesmal senkte sie den Kopf nicht, sondern hielt seinem Blick stand – fast ein wenig trotzig reckte sie das Kinn.

Seine Augen machten keinen Hehl daraus, wie sehr er sie begehrte.

»Cassie, ich …«

»Ja.« Ihre Lippen waren leicht geöffnet.

Er schüttelte kaum merklich den Kopf. »Ich kann nicht.«

»Aber … aber warum?«

»Du hast dein Gedächtnis verloren und ich will dich nicht bedrängen …«

»Aber merkst du es denn nicht?« Sie holte tief Luft und straffte den Rücken, bevor sie aussprach, was ihre Blicke längst verrieten. »Ich will dich.«

»Eher gefriert die Hölle.« Seine Stimme war nicht mehr als ein Wispern. »Verdammt.« Sein Mund legte sich auf ihren.

Cassie gab ein leises Stöhnen von sich, als seine Zungenspitze durch ihre Lippen stach. Er schmeckte so wunderbar nach ihm selbst. Besser als alles, was sie je zuvor gekostet hatte. Seine Finger glitten über die zarte Haut ihres Halses, um dann unter ihren Haaren zu verschwinden. Seine Zungenspitze tauchte tief in sie ein und Cassie schnappte nach Luft. Müsste sie eine Bewertung von eins bis zehn abgegeben, wäre dieser Kuss eine glatte Elf. Es war unglaublich. Sam war unglaublich.

Er presste sie mit seinem Körper gegen den Stuhl und sie konnte seinen harten Schwanz durch den Stoff seines Kilts spüren. Ihr Unterleib zog sich lustvoll zusammen.

Vergessen waren all ihre Bedenken. Alles, was sie wollte, war, mit Sam zu schlafen. Sie wollte jeden Millimeter seines Körpers erkunden und sich in seinen Armen fallen lassen.

Als er sich nach einer gefühlten Ewigkeit von ihr löste, blieb sie atemlos in seinen Armen.

»Du bist wunderschön.« Mit dem Zeigefinger fuhr er sacht die Konturen ihres Gesichts nach und hinterließ eine prickelnde Spur dort, wo er sie berührte. Jede Zelle ihres Körpers schrie nach seinen Zärtlichkeiten.

Cassie krallte die Finger in seinen Rücken. Sein Mund löste sich und wanderte mit quälender Langsamkeit entlang ihres Halses bis zu den Ohrläppchen. Als er anfing, daran zu saugen, entlockte er ihr ein tiefes Stöhnen, was er mit einem heiseren Lachen quittierte, jedoch ohne sich davon abbringen zu lassen, weiterzumachen. Ein Lustschauer nach dem anderen lief durch ihren Körper.

Ohne Hast knöpfte er das Hemd auf, bis es von ihren Schultern fiel und auf dem Boden liegen blieb. Der Verschluss ihres BHs klackte leise, als er ihn mit geschickten Fingern öffnete. Insgeheim fragte sie sich, wie oft er sie schon so ausgezogen hatte.

Sein Atem ging schnell und sein Brustkorb hob und senkte sich merklich. Seine Augen weiteten sich, als er ihren schlanken Körper und die üppigen Brüste betrachtete. Mit einem Handgriff hatte er sein T-Shirt ausgezogen. Muskeln verliefen in feinen Linien über seine Brust zu der Wölbung seines Bauches, wo sich sein Sixpack unter der hellen Haut abzeichnete.

Er beugte sich zu ihr. Als seine Hand über ihren nackten Bauch nach unten glitt und ihr die Hose über den Po streifte, hielt sie die Luft an. Er sah ihr leidenschaftlich in die Augen und all ihre Scheu war verschwunden.

Er bedeckte ihre Haut mit glühend heißen Küssen, während sie seinen Kilt öffnete. Genüsslich fuhr sie mit der Hand die fließenden Linien seines Bauches nach, hinab zu seiner Hüfte, um ihm die Hose auszuziehen. Sekunden später standen sie sich nackt gegenüber. Seine Augen suchten die ihren.

Sie nickte in stummem Einverständnis. Ihre Lippen fanden sich erneut. Sie schlang ihre Arme um seinen Hals und fuhr ihm mit den Händen durch die Haare. Ihr Körper bog sich ihm entgegen, als er sich hart gegen sie presste. Sie stöhnte leise. Mit einer einzigen Bewegung nahm er sie hoch und setzte sie auf seine Hüfte, ohne die Lippen voneinander zu lösen. Seine Hände umfassten ihre festen Pobacken, während er sie zum Feuer trug. Sanft legte er sie auf das Fell vor dem Kamin. Seine Augen glitten über ihren nackten Körper, so als wollte er sich jede Einzelheit einprägen.

Sie streckte die Arme nach ihm aus. »Ich will dich spüren«, flüsterte sie heiser.

»Mo leannan boidheach*.« Sein Mund hinterließ eine brennende Spur entlang ihres Halses. Ein kehliger Laut entwich ihr. Ihre Hände glitten über seinen Rücken bis zu seinem Po, wo sie liegen blieben. Seine Bartstoppeln kratzten über die zarte Haut und lösten kleine wohlige Schauer bei ihr aus.

»Cassie, was machst du nur mit mir?« Er hob den Kopf. In seinen Augen funkelten gelbe Punkte.

»Gefällt es dir nicht?«

»Ich werde dir zeigen, wie sehr es mir gefällt.«

Langsam richtete er sich auf, ohne seine Augen von ihr abzuwenden. Seine Hände glitten über ihre Brüste zu ihren Pobacken. Mit einem Ruck zog er sie zu sich auf den Schoß und drückte sie fest an sich. Cassie schlang ihre Beine um seine Hüfte. Als er in sie eindrang, explodierte die Welt um sie herum in tausend kleine Stücke.

Cassie hatte ihren Kopf auf Sams nackte Brust gekuschelt und lauschte seinem Herzschlag.

Bumm. Bumm. Bumm.

»Das war einfach Wahnsinn«, flüsterte Sam kaum hörbar. Sein Brustkorb hob und senkte sich unregelmäßig, während er noch immer um Fassung rang.

Sie nickte. Der Sex mit Sam war unglaublich gewesen. Obwohl sie miteinander verheiratet waren, hatte sich alles neu und einmalig angefühlt. Sein Körper war wie eine Landkarte, die es zu erkunden galt.

»War es schon immer so zwischen uns?« Sie richtete sich auf. Sam hatte die Augen geöffnet und schaute sie an. Ein Ausdruck lag in seinen Augen, den sie bisher noch nicht bemerkt hatte. Liebe. Zärtlichkeit. Angst.

»Aye. Ich habe dich vom ersten Moment an begehrt wie keine Frau zuvor in meinem Leben.«

Der letzte Satz versetzte ihr einen Stich. Bisher hatte sie den Gedanken, dass Sam vor ihr andere Frauen gehabt hatte, verdrängt.

»Waren es viele?«

»Was meinst du?«

»Frauen vor mir.«

»Ich habe nie behauptet, ein Mönch gewesen zu sein.«

Sie knabberte an ihrer Unterlippe.

»Aber seit du in mein Leben getreten bist, will ich nur noch dich.«

»Gut.« Erleichtert gab sie ihm einen Kuss. »Ich teile nämlich nicht gerne.«

Sie dachte darüber nach, ob es vor Sam einen Mann in ihrem Leben gegeben hatte. Wahrscheinlich. Leider konnte sie sich noch immer an nichts erinnern. Bis auf Bruchstücke war ihr Gedächtnis wie bei einem Computer, bei dem jemand den Resetknopf gedrückt und alles gelöscht hatte.

»Wie alt bist du eigentlich?«

Sam hatte bis auf winzige Lachfältchen unter den Augen keine nennenswerten Anzeichen der Alterung.

»Meinst du das ernst?«

»Natürlich. So etwas muss man als gute Ehefrau doch wissen.«

»Wie alt schätzt du mich?« Er zwinkerte ihr zu.

Sie versetzte ihm einen Klaps auf die Brust. »Das ist gemein, ich bin schrecklich im Schätzen. Also, ich bin neunundzwanzig, dann bist du …«

Sams Oberkörper schnellte nach oben. »Was hast du eben gesagt?«

»Dass ich schrecklich im Schätzen bin …« Sie sah ihn verwundert an.

»Nein, das danach.«

»Du meinst, dass ich neunundzwanzig bin?«

Er starrte sie an. »Cassie, aber merkst du es denn nicht? Du kannst dich an dein Alter erinnern.«

Sie strich sich verwundert eine Strähne aus dem Gesicht. »Jetzt, wo du es sagst …«

»Kannst du dich an noch mehr erinnern?«, unterbrach er sie. Seine Stimme klang alarmiert.

Sie forschte in den Tiefen ihres Hirns, aber außer der Tatsache, dass sie ihr Alter und ihren Namen wusste, herrschte noch immer Leere. »Nein.«

»Aber das bedeutet, dass du so langsam dein Gedächtnis wiederbekommst.«

Irgendwie hatte sie das Gefühl, dass er sich nicht darüber freute.

»Das klingt gerade so, als ob du mich lieber ohne magst.«

»Du hast es erfasst.« Sam grinste.

»Was? Das verstehe ich nicht«, sagte sie, entrüstet über seine Ehrlichkeit.

»Aber das liegt doch auf der Hand. Solange du dich an nichts erinnern kannst, bin ich der liebe Sam. Sobald du deine Erinnerungen wiederhast, kannst du dich auch an unsere Streits erinnern und an meine schlechten Eigenschaften.«

»Haben wir uns oft gestritten?« Sie strich ihm mit dem Finger über die geschwungenen Lippen.

»Nicht mehr als andere«, brummte Sam.

»Gut.« Sie küsste ihn. »Denn ich bin ganz schrecklich verliebt in dich und ich würde ungern morgen früh aufwachen und feststellen, dass mein Märchenprinz in Wirklichkeit ein Frosch ist.«

»Und dazu ein Schotte«, ergänzte er.

»Ich liebe Schotten«, sagte sie leidenschaftlich. »Schließlich ist mein Mann ein Schotte.«

»Hauptsache, du vergisst das nicht, wenn du dein Gedächtnis wiederhast.« Er fuhr ihr zärtlich durch die Haare. »Sassenach.«

»Was heißt das überhaupt?«

Er fing an, zu lachen. »Du weißt nicht, was Sassenach bedeutet?«

Sie schüttelte den Kopf.

»Das ist die schottische Bezeichnung für die Engländer, die nicht immer nett gemeint ist.«

»Was?« Sie griff nach dem Kopfkissen und schlug es ihm gegen den Kopf. »Und ich dachte, du sagst mir etwas Nettes!«

Er packte das Kissen und legte es hinter sich. »In deinem Fall ist es das auch. Du bist meine Sassenach.« Er nahm ihr Gesicht zwischen seine Hände. »Und ich bin Hals über Kopf in dich verliebt wie noch nie in meinem Leben.«

Er küsste sie voller Leidenschaft. Ihre Zungen verknoteten sich ineinander, während sich ihre Hände daranmachten, den Körper des anderen erneut zu erkunden.

Ihr Unterleib zog sich lustvoll zusammen, und als sie sich ein zweites Mal in dieser Nacht in seinen Armen verlor, war sein Name das Letzte, was sie dachte, bevor sich die Welt um sie auflöste.

Das Zwitschern der Vögel weckte sie. Blinzelnd öffnete sie die Augen. Sonnenlicht fiel durch das Fenster und goldene Punkte tanzten über den Holzboden.

Sam lag neben ihr. Liebevoll betrachtete sie sein schlafendes Gesicht. Seine Augen waren geschlossen. Sämtliche Anspannung war aus seinen Zügen verschwunden. Sein Mund, der so herrlich küssen konnte, war leicht geöffnet. Er sah unglaublich aus. Ohne in den Spiegel geschaut zu haben, wusste sie, dass ihre Haare wirr um den Kopf lagen und ihre Augen vom Schlaf verquollen waren. Ihr Blick glitt weiter nach unten, wo sich sein Brustkorb rhythmisch hob und senkte.

Die letzte Nacht war einfach unglaublich gewesen. Wenn es ein Glas gäbe, in das sie ihre Glücksmomente packen könnte, würde sie die letzten vierundzwanzig Stunden auf ewig darin konservieren, um gelegentlich von dem berauschenden Gefühl zu kosten.

Sie kuschelte sich an ihn und schloss dabei die Augen. Ohne Vorwarnung hatte sie plötzlich Bilder von einem älteren Ehepaar im Kopf – ihre Eltern. Sie sah das Haus mit dem kleinen Vorgarten am Stadtrand von London, in dem sie groß geworden war. Kurze Flashbacks ihrer Vergangenheit tauchten hinter ihren geschlossenen Lidern auf. Sie lachend auf der Schaukel mit ihrem Vater, ihre Mutter mit einem großen Geburtstagskuchen, ihre Freundin Emily, die ein riesiges Eis in der Hand hielt. Ihr Puls schnellte in die Höhe. Wie es aussah, kehrte ihr Gedächtnis zurück.

Sam regte sich neben ihr. Cassie schlug die Augen auf. Sofort waren die Bilder verschwunden.

»Mo cridhe.« Sam schlang den Arm um ihren Hals und zog sie zu sich, um sie zu küssen. Sein Mund schmeckte herrlich nach ihm.

»Hm«, murmelte sie leise.

Er lachte heiser. Seine Lippen wanderten entlang ihres Halses zu ihrer Brust. Sie spürte, wie sich seine Lust regte.

»Du bist ganz schön unersättlich«, sagte sie mit rauer Stimme.

»Nur bei dir.«

Er bedeckte ihren flachen Bauch mit Küssen und seine Zunge fuhr kleine, feuchte Kreise um ihren Bauchnabel. Cassie bebte vor Lust, als seine Hand ihre Oberschenkel hochwanderte und in ihrem dunklen Dreieck verschwand.

Sie liebten sich erneut. Als Cassie nach einer halben Stunde verschwitzt und glücklich neben ihm lag, konnte sie sich nicht vorstellen, dass es jemals anders gewesen sein sollte.

Kapitel 10

»Ich sollte nach den Pferden schauen.«

Sam gab ihr einen Kuss auf die Nasenspitze. Sie hatten gemütlich im Bett gefrühstückt. Sam hatte ihr den Tee und dazu Toast mit Marmelade gebracht.

»Ich komme mit«, entschied Cassie. »Schließlich ist Cassandra auch mein Fohlen.«

»Aye.« Sam schlüpfte aus dem Bett und sie bewunderte das Spiel seiner Muskeln, als er sich das T-Shirt überzog und nach seinem Kilt griff.

»Trägst du eigentlich immer Kilt?«, fragte sie. Sie hatte ihn seit ihrem Aufwachen in Callekille Cottage nicht ein Mal in Jeans gesehen.

»Nur wenn ich zu Hause bin. Unterwegs eher selten.«

Sie streifte sich ihren Slip über, was Sam mit einem bedauernden Lächeln quittierte. Anschließend schnappte sie sich eines seiner T-Shirts, das über dem Stuhl hing, und folgte ihm in den Flur. Lächelnd sah er zu, wie sie ihre Haare zu einem losen Zopf zusammenband.

»Du siehst aus, als hättest du dein ganzes Leben auf einer Farm verbracht.«

»Vielleicht habe ich das ja. Du kannst mir schließlich alles erzählen«, neckte sie ihn.

Er sah sie betroffen an.

»Das war ein Witz. Ich weiß, dass du mich nicht anlügst. Also entspann dich.« Sie schlüpfte in die Gummistiefel.

»Hm.« Sam nahm seine Jacke vom Haken und warf sie sich über.

»Du siehst auch nicht übel aus, wie ein richtiger Schotte. Fehlt nur noch der Dolch, und du kannst im nächsten Film mitmachen.«

Ohne ihre letzte Bemerkung zu kommentieren, nahm er ihre Hand und führte sie nach draußen. Ein frischer Wind schlug ihr entgegen und die Strahlen der Sonne kitzelten ihr Gesicht.

Hatte die Landschaft gestern dunkel und unheimlich ausgesehen, so präsentierte sie sich heute von ihrer schönsten Seite. Das Gras schimmerte saftig grün und die Wildblumen reckten sich wie zum Trotz in leuchtenden Farben nach oben. Der Himmel war hellblau und bildete einen starken Kontrast zu den dunklen Umrissen der Berge im Hintergrund. Schleierwolken, so dünn, dass man sie durch ein Nadelöhr fädeln könnte, hingen am Himmel. Bienen summten eifrig von Rosenblüte zu Rosenblüte. Fasziniert blieb Cassie stehen.

»Mein Gott, ist das schön.« Lächelnd sah sie ihn an.

»Was meinst du jetzt, mich oder die Farm?!«

Sie gab ihm einen Stoß in die Seite. »Du eingebildeter Schotte. Natürlich die Landschaft.«

»Ach so«, sagte er gespielt traurig.

»Kein Wunder, dass ich hierherziehen wollte.«

Er nickte stumm.

»Sag mal, haben wir eigentlich ein Telefon hier?« Sie hatte mehrfach darüber nachgedacht, ihre Eltern anzurufen und ihnen von ihrem Unfall zu erzählen. Schließlich war sie schon mehrere Tage hier, ohne ein Lebenszeichen von sich zu geben.

»Wir haben ein altes Haustelefon, aber die Leitung ist seit dem Sturm tot.« Sams Kiefermuskeln mahlten.

»Hast du kein Handy? Oder ich?«

»Ich mag keine Handys und deins liegt bestimmt noch im Auto. Zumindest habe ich es nicht bei dir gefunden.«

Sie knabberte nachdenklich an ihrer Unterlippe.

»Wir haben nichts mehr zu essen im Haus«, wechselte Sam abrupt das Thema. »Was hältst du davon, wenn wir zum Abendessen nach Applecross fahren? Gertrud kocht uns bestimmt etwas Leckeres.«

Cassie schmunzelte vergnügt. »Gertrud. Was für ein furchtbarer Name. Ich frage mich, wie Eltern ihrem Kind so etwas antun können. Da haben sie so ein entzückendes kleines Baby auf dem Arm und dann nennen sie es Gertrud.«

»Gertrud war zu keinem Zeitpunkt ein entzückendes Baby. Das kann ich dir versichern«, entgegnete Sam. »Die Frau hat Haare auf den Zähnen. Außerdem hieß meine Großmutter mit zweitem Namen Gertrud.«

»Oh, entschuldige. Das hatte ich vergessen.« Sie sah ihn betroffen an.

»Kein Problem. Du kannst es wieder gutmachen, indem du unser Kind so nennst.«

»Du willst unsere Tochter Gertrud nennen?« Das blanke Entsetzen war ihr ins Gesicht geschrieben.

»Warum nicht? Alte Namen sind gerade wieder absolut angesagt.«

»Nur über meine Leiche.«

Ein breites Grinsen lag auf seinem Gesicht.

»Du Schuft. Mich so zu verarschen.« Sie gab ihm lachend einen sanften Stoß in die Seite.

»So behandelst du also den Mann, den du liebst«, sagte Sam gespielt entrüstet.

»Das Gleiche könnte ich zu dir sagen.«

Sam nahm sie in den Arm und küsste sie.

»Okay, überzeugt.« Sie strahlte ihn glücklich an.

Hand in Hand gingen sie zum Stall, um die Pferde auf die Koppel zu führen.

Das Fohlen entwickelte sich prächtig. Der unsichere Gang war verschwunden und es tollte vergnügt neben seinen Eltern auf der Wiese. Fairy hatte sich vollständig von der anstrengenden Geburt erholt und trabte stolz neben Ahearn, den Blick stets aufmerksam auf ihr Fohlen gerichtet.

Sie gingen zum Hinterhof, wo ein schwarzer Land Rover parkte. Unwillkürlich blieb Cassie stehen. Bilder von einem Land Rover, der in schnellem Tempo an ihr vorbeifuhr, blitzten in ihrem Kopf auf.

»Ist das dein Auto?« Nachdenklich strich Cassie mit der Hand über die Kühlerhaube des Land Rovers. Die Seiten waren mit Dreck verspritzt und auch auf der Windschutzscheibe klebten kleine Dreckklumpen. Wieder drängte sich das Bild eines vorbeifahrenden Land Rovers in ihren Kopf und mit ihm ein Gefühl von Wut und Ärger. *Eigenartig.*

»Warum fragst du?« Sam drehte den Kopf in ihre Richtung.

»Einfach so.« Sie versuchte, gleichgültig zu klingen. Irgendwie passten die Bilder nicht zu Sams Worten. »Das ist nicht mein Auto?«

»Nein, dein Auto liegt noch immer im Graben. Wir werden Travis bitten, sich darum zu kümmern. Bei dem Sturm hätte er sowieso nichts machen können.«

»Travis?«

»Der Automechaniker. Wir kennen uns schon seit der Schulzeit. Ein feiner Kerl. Du magst ihn sehr.«

»Aha.« Bei dem Namen klingelte nichts bei ihr. »Können wir auf dem Weg ins Dorf kurz bei meinem Auto vorbeifahren?«

Sam zuckte mit den Achseln. »Ja klar.«

»Ich würde gerne meine Sachen aus dem Wagen holen, bevor Travis es abschleppt. Außerdem hilft es mir vielleicht, mein Gedächtnis wiederzubekommen. Schließlich ist der Unfall drei Tage her, so langsam fange ich an, mir Sorgen zu machen.« Sie kuschelte ihren Kopf an seine Brust. »Bitte, Sam.«

»Wie könnte ich dir einen Wunsch abschlagen, wenn du mich so ansiehst.« Er schmunzelte.

»Prima, dann gehe ich kurz ins Haus und ziehe mir ein paar anständige Sachen an.«

Sein Blick glitt über ihr T-Shirt zu ihrem Gesicht. »Ich finde, du siehst wunderschön aus. Wie eine echte Highlandbraut. Wegen mir brauchst du dich nicht umzuziehen.«

»Ach, du verblendeter Ehemann, du.« Sie gab ihm einen Kuss. »Ich bin gleich wieder da.«

Ihr Herz wummerte wie verrückt in ihrer Brust bei dem Gedanken, den Unfallort zu sehen. Vielleicht würde das ihrer Erinnerung auf die Sprünge helfen und sie hätte Gewissheit bezüglich ihrer Vergangenheit.

Sam wartete bereits auf sie, als sie nach draußen kam. Sie hatte ihre Jeans gegen eine beige Stoffhose eingetauscht und dazu eine weiße Bluse angezogen. Das Plaid hatte sie aus Vorsicht mitgenommen, falls es gegen Abend kühler werden sollte. Im Moment jedoch schien die Sonne mit voller Kraft auf sie herab und es war herrlich warm. Vögel flogen zwitschernd durch die Luft und der Garten war erfüllt vom süßlichen Duft der Rosen.

Sie ließ sich auf den kühlen Ledersitz gleiten. Sam startete den Motor. Langsam glitt der Rover über den holprigen Weg, der zum Cottage führte. Hohe Büsche und Bäume begrenzten den Weg und schützten die Farm vor neugierigen Blicken.

Sam bog in die einspurige Straße nach Applecross ein. Überall waren Schlaglöcher im Asphalt und Sam musste häufig abbremsen, um die Löcher zu umfahren. Cassie schaute interessiert nach draußen.

Sie hatten die Berge bereits hinter sich gelassen und fuhren einen sanften Hügel nach unten. Ein breiter Bach lief parallel zur Straße. Rechts davon befand sich eine saftige Wiese, auf der eine Schafherde graste.

Von hinten näherte sich eine Gruppe von Motorrädern. Sam lenkte den Rover leicht zur Seite, um die Biker passieren zu lassen. Donnernd fuhren die Harleys an ihnen vorbei.

»Wo wollen die hin?« Neugierig sah Cassie den Männern in ihren Ledermonturen hinterher.

»Das Applecross Inn ist bei schönem Wetter ein beliebtes Ausflugsziel für Touristen. Du wirst sehen, wir werden Probleme haben, noch einen Sitzplatz draußen zu bekommen.«

»Das kann ich mir gar nicht vorstellen.«

»Du wirst sehen.« Sam warf ihr einen kurzen Seitenblick zu.

»Dann lebe ich eben nur von Luft und Liebe«, sagte Cassie lachend und schmiegte sich an ihn.

Nach circa einer halben Stunde hatten sie das Ortsschild erreicht. Langsam fuhr der Rover die schmale Straße entlang, als das Meer mit den weißen Häusern von Applecross vor ihnen auftauchte.

Atemlos bewunderte Cassie die Szenerie.

Das Meer war dunkelblau und bot einen starken Kontrast zu den grünen Hängen der Berge. Der Sturm hatte die See aufgewühlt und weiße Schaumkronen tanzten auf den Wellen wie Ballerinas. Einige Schiffe hatten den Hafen verlassen und tuckerten gemütlich vor der Küste. Wahrscheinlich Touristenboote, die ihre täglichen Runden durch die Bucht zogen.

Cassie ließ das Fenster herunter. Die frische Meeresluft strömte nach drinnen. Instinktiv nahm sie einen tiefen Atemzug. Sofort hatte sie den salzigen Geschmack des Meeres auf der Zunge.

Langsam fuhr Sam auf den Parkplatz vor dem Inn. »Da wären wir.« Er zog die Handbremse fest.

»Ich bin gespannt«, erwiderte Cassie. »Schließlich kann ich mich an nichts erinnern. Das ist alles neu für mich.«

»Das kann auch von Vorteil sein«, entgegnete Sam lächelnd und hielt ihr galant die Wagentür auf.

Vom Auto waren es nur ein paar Schritte bis zum Inn. Sam hatte recht gehabt mit seiner Behauptung. Die Tische vor dem Restaurant waren fast alle besetzt. Man saß bei einer leckeren Mahlzeit zusammen und genoss das warme Wetter. Mehrere Familien mit Kindern hatten es sich auf den Bänken gemütlich gemacht. Es herrschte eine ausgelassene Stimmung. Man unterhielt sich und es wurde gelacht.

Eine rundliche Frau kam auf sie zugelaufen. »Sam.«

»Gertrud!«, begrüßte er sie lachend.

»Schön, dich zu sehen.« Ihr Blick wanderte zu Cassie. »Ich habe mir schon Sorgen um Sie gemacht, bei dem Sturm.«

Sams Miene verdüsterte sich augenblicklich. *Eigenartig.*

Warum siezte die Frau sie? Angesichts der Tatsache, dass sie und Sam verheiratet waren, erschien es ihr eher ungewöhnlich.

»Ich hatte tatsächlich einen Unfall. Sam hat mich zum Glück gerettet.« Cassie schmiegte sich an Sam. Verwundert spürte sie, wie sich seine Muskeln unter dem Hemd anspannten.

»Gerettet?« Gertruds Augenbrauen schnellten fragend nach oben.

»Als ich sie gefunden habe, war sie halb erfroren und ohne Erinnerung.«

»Du meinst, sie hat eine Amnesie?« Gertrud betonte das *sie*, als würde es sich bei Cassie um einen Fremdkörper handeln. »Das würde einiges erklären.«

Sam nickte, die Lippen fest aufeinandergepresst. Cassie fragte sich im Stillen, welchen Teil der Unterhaltung sie verpasst hatte, dass Sam derart verspannt war.

Jemand rief nach Gertrud. Sie drehte sich um und gab dem Mann ein Zeichen.

»Wir sprechen uns nachher noch. Nehmt doch solange Platz. Ich bin gleich wieder bei euch.« Mit wiegenden Hüften eilte die Wirtin zu ihren Gästen.

Sam sah ihr mit düsterer Miene hinterher. »Was hältst du davon, wenn wir woanders eine Kleinigkeit essen?«

»Warum?« Cassie sah ihn mit großen Augen an. »Wir sind doch extra nach Applecross gefahren, weil du so von dem Essen hier geschwärmt hast.«

»Mir ist die Lust vergangen«, brummte er missmutig.

»Ach, komm schon. Ich finde es wunderschön hier, und da hinten sind noch zwei Plätze frei. Außerdem habe ich Hunger.« Sie schenkte ihm ein Lächeln.

»Also gut«, gab er nach. Es war ihm deutlich anzusehen, dass er über ihren Wunsch alles andere als glücklich war.

Sie gingen über das weiche Gras zu dem kleinen Holztisch. Zufrieden ließ Cassie sich auf das ausgeblichene Sitzkissen fallen. Die Aussicht war wirklich sensationell und sie genoss den Rundumblick auf die Bucht von Applecross. Die Wellen klatschten keine zwanzig Meter von ihnen entfernt gegen die Felsen. Tropfen flogen glitzernd wie kleine Diamanten durch die Luft.

»Hier.« Sam reichte ihr die handgeschriebene Speisekarte. Zu ihrer Überraschung war die Auswahl auf der Karte reichhaltig. Von thailändischem Curry bis Haggis*, dem schottischen Nationalgericht, war alles vorhanden.

Aus dem Augenwinkel bemerkte Cassie, wie die Frau vom Nachbartisch zu ihnen rüberstarrte.

Cassie zupfte an Sams Hemdsärmel. »Sam?«

»Mm?«, brummte er, ohne den Blick zu heben. »Was?«

»Kennst du die Leute?«

»Wen meinst du?« Er senkte die Karte.

»Na, das Pärchen dahinten.« Sie machte eine unauffällige Kopfbewegung in Richtung der Frau.

Sam schielte über die Speisekarte zum Nachbartisch. Er schüttelte den Kopf. »Noch nie gesehen. Keine Ahnung, wer das ist. Wieso fragst du?«

»Weil die Frau die ganze Zeit zu uns rüberstarrt.«

»Ach, das bildest du dir nur ein«, murmelte er und verschwand mit dem Gesicht wieder hinter der Speisekarte.

Cassie sah verstohlen zum Nachbartisch. »Nein, die glotzen immer noch.«

»Vielleicht verwechselt mich die Frau mit irgendjemandem.« Er zuckte gleichgültig mit den Achseln und wandte sich erneut der Speisekarte zu. »Was möchtest du essen?«, nuschelte es kurze Zeit später hinter der Karte.

»Ich denke, ich nehme die Fish and Chips und dazu ein Glas Mineralwasser.« Cassie legte das Menü beiseite.

Sam gab der Bedienung ein Zeichen, ein grimmig aussehender Kerl mit einer Nase wie eine Kartoffelknolle und grauen Haaren, die wie die Stacheln eines Igels zu allen Seiten von seinem Kopf abstanden.

»Sam. Miss«, begrüßte der Mann sie mit kurzem Kopfnicken. »Was kann ich dir und der Sassenach bringen?« Er warf Cassie einen eher abweisenden Blick zu.

Was war hier los?

»Angus, ist der Fisch frisch?« Sam lächelte den Mann freundlich an.

»Aye, heute Morgen mit eigenen Händen gefangen«, bestätigte der Knollennasige, ohne die Miene zu verziehen. Dieser Laden war definitiv eine Servicewüste.

So langsam bereute Cassie, dass sie darauf bestanden hatte, hierzubleiben. Sie schielte über ihre Schulter zum Nachbartisch, wo Gertrud gerade das Essen servierte. Die Portionen auf den Tellern waren riesig und appetitlich hergerichtet.

»Aye, dann zweimal Fish and Chips.« Sam lehnte sich zufrieden in seinem Stuhl zurück. Der Knollennasige schlurfte davon.

»Warum kennt dich jeder und mich nicht? Wir sind doch ein Ehepaar«, fragte Cassie kopfschüttelnd. »Der hat mich richtig böse angeschaut.«

»Das bildest du dir ein.«

»Doch, wenn ich es dir sage.«

»Angus wurde mit diesem Gesicht geboren, der schaut immer so. Eigentlich ist er ein ganz umgänglicher Mann.«

»Eben jedenfalls nicht. Außerdem spricht dich jeder mit deinem Namen an und mich nicht. Für die bin ich nur die Sassenach, die zugereiste Engländerin.«

»Reiner Zufall.« Sam winkte gleichgültig ab.

Schweigend wanderte ihr Blick aufs Meer. In der Ferne tuckerte ein Fischerboot an der Küste vorbei. Die Netze hingen wie Flügel seitlich vom Boot. Ein Schwarm Möwen folgte ihm aus sicherer Entfernung in der Hoffnung, etwas vom Fang zu erwischen.

»Entschuldigen Sie bitte!« Die Frau vom Nachbartisch stand plötzlich an ihrem Tisch. »Sind Sie nicht Sam MacLeod?« Die Frau knetete nervös ihre Finger, während sie Sam anstarrte.

»Aye«, erwiderte Sam spröde.

»Ich bin ein großer Fan von Ihnen. Würde es Ihnen etwas ausmachen, mir ein Autogramm zu geben?«

Die Unbekannte sprach mit Sam, wie man es für gewöhnlich nur tat, wenn man einer bekannten Persönlichkeit gegenüberstand. Und wieso wollte sie ein Autogramm von ihm?

»Nein, natürlich nicht«, antwortete Sam zu Cassies Verwunderung.

Die Frau reichte ihm eine Postkarte und einen Kugelschreiber. »Könnten Sie bitte ›Für Ellen‹ draufschreiben?«

Nachdenklich beobachtete Cassie, wie Sam lässig seinen Namen mit der Widmung auf die Postkarte schrieb. Seinen Bewegungen nach schien es nicht das erste Mal zu sein, dass er ein Autogramm gab. Die Augen der Frau strahlten, als Sam ihr die Karte mit seiner Unterschrift überreichte.

»Dürfte ich vielleicht noch ein Foto als Erinnerung mit Ihnen machen? Meine Freundinnen glauben mir sonst nicht, dass ich den berühmten Highlander persönlich getroffen habe.« Sie betonte das Wort *Highlander*, als würde es sich dabei um das Codewort für die Glückseligkeit handeln.

Cassies Synapsen arbeiteten auf Hochtouren. Sam war Schotte und Highlander zugleich, keine Frage, aber so wie die Frau mit ihm gesprochen hatte, schien es noch eine andere Bedeutung zu geben, die Cassie nicht kannte.

Sams Augen wanderten unruhig hin und her.

»Wären Sie so nett?« Die Unbekannte hielt Cassie die Kamera entgegen.

»Ja, natürlich«, stammelte Cassie verwirrt.

Sam legte die Hand um die Schulter der Frau. Sein Lächeln wirkte gequält. Cassie drückte auf den Auslöser.

»Würden Sie noch eines zur Sicherheit machen?«, bat die Frau.

Cassie drückte erneut auf den Knopf. Sie wünschte sich, die Frau würde endlich verschwinden. Ihr war leicht schwindelig und hinter ihren Schläfen machte sich ein pochender Schmerz bemerkbar.

»Ich habe mir gleich gedacht, dass Sie ein schönes Paar sind«, plauderte die Frau unbekümmert. »Man liest ja so einiges in den Zeitschriften, aber ich habe immer gesagt: Sam MacLeod ist ein anständiger Kerl, der hat bestimmt eine feste Freundin, von der wir alle nichts wissen. Stimmt's?«

Freundin?

»Ähm.« Was die Frau sagte, ergab keinen Sinn. Verwirrt nahm Cassie Sams Hand. Er zuckte bei der Berührung zusammen.

»Und jetzt noch ein Foto mit Ihnen beiden. Sie sind so ein schönes Paar.«

Die Frau winkte ihren Mann herbei, der das Ganze aus einigen Schritten Entfernung beobachtet hatte. Ehe Cassie etwas sagen konnte, stellte sich die Frau zwischen sie und Sam in die Mitte. Ohne Vorwarnung drückte der Mann auf den Auslöser.

Der grelle Blitz traf Cassie völlig unvorbereitet. Für einen Moment war alles gleißend hell. Sie blinzelte. Helle Punkte tanzten vor ihren Augen. Gleichzeitig verspürte sie einen schneidenden Schmerz in der Schläfengegend. Sie fasste sich an den Kopf.

»Alles in Ordnung mit dir?« Sam sah sie besorgt an.

Der Boden unter ihren Füßen schwankte. Alles drehte sich.

»Cassie?« Sams Stimme hallte in ihren Ohren.

Bevor sie antworten konnte, wurde ihr schwarz vor Augen. Das Letzte, was sie spürte, war, wie sie fiel.

***

Als sie die Augen aufschlug, war das Erste, was sie sah, Sam MacLeods besorgtes Gesicht. Er hielt sie in seinen Armen. Mit seiner Hand streichelte er ihr sanft über den Kopf. Die Frau des Motorradfahrers kniete neben ihm im Gras.

Ihr erster Gedanke war: Warum sieht Sam MacLeod mich so besorgt an? Und ihr zweiter: Scheiße, ich hatte einen Unfall.

Bilder wirbelten durch ihren Kopf. Trishs Krankheit, das Interview, Sam MacLeod, der Unfall, Sams nackter Körper …

Verdammt. Eine Welle an Gefühlen brach über sie herein. Freude. Liebe. Glück. Wut.

Sam MacLeods Gesicht schwebte über ihrem. Wie in Zeitlupe kam sein Mund auf sie zu. Er wollte sie küssen!

Was fiel diesem unverschämten Kerl ein. Wütend und verwirrt zugleich stieß sie ihn zur Seite. Mit einem Ruck richtete sie sich auf. Überrascht sah er sie an.

Sie hatte fürchterliche Kopfschmerzen, aber noch viel schlimmer war der Schmerz in ihrer Brust, der sie zu zerreißen drohte.

Tränen hatten sich in ihre Augen geschlichen. Cassie blinzelte, um sie zu verscheuchen. Sie würde nicht weinen und sich als schwache Frau präsentieren.

Er hatte sie einmal lächerlich gemacht – diesmal würde sie ihm eine Lektion erteilen. Sie presste ihre Lippen zusammen und ballte die Hände zu Fäusten.

»Cassie, alles in Ordnung mit dir?« Sam MacLeods Stimme klang im höchsten Maße besorgt. Seine blauen Augen ruhten forschend auf ihr.

»Es ging mir noch nie besser.«

Mit diesen Worten holte sie aus und versetzte Sam MacLeod vor allen Leuten eine schallende Ohrfeige.

Kapitel 11

Das Flugzeug machte eine sanfte Linkskurve und wie aus dem Nichts tauchte zwischen den Wolken die Skyline von London unter ihnen auf.

Cassie hatte die ganze Reise nach London nicht geschlafen und versucht, ihren Kummer mit Alkohol zu bekämpfen. Im Speisewagen des Zuges hatte sie sich drei Gläser Rotwein gegönnt und am Flughafen waren noch zwei Whisky dazugekommen, die sie auf ex geleert hatte.

Völlig verheult und alkoholisiert war sie in das Flugzeug gestiegen. Der Kummer, der sie quälte, war geblieben. Dazu hatte sich in der letzten halben Stunde eine quälende Übelkeit gesellt. Mit glasigem Blick starrte Cassie nach draußen.

Das Flugzeug machte einen Hüpfer, als der Pilot die Wolkendecke durchstieß. Brennende Magensäure stieg ihr den Hals nach oben und sie würgte. Hektisch griff sie in die Sitztasche und zog die Spucktüte hervor. Gerade noch rechtzeitig. Eine Sekunde später hing sie laut würgend wie ein Müllkutscher über der Tüte und entledigte sich ihres Mageninhalts.

Aus dem Augenwinkel sah sie, wie ihre Sitznachbarin angewidert das Gesicht verzog, als Cassie wieder hochkam und sich mit dem Handrücken über den Mund wischte. Die Frau hatte sie bereits zu Flugbeginn gemustert und den Kopf geschüttelt, als Cassie den bestellten Rotwein wie Wasser hinuntergekippt hatte. Wahrscheinlich hielt sie Cassie für eine Alkoholikerin, die ihr Limit nicht kannte. Aber das war ihr egal. Sie wollte sich betäuben und vergessen, was in den letzten fünf Tagen vorgefallen war.

Sam MacLeod hatte sie nicht nur aufs Schändlichste belogen und betrogen. Was viel schlimmer war – er hatte ihr das Herz gebrochen. Etwas, was noch kein Mann zuvor geschafft hatte. Natürlich hatte sie schon mehrfach Liebeskummer durchlebt, aber auf eine andere, nicht so tief sitzende Weise. Mithilfe ihrer Freundinnen und der Unterstützung von einigen Flaschen Rotwein hatte Cassie bisher noch jeden Liebeskummer überwunden.

Aber der Schmerz, der sich ihrer seit ein paar Stunden bemächtigt hatte, war von solcher Intensität, dass sie befürchtete, er könnte sie zerreißen.

Cassie dachte daran, wie sie aufgestanden war, nachdem sie Sam die Ohrfeige versetzt hatte, und sich den Weg durch die staunende Menschenmenge zum Restaurant gebahnt hatte. Sam war ihr hinterhergelaufen und hatte sie angefleht, ihm zuzuhören. Seine Worte waren an dem Schutzpanzer abgeprallt, der sich unmittelbar, nachdem seine unglaubliche Lüge ans Tageslicht gekommen war, um ihr Herz gebildet hatte. Erst in der Toilette war sie heulend zusammengebrochen.

Gertrud war es schließlich gewesen, die sie dazu bewogen hatte, herauszukommen, nachdem sie ihr versichert hatte, dass Sam gegangen war.

Niemals würde Cassie Sam MacLeod verzeihen, was er ihr angetan hatte.

Gertrud war es auch gewesen, die sie zum Unfallort gefahren hatte, wo der Toyota noch immer auf der Wiese stand. Die Motorhaube war zerbeult und der Airbag hing schlaff über dem Lenkrad. Cassie hatte ihre Tasche schließlich auf dem Rücksitz gefunden. Der erste Griff war der nach ihrem Handy gewesen, um ihre Freundinnen anzurufen, aber es hatte sich herausgestellt, dass der Akku leer war.

Die ganze Fahrt mit dem Auto hatte Cassie geweint. Dicke Tränen waren ihr die Wangen heruntergekullert. Gertrud hatte stumm neben ihr gesessen, wofür Cassie ihr dankbar war. Sie brauchte kein Mitleid. Was sie jetzt brauchte, waren ihre Freundinnen.

Als sie sich am Bahnhof voneinander verabschiedet hatten, hatte Gertrud sie in den Arm genommen mit den Worten: »In der Liebe und im Krieg ist alles erlaubt. Sam MacLeod ist ein guter Junge. Er hat einen Fehler gemacht, aber ich bin mir sicher, er hat nicht gewollt, dass es so endet. Jeder Mensch hat es verdient, angehört zu werden, egal was er getan hat.«

Cassie hatte genickt und war wortlos im Zug verschwunden, ohne sich ein letztes Mal umzusehen. Sie wollte Schottland einfach nur schnell hinter sich lassen, und mit ihm Sam MacLeod. Auf keinen Fall würde sie ihm eine zweite Chance geben.

Am Flughafen von Edinburgh hatte sie endlich ein öffentliches Telefon gefunden und in London angerufen. Taylor war diejenige gewesen, die den Hörer am anderen Ende abgenommen hatte. Mit tränenerstickter Stimme hatte Cassie ihr mit wenigen Worten erzählt, was passiert war.

Der Pilot setzte das Flugzeug sanft auf die Landebahn und riss Cassie aus ihren düsteren Gedanken. Die Stewardess verabschiedete sich über Mikrofon von allen Fluggästen und kurze Zeit später öffneten sich die Flugzeugtüren. Beschämt ließ Cassie die Spucktüte auf ihrem Sitz zurück und folgte dem Strom der Passagiere nach draußen. Sie fühlte sich einfach grauenhaft.

Wie in Trance nahm sie ihr Gepäck vom Band und ging durch die Eingangshalle. Ihr war leicht schwindelig vom Alkohol.

»Cassie!« Taylors Nebelhornstimme drang zu ihr durch den Nebel.

Suchend ließ Cassie ihren Blick über die Köpfe der Fluggäste hinweggleiten. Endlich hatte sie ihre Freundin entdeckt. So schnell es in ihrem Zustand möglich war, durchquerte sie die Halle.

»Taylor.« Cassie fiel ihrer Freundin taumelnd in die Arme. Tränen liefen über ihr Gesicht. Jetzt, da die Schleusen geöffnet waren, schien der Strom der Tränen nicht mehr zu enden, sosehr sie es auch versuchte.

»Cassie, Darling. Alles wird gut.« Taylor strich ihr eine Strähne aus dem Gesicht. »Meine Güte, du siehst ja furchtbar aus.«

»Sam MacLeod hat mich belogen«, schluchzte Cassie.

»Dieser Mistkerl.« Taylor hakte sich bei Cassie unter. »Komm. Ich bringe dich nach Hause und dann erzählst du alles in Ruhe.«

Nach Hause, dachte Cassie bitter. Bis vor vierundzwanzig Stunden hatte sie angenommen, dass Callekille Cottage ihr Zuhause war.

Sofort hatte sie die Bilder der hohen Berge und der schier endlosen grünen Flächen, die sie bedeckten, vor Augen. Sie roch die mit dem Duft von frischen Blumen getränkte Luft und hörte das Rauschen des Windes im hohen Gras.

Sie schüttelte sich unbewusst, während Taylor sie durch die Wartenden nach draußen zum Auto führte.

Es herrschte Feierabendverkehr und die Straßen waren voll mit Pendlern, die nach getaner Arbeit zurück in die Vororte fuhren. Taylor lenkte den Mini geschickt durch die verstopften Straßen Londons in Richtung Portobello. Trotzdem würde es eine gefühlte Ewigkeit dauern, bis sie im Appartement ankämen.

»Du Idiot!« Taylor zeigte dem Fahrer des Autos vor ihnen einen Vogel, bevor sie wieder aufs Gaspedal trat, um an ihm vorbeizuziehen.

Cassie saß zusammengekauert auf dem Beifahrersitz und starrte teilnahmslos nach draußen. Ihr Körper fühlte sich seltsam taub an und in ihrem Kopf herrschte eine unglaubliche Leere. Es war, als ob jegliches Gefühl in ihr gestorben wäre. Sie dachte darüber nach, wie erstaunlich es war, dass ihr Herz noch schlug.

Welchen Sinn hatte es, dass sie lebte? Sie wünschte sich, sie könnte die Augen schließen und ihren Kummer einfach verschlafen. Ihre Welt hatte mit Sams Betrug aufgehört, sich zu drehen.

»Olive und Emily müssten auch schon im Appartement sein«, teilte Taylor ihr mit, den Blick fest auf die Straße gerichtet, wo sich gerade ein Bus vor ihnen auf die Fahrbahn schob. Taylor trat auf die Bremse und Cassie machte einen Satz nach vorne. Für den Bruchteil eines Augenblicks war der Gedanke da, dass ein tödlicher Unfall sie von ihrem Kummer erlösen würde.

Hör auf damit.

Was Sam wohl sagen würde, wenn er erfuhr, dass sie bei einem Autounfall ums Leben gekommen war? Würde er um sie trauern? Würde er seinen Fehler für immer bereuen? Sie stellte ihn sich vor, wie er mit gequälter Miene vor ihrem Grab stand und weinte. Unbewusst huschte ein Lächeln über ihr Gesicht.

Leider tat ihr das Schicksal nicht den Gefallen und der Mini kam rechtzeitig zum Stehen.

»Idiot«, fluchte Taylor und legte den ersten Gang ein, um gleich wieder mit Vollgas loszubrettern.

Es dauerte fast eine Stunde, bis der Mini vor ihrem Haus in der Chepstow Villas Road hielt. Cassie hatte die ganze Fahrt kaum ein Wort gesprochen. Erschöpft und müde stolperte sie die Treppen zum Appartement hoch. Taylor folgte ihr mit dem Gepäck. Als sie oben ankam, standen ihre Freundinnen schon im Türrahmen.

Mit ein paar Schritten war Emily bei ihr. Tränen verschleierten Cassies Blick. Jetzt, wo sie endlich hier war, konnte sie ihrem Kummer freien Lauf lassen. Emily, Olive und Taylor würden sie auffangen.

»Cassie.« Emily schlang die Arme um ihren Hals. »Ich bin ja so froh, dass du wieder da bist. Ich war ganz krank vor Sorge, als wir tagelang nichts von dir gehört haben.«

Cassie schluchzte laut auf. Emily gab ihr einen Kuss auf die Wange.

»Es ist so schrecklich.« Noch nie in ihrem Leben hatte Cassie einen solchen Kummer verspürt.

»Was ist passiert?« Emily sah sie fragend an. Bisher hatte Cassie nur mit Taylor gesprochen.

Cassie schüttelte den Kopf, unfähig, zu sprechen. Zu groß war der Kummer.

»Lass sie doch erst einmal reinkommen«, ertönte Olives warme Stimme.

Cassie nickte dankbar. Tränen kullerten über ihr Gesicht.

»Ja, natürlich.«

Emily führte sie ins Wohnzimmer. Kraftlos sank sie auf das Sofa. Emily nahm neben ihr Platz. Olive und Taylor verteilten sich auf die beiden Sessel gegenüber. Keine sagte ein Wort.

»Was hat er dir angetan?«, durchbrach Olive schließlich die Stille.

Cassie schluckte. Ein riesiger Kloß hatte sich in ihrem Hals gebildet und sosehr sie sich auch Mühe gab, er wollte nicht verschwinden. Ihr war trotz der warmen Temperaturen im Zimmer kalt.

»Was hältst du davon, wenn ich uns einen Tee mache?«, fragte Olive vorsichtig.

»Ein Kaffee wär mir lieber«, antwortete Cassie schniefend.

»Also gut.« Emily stand auf.

»Halt«, hielt Cassie sie zurück. »Lieber ein Glas Whisky.«

»Ernsthaft? Meinst du nicht, ein Kaffee wäre in deinem Zustand besser?«, gab Olive zu bedenken. Typisch Olive. Immer vernünftig und sachlich.

»Nein, Whisky ist genau das, was ich jetzt brauche.« Sie lächelte grimmig.

»Ich mache uns erst einmal einen Kaffee und dann sehen wir weiter.« Olive ging in die Küche.

»Hast du Hunger? Möchtest du etwas essen?« Emily sah sie besorgt an.

Cassie schüttelte erneut den Kopf. Alleine der Gedanke an Essen verursachte ihr Übelkeit. Ihr Magen fühlte sich an, als hätte jemand einen Knoten hineingemacht.

»Vielleicht ein Pfefferminz?« Taylor hielt ihr ein Bonbon unter die Nase.

»Nein.« Cassie presste die Lippen aufeinander.

»Mir zuliebe …« Taylor grinste schief. »Du riechst, als ob du in Schnaps gebadet hättest.«

»Oh.« Cassie sah ihre Freundinnen betroffen an.

Emily gab Taylor einen unsanften Stoß in die Seite. »Das hätte man auch netter sagen können.«

»Ich fand mich eigentlich nett.« Taylor zuckte mit den Schultern.

»Es tut so weh«, schluchzte Cassie.

»Süße, alles wird gut.« Emily nahm sie in den Arm.

Cassie schüttelte den Kopf. »Niemals.«

»So schlimm kann es doch gar nicht sein. Du wirst sehen, wenn du eine Nacht geschlafen hast, sieht die Welt gleich wieder ganz anders aus«, versuchte Emily, sie zu beruhigen.

Olive kam mit einem dampfenden Becher Kaffee in der Hand zurück.

»Hier, für dich. Das wird dir guttun.«

»Nein.« Cassie verzog das Gesicht.

»Was hat dir dieser Mistkerl nur angetan?«, murmelte Olive.

Cassie antwortete nicht. Ihre Augen blickten ins Leere. Alles, was sie wollte, war, dass dieser Schmerz aufhörte, der sie zu zerreißen drohte.

»Was hältst du davon, wenn du dich ins Bett legst? Du bist ja völlig fertig«, schlug Emily vor.

Cassie nickte. Sie fühlte sich unendlich müde.

»Na dann komm.« Kurz entschlossen nahm Olive sie an die Hand und führte sie wie ein kleines Kind in ihr Zimmer.

Stumpf ließ sie sich auf die weiche Matratze fallen, wo sie sich wie ein verletztes Tier zusammenrollte. Aus dem Augenwinkel sah sie, wie Olive, Taylor und Emily fragende Blicke tauschten. Sekunden später knieten ihre Freundinnen vor dem Bett und machten sich daran, sie auszuziehen. Sie ließ alles über sich ergehen wie eine Marionette. Taylor zog die dichten Vorhänge am Fenster mit einem Ruck zu. Es war gerade mal sieben Uhr abends und draußen war es noch hell.

»Du wirst sehen, morgen ist ein neuer Tag.« Fürsorglich breitete Olive die Decke über Cassie aus. »Was immer in

Schottland passiert ist, du wirst es überleben. Wir sind für dich da.«

Cassie nickte kaum merklich.

»Schlaf gut, und wenn etwas ist, wir sind gleich nebenan.« Emily gab ihrer Freundin einen Kuss auf die verschwitzte Stirn. Cassie fielen die Augen vor Erschöpfung zu.

»Wir passen auf dich auf«, flüsterte Taylor ihr zu, bevor sie aus dem Zimmer ging.

»Die Arme«, hörte sie Emily beim Hinausgehen murmeln.

Mit einem leisen Klicken fiel die Tür ins Schloss. Endlich alleine.

Sie wollte einfach nur noch schlafen. Dankbar für die Dunkelheit, die sie umgab, ließ sie ihren Tränen freien Lauf. Sie weinte, bis sie selbst dafür zu erschöpft war. Irgendwann fiel sie in einen unruhigen Schlaf.

Sie träumte von Sam. Er war über sie gebeugt, während sie nackt unter ihm auf dem Boden lag. Seine Augen schimmerten vor Verlangen. Seine Finger glitten über ihren Körper wie die Flügel eines Schmetterlings. Ihre Bauchdecke zitterte vor Erregung unter seinen Berührungen. Sie stöhnte leise.

Sams Lippen legten sich auf ihre und sie schmeckte die Süße seines Mundes. Glücklich schlang sie die Arme um seinen Hals und zog ihn zu sich.

Ich liebe dich, formten ihre Lippen lautlos, als er sich von ihr löste. Sam sah sie traurig an und schüttelte den Kopf.

Im selben Moment schreckte sie mit klopfendem Herzen hoch. Sie zitterte am ganzen Körper und ihr Atem ging stoßweise. Mit weit aufgerissenen Augen starrte sie in die Dunkelheit, während ihr Verstand zu begreifen versuchte, wo sie war.

Alles hatte sich so echt angefühlt. Ihr Unterleib pochte noch immer vor Verlangen. Sie schimpfte sich eine Närrin. *Vergiss ihn.*

Wie ein Mantra wiederholte sie die Worte. Der Schmerz, den sie empfand, drohte sie zu zerreißen, und sie fragte sich, wie sie die Nacht überstehen sollte.

Irgendwann, als sie es nicht mehr aushielt und der Kummer sie zu übermannen drohte, knipste sie die Lampe an. Ihr Herz schlug wie verrückt gegen ihre Brust, als wollte es sie daran erinnern, dass es noch existierte. Ihr Blick fiel auf den Schreibtisch, wo Emily die Pressemappe abgelegt hatte. Mit einem Ruck erhob sie sich aus dem Bett und tapste auf nackten Füßen über den Boden.

Ihre Finger zitterten, als sie den Verschluss der Mappe öffnete. Gleich obenauf lag Sams Porträt. Eine Nahaufnahme, die jedes Detail seines Gesichts eingefangen hatte. Alles kam ihr so vertraut vor. Die winzige Narbe an seiner Wange. Die gerade Nase. Das markante Kinn. Die tiefblauen Augen, die sie ernst ansahen.

Warum hast du mir das angetan? Liebevoll fuhr sie mit dem Finger über das kühle Papier und zeichnete die Konturen seines Gesichts nach. Eine einzelne Träne tropfte auf das Foto.

Er hat dich belogen, rief sie sich ins Gedächtnis. Sofort war der Schmerz wieder da. Mit einem *Ratsch* zerriss Cassie das Bild und ließ die beiden Teile achtlos auf den Boden fallen. Dann schleppte sie sich zurück ins Bett und löschte das Licht.

Als sie aufwachte, war es bereits hell. *Sam,* war das Erste, was sie dachte, als sie die Augen aufschlug.

Es dauerte einen Moment, bis sie die Orientierung fand. Das Klappern aus der Küche deutete darauf hin, dass ihre Freundinnen bereits aufgestanden waren und das Frühstück vorbereiteten.

Erstarrt lag sie im Bett, unfähig, sich zu bewegen. Ein Schluchzen entwich ihrer Kehle und ihre Hände krallten sich in das Kissen.

Sam.

Mit einem Ruck zog sie sich die Decke über den Kopf. Sie wollte niemanden sehen, hören oder sprechen. Sie wollte alleine sein. Die Welt da draußen vergessen.

Wie sollte sie den Tag überstehen? Morgen. Übermorgen. Alles schien ihr trostlos zu sein.

Es klopfte zaghaft an der Zimmertür.

»Cassie? Bist du wach?«, ertönte Cassies Stimme hinter der Tür.

»Geh weg. Ich will niemanden sehen«, jammerte sie leise.

Sekunden später wurde die Klinke heruntergedrückt. Offensichtlich hatte Olive beschlossen, ihre Bitte zu ignorieren. Mit wenigen Schritten war sie am Fenster und schob die Vorhänge beiseite. Helles Licht fiel ins Zimmer. Cassie schloss stöhnend die Augen. Es hätte sie nicht gewundert, wenn sie wie ein Vampir zu Staub zerfallen wäre. Frische Luft wirbelte durch das Zimmer, was davon zeugte, dass ihre Freundin das Fenster geöffnet hatte.

»So geht das nicht«, sagte Olive mit einladend weicher Stimme. »Du kannst dich nicht so fallen lassen.« Sie baute sich neben dem Bett auf. Ihre Augen musterten Cassie besorgt.

»Es tut so weh«, schniefte Cassie.

»Ich weiß.« Olive ließ sich neben ihr auf die Bettkante nieder. »Aber wie heißt es so schön: Die Zeit heilt alle Wunden. Du wirst sehen, in ein paar Wochen hast du die ganze Geschichte vergessen und lachst vielleicht sogar darüber.«

»Nein, niemals.« Der Gedanke, dass sie Sam vergessen würde, war geradezu absurd. Sam war der Mann ihres Lebens, auch wenn sie ihn nur ein paar Tage kannte.

»Kummer vergeht. Gib dir Zeit. Du bist nicht die erste Frau, die sich in einen Schauspieler verliebt und sitzen gelassen wird.«

»Das zwischen mir und Sam war anders.« Cassies Blick wanderte zu ihrer Hand, wo der Ring golden schimmerte. Sie hatte in der ganzen Aufregung vergessen, ihn auszuziehen.

»Inwiefern?« Olives sorgfältig gezupfte Augenbraue schnellte nach oben.

»Er war mein Mann«, murmelte sie kaum hörbar.

»Dein Mann?«

»Zumindest dachte ich, er wäre mein Mann.«

Für einen Moment herrschte Schweigen zwischen ihnen.

»Du musst nicht reden, wenn du nicht willst«, sagte Olive schließlich.

Sie schwieg.

»Emily und Taylor warten in der Küche mit dem Frühstück auf dich.«

Olives Stimme war einladend weich und für einen Moment war sie versucht, ihrem Drängen nachzugeben.

»Ich möchte nichts essen. Ich will einfach nur hier liegen und meine Ruhe haben. Kannst du das verstehen?« Demonstrativ drehte sie sich zur Seite, ohne Olives Antwort abzuwarten.

Die Matratze wippte, als Olive aufstand. »Vielleicht überlegst du es dir ja noch.«

Leise entfernten sich die Schritte ihrer Freundin. Eine Minute später war sie alleine.

Zusammengekrümmt wie ein Baby lag sie im Bett.

Sam. Sam. Sam. Warum hast du mir das angetan?

Sie verbrachte den ganzen Tag in einem Zustand zwischen Schlafen und Wachsein. Immer und immer wieder bahnten sich die Tränen ihren Weg nach oben.

Die besorgten Stimmen ihrer Freundinnen, die sich flüsternd vor ihrer Zimmertür miteinander unterhielten, drangen zu ihr durch. Sie wusste, dass sie sich Gedanken machten, aber sie wollte alleine sein. Deshalb blieb sie regungslos liegen, bis die Stimmen wieder verschwanden.

Irgendwann gegen Abend schleppte sie sich ins Badezimmer. Als sie ihr Ebenbild im Spiegel sah, zuckte sie erschreckt zusammen. Ihr Gesicht war blass. Ihre Augen verquollen und rot. Ihre Nase hatte sich in eine Kartoffelknolle verwandelt. Ihre Locken, die sonst so prächtig schimmerten, hingen stumpf auf die Schultern herab.

Unwillkürlich musste sie an ihren ersten Abend in Callekille Cottage denken, als sie ebenfalls vor dem Spiegel gestanden hatte.

Wie hatte das alles nur passieren können?

Sie dachte daran, wie er sie mit seinem nackten Körper gewärmt hatte. Sein Gesicht war von Sorge um sie gezeichnet gewesen, während er mit weicher Stimme beruhigend auf sie eingeredet hatte.

Unwillkürlich fragte sie sich, ob Sam seinen Fehler mittlerweile eingesehen hatte und bereute, was er ihr angetan hatte.

Hatte er versucht, sie zu erreichen, oder war er einfach nach Callekille Cottage zurückgefahren und hatte so getan, als ob nichts passiert wäre?

Seufzend ließ sie den Kopf sinken und schloss die Augen. In Gedanken versuchte sie, sich auszumalen, wie Sam in seinem Bett schlief, umgeben von dem Duft ihrer Lust, der noch in den Laken hing. Sie dachte daran, wie sie sich geliebt hatten, voller Leidenschaft und Gefühl. Nie zuvor hatte sie Sex in einer solchen Intensität erlebt wie mit Sam. Sie waren zusammen geflogen und die Welt um sie herum hatte aufgehört, zu existieren.

War das alles nur eine Illusion gewesen, wie die Ehe zwischen ihnen? Hatte sie sich tatsächlich so in Sam MacLeod getäuscht?

Sicher, er war Schauspieler, ein ziemlich guter sogar, wenn man seinen Fans glauben mochte, aber Gefühle wie diese so zu spielen – war das überhaupt möglich?

Mit einem Ruck öffnete sie die Augen und drückte die Handflächen gegen die kalte Oberfläche des Spiegels. Sie würde nicht zulassen, dass sie daran zerbrach. Es wurde Zeit, dass sie ihr Leben wieder selbst in die Hand nahm.

Es klopfte an der Tür.

»Cassie? Bist du da drin?«

Es war Olive. Die gute, immer besorgte Olive.

»Ja. Alles in Ordnung.«

»Wirklich?«

»Wirklich«, sagte Cassie bestimmt. »Ich will nur kurz duschen und dann bin ich bei euch.«

»Gott sei Dank!« Die Erleichterung war selbst durch die geschlossene Tür zu hören.

»Gib mir zehn Minuten«, sagte sie mit fester Stimme.

»Wir warten in der Küche auf dich.« Olives Schritte klapperten leise über den Flur.

»Sam MacLeod, ich werde nicht länger um etwas trauern, das du nicht bist!« Ihr Spiegelbild lächelte ihr grimmig entgegen. »Das ist mein Leben und du wirst keinen Platz mehr darin haben.«

Kapitel 12

Nachdem sie geduscht hatte, schlüpfte sie in frische Klamotten. Das warme Wasser hatte ihr gutgetan und sie fühlte sich spürbar erfrischt. Gleichwohl war sie noch etwas schwach auf den Beinen. Ein dumpfer Schmerz pochte hinter ihren Schläfen, was zweifelsohne dem Alkohol geschuldet war. Im Stillen schwor sie sich, nie wieder so viel zu trinken. Kein Mann auf dieser Welt war es wert, dass sie sich aufgab. Nicht einmal Sam.

Mit energischem Schritt durchquerte sie den Flur. Als sie in die Küche kam, wurde sie von einem köstlichen Pizzaduft empfangen. Olive, Taylor und Emily saßen mit besorgten Gesichtern am Küchentisch. Einem hölzernen Monstrum, das Emily auf dem Flohmarkt erstanden hatte. Als sie Cassie entdeckten, sahen alle drei hoch.

»Hallo«, begrüßte sie ihre Freundinnen schüchtern.

»Gott sei Dank.« Taylor schlug die Hände zusammen. »Du bist zurück unter den Lebenden.«

»Allerdings.« Sie ließ sich auf dem freien Stuhl neben Olive nieder. »Ich habe beschlossen, dass ich mich nicht von so einem Idioten unterkriegen lasse.«

»Bravo. Gutes Mädchen.« Emily applaudierte. »Kein Mann auf der Welt ist es wert, dass du so leidest.«

»Komm her.« Olive breitete die Arme aus. »Meine Güte, du bist ja ganz schmal geworden. Es wird Zeit, dass du mal wieder etwas Ordentliches isst.«

»Ich habe keinen sonderlich großen Hunger, aber so ein Stückchen Pizza geht bestimmt.« Sie betrachtete den liebevoll gedeckten Tisch mit den Kerzen darauf.

»Das ist der Spirit, den wir hier brauchen«, sagte Emily. »Wie wäre es mit einem Schluck Champagner dazu?«

»Champagner? Oho!« Taylors Augenbraue schnellte nach oben. »Du bist wohl in den Geldtopf gefallen?«

»Eine kleine Spende meines letzten Kapitäns.« Emily lächelte verschmitzt. »Eigentlich wollten wir die Flasche zusammen köpfen, aber dann hat er eine Einsatzänderung bekommen und musste fliegen. Ehrlich gesagt trinke ich ihn lieber mit euch als mit ihm.«

»Du schlimmes Ding.« Taylor hob kichernd den Zeigefinger.

»Du weißt doch, gute Mädchen kommen in den Himmel, böse überall hin«, entgegnete Emily keck. »Also, wer möchte ein Glas Champagner?«

»Lieber nicht«, lehnte Cassie ab. »Mir brummt immer noch der Schädel.«

»Ach komm schon. Aus Erfahrung kann ich dir sagen, dass es dir besser geht, wenn du ein Schlückchen trinkst«, riet Emily ihr.

Alle Blicke ruhten auf ihr.

»Okay, ein Minischlückchen«, gab sie sich geschlagen.

Alle Hände schnellten nach oben.

»Sehr schön. Ich hol die Gläser, und du …« Emily deutete auf Olive. »… könntest dich nützlich machen und die Pizza aus dem Ofen holen.«

»Wird gemacht, Chef«, salutierte Olive.

Cassie ließ sich lächelnd auf den freien Stuhl fallen. Es tat gut, zu lachen und somit wieder etwas Normalität in ihr Leben zu bringen.

Klirrend holte Emily die Gläser aus dem Schrank und stellte sie auf den Tisch. Mit einem lauten *Plöpp* löste sich der Korken aus der Flasche und flog durch die Küche.

»So, Mädels, jetzt kann die Party steigen.« Emily schenkte die Gläser voll.

Olive stellte das dampfende Pizzablech auf den Tischuntersetzer.

»Mm, das sieht aber köstlich aus«, kommentierte Emily.

Cassies Magen meldete sich lautstark zu Wort. Tatsächlich verspürte sie so etwas wie Hunger. Jetzt, wo sie unter ihren Freundinnen saß, ging es ihr schon deutlich besser. Emily, Taylor und Olive waren Familie für sie. Menschen, denen sie zutiefst vertraute.

»Ganz nach meinem Geschmack – viel Käse und wenig Gemüse.« Taylors Hand schnellte nach vorne, um sich ein Stück auf den Teller zu ziehen.

»Hey.« Olive gab Taylor einen Klaps auf die Hand. »Erst wird angestoßen!«

»Du nun wieder.« Taylor zog einen Schmollmund, griff aber nach ihrem Glas.

»Auf uns«, rief Emily.

»Auf die Frauenpower.« Olive prostete Cassie zu.

Cassie nahm einen winzigen Schluck aus ihrem Glas. Der Champagner prickelte angenehm auf der Zunge. »Mm, ich hatte fast vergessen, dass es doch ein paar Dinge auf der Welt gibt, für die es sich zu leben lohnt.«

»Champagner?« Emily sah sie verständnislos an.

»Nein, ich meinte eigentlich euch, meine Freundinnen.« Sie lächelte. »Und natürlich den Champagner.«

»So mag ich dich schon viel lieber.« Olive tat Cassie ein Stück Pizza auf den Teller.

»Danke, ich mich auch«, gab Cassie freimütig zu. Es war, als ob sich ein Schleier gelüftet hätte und sie wieder denken konnte.

»Lasst es euch schmecken.« Olives Blick fiel auf Taylor, die mit vollem Mund kaute. »Wie ich sehe, hast du beschlossen, schon anzufangen.«

»Entschuldigung, aber ich bin am Verhungern«, nuschelte Taylor.

»Schmeckt's dir?« Emily sah Cassie fragend an.

»Sehr gut. Ich hätte nicht gedacht, dass ich jemals wieder etwas herunterbekomme«, quetschte Cassie zwischen zwei Bissen hervor.

»Gut. Du wirst sehen, wir päppeln dich auf. In einer Woche bist du wieder ganz die Alte und hast den Typen vergessen«, sagte Emily vergnügt.

Cassie schluckte. Alleine der Gedanke an Sam genügte und ihr Magen zog sich zu einem Ball zusammen. Schweigend legte sie das restliche Stück Pizza zurück auf den Teller.

Für einen Moment herrschte betroffenes Schweigen.

»Entschuldige bitte, das war dumm von mir«, sagte Emily zerknirscht.

»Nein, das ist nicht deine Schuld.« Cassie schüttelte verneinend den Kopf.

»Willst du eigentlich darüber reden, was in Schottland passiert ist?«, fragte Olive mit ihrer Radiomoderatorenstimme.

»Sind wir auf Sendung?«, entgegnete Cassie.

»Nein. Natürlich nicht.« Olive schenkte ihr ein Lächeln.

Sie nahm einen tiefen Atemzug, als müsste sie sich selbst Mut zusprechen. »Sam MacLeod ist ein noch viel größeres Arschloch, als ich gedacht habe.« Sie vermied es absichtlich, ihn nur bei seinem Vornamen zu nennen.

»Sieht ganz danach aus«, murmelte Emily.

»Das Interview war die reinste Katastrophe«, fing sie an, zu erzählen. Sie ließ nichts aus. Auch nicht, wie er sie vor den anderen Gästen bloßgestellt hatte.

»Was für ein arrogantes Arschloch«, kommentierte Taylor.

»Das kannst du laut sagen«, sagte Olive.

»Männer.« Emily schüttelte verächtlich den Kopf. »Alles Neandertaler in Anzügen.«

»In meinem Fall im Schottenrock«, kommentierte Cassie von der Seite.

»Und was ist danach passiert?«, erkundigte sich Olive.

»Ich bin losgefahren, obwohl es zu diesem Zeitpunkt bereits ziemlich stürmte. Ein Fehler, wie sich leider herausstellte.« Sie seufzte bei dem Gedanken an jenen Tag.

»Und wie ging es weiter?« Olive sah sie erwartungsvoll an.

Cassie zuckte mit den Achseln. »Plötzlich stand mitten auf der Straße ein Schaf.«

Taylor kicherte, was ihr einen bösen Blick von Olive einbrachte. »Man wird doch wohl mal lachen dürfen«, verteidigte Taylor sich.

»Nein, nicht mitten in einer tragischen Geschichte«, erwiderte Olive.

»Jedenfalls bin ich auf die Bremse gestiegen und der Wagen ist ins Schleudern geraten und vom Weg abgekommen. Das Nächste, an was ich mich erinnern kann, ist, dass ein Mann mich aus dem Wagen gezogen hat.«

»Und das Schaf?«, wollte Taylor wissen.

Cassie zuckte mit den Schultern. »Keine Ahnung. Ich nehme mal an, dass es weggelaufen ist. Auf jeden Fall bin ich erst ein paar Stunden später wieder zu mir gekommen.«

»In Sam MacLeods Bett?«, unterbrach Taylor sie erneut.

»Taylor«, riefen Olive und Emily wie aus einem Munde.

»Was?«

»Möchtest lieber du die Geschichte erzählen?« Emily trommelte ungeduldig mit den Fingern auf den Tisch.

»Nein, natürlich nicht. Ich war ja schließlich nicht dabei«, entgegnete Taylor.

»Genau, deshalb wäre es schön, wenn du endlich die Klappe hältst und Cassie erzählen lässt«, fügte Olive hinzu.

»Ich bin in der Tat in Sams Bett aufgewacht«, setzte Cassie ihren kleinen Bericht fort. »Allerdings ohne mein Gedächtnis.«

»Wirklich?!« Emily, Olive und Taylor sahen sie entsetzt an.

Cassie nahm einen Schluck Champagner. »Ich wusste weder wo noch wer ich war. Ich konnte mich nur an meinen Namen erinnern und dass ich einen Unfall mit einem Schaf gehabt hatte.«

»Wow. Das ist krass.« Taylor leckte sich die Reste der Tomatensoße von den Fingern.

»Allerdings«, bestätigte Cassie nickend. »Wisst ihr, es fühlt sich wirklich eigenartig an, wenn man sich an nichts mehr erinnern kann. Man kommt sich wie ein unbeschriebenes Blatt Papier vor. Unschuldig und auch ein wenig naiv.«

»Und das Arschloch von einem Schotten hat die Situation ausgenutzt«, stellte Taylor mit dem Tonfall eines Richters fest, der sein Urteil fällt.

»Zuerst hat er mich gepflegt.« Bei der Erinnerung, wie er sich nackt neben sie gelegt und sie gewärmt hatte, stieg ihr die Hitze ins Gesicht. Wahrscheinlich sah sie aus wie ein Streichholzkopf. »Aber später hat er mich belogen und mir vorgespielt, dass wir verheiratet wären.«

Für einen Moment herrschte absolute Stille in der kleinen Küche. Lediglich das Ticken der Wanduhr war zu hören.

»Darauf brauche ich erst einmal was Stärkeres«, sagte Emily und ging zum Regal, um eine Flasche Grappa herauszuholen. »Noch jemand?«

Alle drei nickten.

»Ich nicht«, lehnte Cassie ab. »Ich weiß, es hört sich unglaublich für euch an, aber ich habe ihm vertraut. Er hat sich rührend um mich gekümmert, ganz wie ein liebender Ehemann.« Sie hielt die Hand in die Höhe, sodass ihre Freundinnen den Ring sehen konnten. »Er hat behauptet, dass das mein Ehering wäre.«

»Er hat dir einen Ring über den Finger gestülpt?« Emilys Augen weiteten sich. »Das ist mies, richtig mies.«

»Ich wollte natürlich einen Beweis dafür, dass wir verheiratet sind, und da hat er mir diesen Ring gegeben.«

»Unglaublich!« Olive schüttelte den Kopf. »Wobei der Ring ein absoluter Hingucker ist.«

»Zeig mal.« Taylor schnappte sich Cassies Hand und drehte sie zu allen Seiten. »Ein Luckenbooth-Ring«, sagte sie schließlich mit Kennerblick.

»Woher weißt du, was das für ein Ring ist?« Cassie sah Taylor überrascht an.

»Jeder, der die Serie gesehen hat, kennt diese Art Ring.« Taylor verschränkte die Arme vor der Brust. »Kian schenkt seiner Liebsten genau diesen Ring zum Beweis seiner Liebe.« Sie deutete auf das Schmuckstück. »Das ist die schottische Distel, die sich um das Herz windet, und die Krone gilt als Zeichen der Treue zum König.«

»Ich hatte jedenfalls keine Ahnung davon«, sagte Cassie verbittert. »Stellt euch vor, Sam hat sogar behauptet, ich wäre ziemlich dick gewesen und hätte erst zu unserer Hochzeit abgenommen.«

»Mann, der Typ ist echt mit allen Wassern gewaschen. Auf die Idee musst du erst einmal kommen!« Emily tippte sich mit dem Finger gegen die Schläfe. »Chapeau, der Mann hat Stil.«

»Na toll, und ich falle darauf rein.« Energisch schob Cassie den Ring über den Finger, bis er mit einem leisen *Pling* auf den Küchentisch fiel.

»Und jetzt?« Olive starrte auf den Ring.

Cassie zuckte mit den Achseln. »Keine Ahnung.«

»Ich würde ihn als Erinnerungsstück behalten«, meldete sich Emily zu Wort.

»Ich auch«, stimmte Taylor ihr zu.

»Mm. Vielleicht.« Nachdenklich steckte Cassie ihn in die Hosentasche ihrer Jeans.

»Und wie ging die Sache weiter?«, fragte Olive.

Cassie erzählte, wie er sie die ersten Tage umsorgt hatte und sie sich langsam nähergekommen waren. In Gedanken war sie jedoch immer noch bei dem Ring. Sie dachte an Sams Lüge und wie er sie dabei angesehen hatte. Sie war eine solche Närrin gewesen! Wahrscheinlich saß er genau jetzt im Applecross Inn und prahlte mit seinen Geschichten über sie.

Sie schilderte ihren Freundinnen die Geburt des Fohlens. Olive, Emily und Taylor hingen an ihren Lippen und saugten jedes kleine Detail auf.

»Ich würde lügen, wenn ich behaupten würde, dass Sam ein schlechter Liebhaber ist. Ehrlich gesagt ist der Mann ein absoluter Sexgott«, beendete sie ihre Erzählungen.

»Trotzdem gibt es ihm kein Recht, dich derart zu täuschen«, schimpfte Emily.

»Stimmt«, pflichtete Olive ihr bei. »Wobei es mich etwas wundert. Ich meine, denkt doch mal nach. Wir sprechen hier von Sam MacLeod. Der Mann ist zurzeit der angesagteste Jungschauspieler. So jemand hat es nicht nötig, sich eine Frau durch eine Lüge ins Bett zu holen.

Der braucht nur einmal in die Menge zu rufen und schon melden sich mindestens zehn Frauen, die freiwillig mit ihm in die Kiste hüpfen.« Sie fuhr sich nachdenklich übers Kinn. »Da steckt auf jeden Fall eine andere Motivation dahinter.«

»Rache!« Cassie war aufgesprungen, ihre Augen funkelten. »Ich bin mir sicher, dass er sich für den Artikel an mir rächen wollte.« Sie erzählte, wie sie auf Sams Anordnung hin die Küche geputzt und den Stall ausgemistet hatte. »Aber dann ist er mit mir ausgeritten. Es war unglaublich. Ich hätte niemals gedacht, dass Schottland so schön ist.« Sie hielt andächtig inne. Die Bilder von jenem Tag tauchten vor ihren Augen auf und sie roch das Gras und die Blumen. Fast glaubte sie, Ahearns zufriedenes Schnauben zu hören, das sich unter Sams Lachen mischte.

Taylor seufzte leise. »Ich beneide dich trotzdem ein bisschen. Egal ob er dich belogen hat oder nicht. Ich würde gerne mein Gedächtnis verlieren, wenn ich dafür Sex mit Sam MacLeod haben dürfte.«

»Du hast keine Ahnung, was du da sagst«, erwiderte Cassie verschnupft.

Taylor zuckte mit den Achseln. »Ihr wisst doch, ich habe einen schrägen Geschmack, wenn es um Männer geht.«

»Und wie ist der ganze Schwindel aufgeflogen?«, fragte Emily leise.

Cassie erzählte von dem Ausflug nach Applecross. »In dem Moment, als es geblitzt hat, bekam ich schreckliche Kopfschmerzen und wie mit einem Schlag war mein

Gedächtnis wieder da.« Sie presste die Lippen aufeinander und schwieg.

»Das ist ja einfach irre.« Emily schüttelte den Kopf. »Wenn ich dich nicht persönlich kennen würde, ich würde denken, dass du dir das alles zusammengesponnen hast.«

»Ja, aber leider habe ich mir die Sache nicht ausgedacht«, sagte Cassie betrübt.

»Okay, jetzt kann ich verstehen, warum du so fertig warst. So eine Lüge muss man erst einmal verdauen.« Emily tätschelte mitfühlend ihre Hand.

»Und was willst du gegen ihn unternehmen?«, fragte Olive.

»Nichts. Ich werde so weitermachen wie bisher und hoffen, dass ich Sam nie wieder über den Weg laufe«, entgegnete sie entschieden.

»Und dein Interview mit Sam MacLeod?« Olive sah sie gespannt an.

Cassie griff nach dem Ring in ihrer Hosentasche und betrachtete ihn nachdenklich. Sie hatte das Interview völlig vergessen. Trish und Ronan würden sie nicht einfach so gehen lassen, ohne dass sie lieferte. Cassie hielt inne. Vielleicht gab es doch einen Weg, sich für sein Verhalten an Sam zu rächen. Um ihren Mund spielte ein verwegenes Lächeln.

»Wird übermorgen auf Ronans Tisch liegen.«

Mit energischem Schritt durchquerte Cassie die Eingangshalle des Verlagsgebäudes. Sie hatte schlecht geschlafen. Die halbe Nacht hatte sie wach gelegen und darüber nachgedacht, wie sie sich an Sam rächen konnte, ohne dabei ihre Karriere zu riskieren. Gegen Morgen hatte sie endlich die zündende Idee gehabt. »Hallo, Henry«, begrüßte sie den Wachmann, einen gutmütigen Riesen mit ausgeprägten Armmuskeln und Stiernacken.

»Hallo, Cassie.« Er musterte sie aufmerksam. »Geht es dir gut? Du warst die ganze Woche nicht in der Redaktion.«

»Ich war in Schottland, Spezialauftrag.« Sie zwinkerte ihm zu.

»Schottland.« Henry war kein Mensch der vielen Worte.

»Jep. Interview mit Sam MacLeod.«

Er kratzte sich am Hinterkopf. »Noch nie gehört.«

Cassie unterdrückte ein Lächeln. Henry hatte jeden Actionstreifen gesehen, der im Kino lief. Knappe Dialoge und wenig Handlung waren genau sein Ding. The Rock war sein absolutes Idol, ebenso wie Jason Statham. Cassie war davon überzeugt, dass Henry nichts von der Existenz von Liebesfilmen oder -Serien wusste.

»Musst du auch nicht. Ist so ein schottisches Weichei, das mit seinen Pferden spricht und den ganzen Tag einen Rock trägt.«

Henrys rasierte Augenbraue schnellte belustigt nach oben.

»Also dann, bis heute Abend.«

Der Fahrstuhl hielt und die Tür sprang auf.

»Cassie.« Keine Geringere als Trish stand vor ihr. »Da bist du ja. Wir haben uns schon solche Sorgen um dich gemacht.« Trish schlang die Arme um Cassie und hauchte ihr mit ihren feuerrot gemalten Lippen einen Kuss auf die Wange.

»Das Gleiche könnte ich dir sagen«, antwortete Cassie. »Schließlich bist du diejenige, die krank war. Seit wann bist du wieder da?«

»Ronan hat mich angerufen, nachdem du wortlos verschwunden warst, und hat mich um Hilfe gebeten.« Trish verzog ihren Mund zu einem Lächeln. »Außerdem hat sich die erste Diagnose des Arztes als Fehldiagnose herausgestellt. Der Quacksalber hat tatsächlich behauptet, ich hätte Pfeiffersches Drüsenfieber. Dabei war es bloß ein banaler Infekt.« Sie schüttelte den perfekt frisierten Kopf.

»Gott sei Dank bist du wieder da. Hier ging es ganz schön hoch her ohne dich«, schmeichelte Cassie ihr.

»So hat man mir berichtet.« Trish senkte die Stimme. »Ich vertraue dir mal was an.« Cassie lauschte gespannt. »Wenn man, wie ich, an der Spitze ist, hat man genügend Neider, die nur darauf warten, dass man einen Fehler begeht und sie dich vom Thron schubsen können.«

»Das kann ich mir vorstellen.« Sie hatten Trishs Büro erreicht.

»Ach, bevor ich es vergesse.« Trish blieb stehen. »Sam MacLeod hat schon mehrfach angerufen.«

»Tatsächlich.« Cassies Puls schnellte augenblicklich nach oben.

»Ja, er wollte unbedingt wissen, wann du wieder im Büro bist.«

»Aha. Und was hast du ihm gesagt?«

»Dass wir keine Ahnung haben, wo du steckst.« Trish sah sie forschend an.

»Gut«, nickte Cassie zufrieden. »Ich möchte dich bitten, keine Informationen über mich rauszugeben.«

»Was ist passiert?« Misstrauen in Trishs Stimme waberte zu ihr rüber wie Mundgeruch.

Cassie konnte nur mit Mühe ein Lächeln unterdrücken. Sam MacLeod spionierte ihr nach. Wollte er sich entschuldigen oder fürchtete er um seinen guten Ruf? Wahrscheinlich Letzteres.

Mit knappen Worten berichtete sie Trish von ihrem Unfall und dem Zwangsaufenthalt in Schottland.

»Das heißt, du hast bei Sam MacLeod auf der Farm gewohnt?« Trish starrte sie ungläubig an.

»Ja, und ich habe einen Exklusivbericht über unseren Star. Mit vielen persönlichen Details.« Sie warf Trish einen verschwörerischen Blick zu.

»Das ist ja ganz wunderbar.« Trish klatschte verzückt in die Hände. »Ronan wird begeistert sein, wenn er das hört.«

»Ich habe ein paar Dinge über Sam MacLeod erfahren, die unsere Leserinnen bestimmt interessieren werden.«

»Cassandra Devinmoore, ich wusste gleich, dass du Talent hast, als ich dich das erste Mal gesehen habe«, sagte Trish anerkennend.

»Danke für dein Vertrauen. Du wirst sehen, ich werde dich nicht enttäuschen.«

Sie konnte nur mit Mühe ein Grinsen unterdrücken. Ihr Herz schlug ihr bis zum Hals und das Blut rauschte in ihren Ohren.

»Ich erwarte das Interview noch heute auf meinem Schreibtisch.«

»Worauf du dich verlassen kannst.«

Trish verschwand in ihrem Büro. Cassies lag gleich daneben.

»Cassie. Du bist wieder da«, rief Laura, als sie das Zimmer betrat. »Wo hast du gesteckt? Was ist passiert? Wie war das Interview? Wie war Schottland?«, bombardierte sie Cassie mit Fragen.

»Woah.« Cassie hob beschwichtigend die Hände. »Lass mich erst einmal Luft holen.«

Lachend setzte sie sich auf ihren Stuhl. Laura nahm ihr gegenüber Platz und sah sie erwartungsvoll an.

»Also, ich hatte einen Autounfall in Schottland und musste vier Tage bei Sam MacLeod auf der Farm verbringen.«

»Du Glückspilz«, grinste Laura.

»Absolut.« Cassie klappte den Laptop auf. »Und wie ist es dir ergangen?«

»Puh, war eine ziemlich anstrengende Woche, aber auch recht erfolgreich. Ronan war mit meiner Arbeit zufrieden.«

»Und hat man schon etwas von Holly gehört?«

»Das Interview mit Robbie Williams muss ein ziemlicher Reinfall gewesen sein«, erwiderte Laura mit gesenkter Stimme. »In der Redaktion munkelt man, dass Robbie einen Kater vom Vorabend hatte und eigentlich den Masseur erwartet hat. Jedenfalls lag er nackt auf seinem Bett, als Holly in ihrem weißen Kleid das Zimmer betreten hat. Stell dir vor: Sie hat ihn massiert. Und weil sie so schlecht war, hat Robbie sie hochkant aus dem Hotelzimmer geschmissen.«

Laura brach lachend zusammen. Cassie stimmte in ihr Lachen ein.

»Das dürfte ihr in Zukunft eine Lehre sein.« Laura tupfte sich mit dem Taschentuch eine Träne aus dem Gesicht. »Jedenfalls ist ihr Stern bei Ronan ziemlich gesunken.«

»Kleine Sünden bestraft der liebe Gott sofort.« Cassie nickte zufrieden. »Und manchmal auch in Form von Robbie Williams oder mir.«

»Was meinst du damit?«

»Du wirst schon sehen.« Cassie lächelte geheimnisvoll.

Nach vier Stunden hatte sie es geschafft und hielt das fertige Interview in ihren Händen. Es würde Sam MacLeod eine Lehre sein, mit den Gefühlen anderer Menschen zu spielen.

»Hier ist der Bericht. Exklusiv und mit sehr privaten Details.« Sie legte das Interview auf Trishs Schreibtisch ab.

Trish rückte die Brille auf der Nase zurück. »*Meine Nächte mit Sam MacLeod*. Hm, klingt schon mal vielversprechend.«

»Warte ab, bis du es gelesen hast.«

Trishs Augen flogen über die Zeilen. Als sie fertig war, legte sie das Blatt wortlos vor sich auf den Schreibtisch. Für einen Moment herrschte Schweigen. Cassie hielt gespannt die Luft an. Ihre Hände waren feucht und sie widerstand nur mit Mühe der Versuchung, sie sich an den Jeans abzuwischen.

»Wow«, sagte Trish schließlich und legte die Brille neben die Blätter mit Cassies Interview. »Ich weiß ehrlich gesagt nicht, was ich sagen soll. Hat Sam eine Ahnung davon?«

Cassie schüttelte den Kopf.

»Und alles ist wahr, was hier steht?« Sie tippte auf das oberste Blatt.

Cassie nickte. Mit einem Mal war sie sich nicht mehr sicher, ob der Weg, den sie eingeschlagen hatte, auch wirklich der richtige war. »Wie findest du es?«

»Ich bin begeistert.«

»Ehrlich?«

»Dass du schreiben kannst, hast du mehr als ein Mal bewiesen, aber mit diesem Bericht hast du dich selbst übertroffen. Die Frauen werden uns die Zeitschrift aus den Händen reißen. Sam MacLeod wird sich vor Fans nicht mehr retten können.«

»Dann habe ich doch alles richtig gemacht«, sagte Cassie sichtlich zufrieden.

»Ich muss Ronan den Bericht noch zum Gegenlesen vorlegen, aber ich denke nicht, dass er etwas daran auszusetzen hat.«

Cassie stand auf und wollte gehen.

»Cassie?«

Sie drehte sich um.

»Was hat er dir angetan, dass du so reagierst?«

Sie zuckte mit den Achseln. »Nichts. Ich war nur dumm genug, zu glauben, dass er mich liebt.«

»Hast du vor, umzuziehen?« Cassie deutete auf Emilys riesigen Koffer und die Uniformtasche.

»Haha. Ich muss heute Abend für fünf Tage nach Singapur. Wenn alles nach Plan läuft, bin ich Montagmorgen zurück.«

»Du hast ein Leben«, seufzte Cassie lächelnd.

»Hat alles mit deinem Interview geklappt?« Emily schlug den Koffer zu.

Olive kam mit einem Becher Kaffee in der Hand aus der Küche. »Na, wie war dein erster Arbeitstag?«

»Hervorragend. Ich habe meinen Bericht über Sam MacLeod geschrieben und bei Trish abgegeben.«

»Höre ich da Cassies Stimme?« Taylor tapste nur mit Unterwäsche bekleidet auf nackten Füßen über den Dielenboden zu ihnen. »Mm. Kaffee?« Sie schnupperte an Olives Becher.

»Ja, aber den habe ich mir gemacht. Du weißt ja, wo die Kaffeemaschine steht.«

»Ach Olive!« Taylor blinzelte verschlafen. »Elektrische Geräte mögen mich nicht.«

Cassie lächelte. Tatsächlich brauchte ihre Freundin ein Gerät nur zu berühren, und man konnte davon ausgehen, dass es in den folgenden zehn Minuten seinen Geist aufgab.

Seufzend reichte Olive ihr den Becher. »Aber lass mir auch noch etwas übrig.«

Dankbar nahm Taylor einen Schluck.

»Wie war dein Tag?«, erkundigte sich Olive.

»Das Gleiche hat mich Emily schon gefragt«, erwiderte Cassie lächelnd. »Ich habe den Bericht über MacLeod abgegeben.«

»Und wie fühlst du dich dabei?« Olive musterte sie mit zusammengezogenen Augenbrauen.

»Ziemlich gut, ehrlich gesagt. Ich war mir erst nicht sicher, wie ich ihn schreiben sollte, aber ich denke, ich habe einen Weg gefunden, Sam MacLeod voll und ganz gerecht zu werden. Die Überschrift lautet: *Meine Nächte mit Sam MacLeod.*«

»Wow! Das muss ich lesen. Bringst du mir ein Exemplar davon mit?« Taylor grinste schief. Mit ihrer Schlafmaske auf der Stirn sah sie absolut entzückend aus.

»Klar.«

»Ich bin froh, dass du darüber hinweg bist.« Olive klopfte ihr auf die Schulter. »Ich hatte ein bisschen Bedenken, du könntest einen Rachefeldzug gegen ihn starten.«

Cassie zuckte gleichgültig mit den Achseln. »Ich denke, ich habe ihm eher ein Denkmal geschaffen.«

»Ein Denkmal?« Eine tiefe Falte zeichnete sich zwischen Olives Augenbrauen ab. »Als was?«

»Als erotische Nutzfläche mit Charme, aber ohne Gefühl.«

»O Gott, ich bin schon zu spät.« Emily deutete auf ihre Uhr. »Immer wenn es spannend wird, muss ich los. Manchmal hasse ich meinen Job. Du musst mir versprechen, mir alles haarklein zu berichten, wenn ich zurück bin.«

»Ehrenwort«, versprach Cassie.

»Ich würde gerne sein Gesicht sehen, wenn er den Bericht liest«, sagte Taylor.

»Ich auch«, gestand Cassie. Tatsächlich hätte sie viel darum gegeben, dabei zu sein, wenn Sam den Artikel in seinen Händen hielt. Aber alleine der Gedanke daran war schon eine Genugtuung.

Emily hängte sich ihre Uniformhandtasche über die Schulter. »Ihr werdet mir fehlen.«

»Du mir auch.« Cassie gab ihr einen Kuss auf die Wange.

»Tu nichts, was ich nicht auch täte.« Taylor boxte Emily kameradschaftlich gegen die Schulter.

»Na, dann steht mir ja alles offen.« Emily lachte verschmitzt.

»Tschüs, Süße. Und immer hübsch locker bleiben.« Olive umarmte Emily.

»In der Ruhe liegt die Kraft, ist mein Motto!«

»Hahaha. Ich kenne keinen lebhafteren Menschen als dich«, sagte Olive.

»So, ich geh mal lieber, sonst komme ich überhaupt nicht mehr los.«

Emily nahm den Koffer in die Hand und riss die Tür auf. Im gleichen Moment wäre sie fast mit einem Mann zusammengeprallt. Emilys Koffer ging krachend zu Boden.

»Hallo«, stammelte sie, ohne die Augen von dem Mann zu lassen.

Für einen Moment setzte Cassies Herz bei dem Anblick des Mannes aus, um dann mit erhöhter Geschwindigkeit loszugaloppieren.

»Sam?«

Es war das erste Mal, dass sie ihn in Jeans sah. Er trug ein schlichtes weißes T-Shirt und darüber eine abgewetzte Lederjacke, die seine breiten Schultern betonte. Seine Haare waren zu einem Zopf zusammengebunden und er hatte seinen Bart frisch gestutzt. Er sah unglaublich gut aus. *Verdammt.*

»Aye.« Er musterte sie. Jetzt erst fiel ihr auf, wie müde er aussah. Dunkle Schatten lagen wie gemalt unter seinen Augen und eine tiefe Falte hatte sich zwischen seinen Augenbrauen eingegraben.

»O mein Gott, ich habe Sam MacLeod berührt«, wisperte Emily, die noch immer regungslos neben ihm stand.

Olive und Taylor drängten sich dicht hinter Cassies Rücken, um einen Blick auf den berühmten Schauspieler zu werfen.

»Was willst du hier?«, sagte sie mit belegter Stimme. Ihr Herz schlug wie wild gegen ihre Brust.

»Cassie.« Sein melodischer schottischer Akzent schmeichelte ihren Ohren. »Ich muss mit dir reden.«

»Zwischen uns ist alles gesagt.«

»Nein.« Er schüttelte den Kopf und sein Mund verzog sich schmerzhaft. »Ich habe einen Fehler gemacht, einen unverzeihlichen Fehler. Ich war verletzt …«

»Du warst verletzt. Und was ist mit mir?« Unbewusst ballte sie die Hände in den Hosentaschen zu Fäusten.

Olive gab ihr einen sanften, kaum merklichen Stoß in den Rücken, der so viel wie *Nun hör ihn dir erst einmal an* bedeuten sollte. Aber dafür war sie zu wütend. Noch nie war sie von einem Mann so gedemütigt worden wie von Sam MacLeod.

»Du hast mich in deinem Artikel wie einen Macho dargestellt, der der englischen Sprache kaum mächtig und nur auf Äußerlichkeiten aus ist.«

»Wie man sieht, hatte ich recht damit.«

»So denkst du also über mich?«

»Wenn wir ehrlich sind, haben wir doch beide bekommen, was wir wollten.«

Sam zuckte kaum merklich zusammen. Jeder Muskel seines Körpers war angespannt. »Und was soll das gewesen sein?«

»Du den Sex und ich das Interview.« Trotzig schob sie ihr Kinn nach vorne.

Die kleine Ader an Sams Schläfe pochte verdächtig.

»Und du glaubst wirklich, das war mein Ziel …« Er schüttelte ungläubig den Kopf. »Dich ins Bett zu zerren …«

»Das ist ja wohl mehr als offensichtlich. Warum sonst hast du mir vorgespielt, mein Mann zu sein? Außerdem ist es mir völlig egal, was du denkst, sagst oder fühlst. Ich habe mein Interview, und das ist alles, was für mich zählt. Das war von Anfang an mein Ziel. Dafür wäre ich auch mit dir ins Bett gegangen.«

Das war eine glatte Lüge. Die Wahrheit war, sie hatte sich in Sam verliebt wie noch nie in einen Mann zuvor. Aber genau das war das Problem.

Keiner von ihnen sagte ein Wort. Sams Kiefermuskeln mahlten und seine Augen musterten sie mit einer Mischung aus Ungläubigkeit und Wut.

Aus dem Augenwinkel sah sie, wie Olive ihr einen erstaunten Blick zuwarf. Emily stand noch immer im Türrahmen und Taylor sah aus, als wäre sie kurz davor, in hysterisches Lachen auszubrechen.

»Das meinst du nicht ernst.« Sein Mund war kaum mehr als ein Strich.

»Würde ich es sonst sagen? Ich sehe es so.« Sie verschränkte demonstrativ die Arme vor der Brust. »Wir hatten eine tolle Zeit miteinander, aber das ist nun vorbei«, sagte sie betont ruhig. »Jeder hat bekommen, was er wollte.«

Wieder entstand eine unangenehme Stille zwischen ihnen. Sie streckte die Hand aus. »Ich wünsche dir viel Glück für die Zukunft.« Sie wusste, wie hölzern es in seinen Ohren klingen musste.

Ihre Blicke trafen sich. Sofort breitete sich dieses Kribbeln über ihren Körper aus, das sie immer bekam, wenn Sam in ihrer Nähe war.

»Das soll es also gewesen sein? Einfach so?«

»Jep. Einfach so.«

Er rang nach Worten. »Ich weiß, du bist verletzt, aber …«

»Sam, bitte erspar dir und mir eine Szene«, unterbrach sie ihn tonlos. Seine Augen hielten sie noch immer gefangen. Es schmerzte sie, ihn so nah zu wissen und ihn nicht berühren zu können. Alles in ihr verlangte nach ihm.

Hastig senkte sie den Blick und starrte auf ihre nackten Füße. Sie wusste, wenn sie ihm noch länger in die Augen sah, würde sie schwach werden und ihn küssen.

Räuspernd fuhr er sich mit gespreizten Fingern durch das dichte Haar. Eine Strähne löste sich dabei und fiel ihm ins Gesicht. Nur mühsam widerstand sie der Versuchung, ihm die seidige Locke hinter das Ohr zu schieben.

»Ähm, könnte ich vielleicht ein …«, unterbrach Emily die Stille zwischen ihnen.

Cassie warf ihr einen bösen Blick zu, den Emily mit einem Schulterzucken erwiderte.

»Mr MacLeod?«, ertönte Olives dunkle Stimme wie auf Kommando hinter ihr. »Ich denke, es wäre besser, Sie gehen jetzt.«

»Aye.« Sam sah Olive mit seinen himmelblauen Augen an.

Gott, ist der Mann schön.

Cassie dachte daran, wie sie sich geliebt hatten. An seinen Mund, der so leidenschaftlich küssen konnte. Wie er sie berührt und ihren Körper zum Singen gebracht hatte.

Hör auf. Das war alles nur ein Spiel für ihn. Seine Zärtlichkeiten, seine Worte – alles Teil seines Plans, sich an ihr zu rächen und sie in sein Bett zu locken.

Mit einem Ruck schlug sie dem verdutzten Sam die Tür vor der Nase zu. Dann machte sie auf dem Absatz kehrt und stürmte in ihr Zimmer.

Tränen brannten in ihren Augen. All die mühsam unterdrückten Gefühle kamen wieder hoch. Enttäuschung. Trauer. Sehnsucht.

Schluchzend ließ sie sich aufs Bett fallen und ließ ihrem Kummer freien Lauf.

Sie wusste nicht, wie lange sie so gelegen hatte, als sich plötzlich eine Hand auf ihre Schulter legte.

»Entschuldige bitte, das war dumm von uns«, drang Olives Stimme zu ihr durch.

Schniefend hob Cassie den Kopf. »Ihr seid doch meine Freundinnen.«

Olive, Emily und Taylor setzten sich zu ihr auf die Bettkante.

»Ich war so geflasht, dass ich dem echten Sam MacLeod gegenüberstand, dass ich mich völlig vergessen habe. Entschuldige bitte«, bat Emily sie. »Aber der Typ sieht ja im wahren Leben noch besser aus als im Fernsehen.«

»Ist schon okay. Ich kann dich ja verstehen, aber du musst dich auch in mich hineinversetzen. Sam hat mir so wehgetan wie kein Mann zuvor. Egal, was ich vor ihm behauptet habe.«

Emily, Taylor und Olive schlangen ihre Arme um Cassie. Für einen Moment genoss sie die stille Umarmung und die Nähe der Menschen, die sie wirklich liebten.

Ihr Blick fiel auf Emily. »Warum bist du noch hier? Musst du nicht los?«

»Doch, aber ich wollte nicht gehen, ohne mich bei dir zu entschuldigen«, sagte Emily zerknirscht.

»Schon gut.« Cassie lächelte unter Tränen.

»Danke. Ich hab dich lieb.« Emily gab ihr einen Kuss auf den Scheitel. »Ich mach's wieder gut. Versprochen!«

»So ein Quatsch. Hau lieber ab, sonst bist du wirklich zu spät und dann muss ich deine Miete mitbezahlen, wenn sie dich entlassen«, winkte Cassie ab.

»Du bist die Beste!« Emily sprang auf und warf ihr einen Flugkuss zu. »Bis in fünf Tagen!« Sie stürmte aus dem Zimmer.

»Hast du Lust, einen Kaffee mit uns zu trinken? Ich gebe einen aus.« Olive zwinkerte ihr zu.

Cassie überlegte einen kurzen Moment. »Könnte ich auch einen Tee haben?«

Taylor und Olive sahen sie überrascht an. »Seit wann bist du unter die Teetrinker gegangen?«

»Seit Sam MacLeod mir über den Weg gelaufen ist.«

»Ich liebe unsere Küche«, sagte Cassie. Sie hatte es sich zusammen mit Taylor auf der Sitzbank gemütlich gemacht. Olive hatte die Kaffeemaschine angeworfen, da der Tee uralt und nicht mehr trinkbar gewesen war. Im Hintergrund lief leise Musik aus dem Radio.

»Geht mir genauso«, stimmte Taylor ihr zu.

Cassies Blick fiel auf die Feuerwehrleiter vor dem Küchenfenster. »Eigentlich hätten wir uns aufs Dach setzen können.«

»Stimmt, daran habe ich überhaupt nicht gedacht«, erwiderte Olive, die ihr gegenübersaß. »Wir könnten ja heute Abend einen Drink oben nehmen.«

Sie hatten die Terrasse auf dem Dach durch Zufall entdeckt. Niemand außer ihnen schien diesen Platz zu nutzen und so hatten sie angefangen, ihn nach ihren Wünschen einzurichten. Mittlerweile gab es eine Rattansitzecke, zwei Liegestühle, ein Sonnensegel und einen uralten Grill dort oben.

Cassies Handy klingelte und der Name ihrer Chefin tauchte auf dem Display auf. Sofort schaltete ihr Puls einen Gang höher. »Entschuldigt mich kurz.«

Olive und Taylor nickten.

»Hallo, Trish«, meldete Cassie sich mit geschäftsmäßiger Stimme.

»Hey, Cassie. Ich wollte dir nur kurz Bescheid geben, dass Ronan begeistert von deinem Artikel über Sam MacLeod ist. Der Druckauftrag ist bereits erteilt. Du kommst auf die Titelseite.«

Sie nagte an ihrer Unterlippe. Ihr schlechtes Gewissen meldete sich plötzlich zu Wort. Ihr Interview war ein Vernichtungsschlag gegen Sam, wenn auch nicht offensichtlich. Sie war sich sicher, dass er seine Wirkung nicht verfehlen würde. Sie dachte daran, wie Sam in der Haustür gestanden und sie um ein Gespräch gebeten hatte. Er hatte ernsthaft zerknirscht gewirkt.

»Cassie, freust du dich nicht?«, riss Trish sie aus ihren Überlegungen.

»Doch, klar. Entschuldige bitte, ich bin nur so überrascht.«

»Ja, das ist dein Durchbruch. Wenn du so weitermachst, muss ich aufpassen, dass du mich nicht von meinem Thron stößt.«

»Keine Sorge«, erwiderte Cassie lächelnd. »Es kann nur eine Trish Canavan geben.«

»Das hoffe ich doch.« Trish klang sichtlich geschmeichelt. »Dann bis morgen.«

»Ja, danke für den Anruf und die gute Nachricht.« Sie legte auf.

Olive und Taylor sahen sie erwartungsvoll an.

»Das war Trish. Mein Bericht erscheint in der Ausgabe von übermorgen als Titelstory«, erklärte Cassie. Das Blut rauschte in ihren Ohren bei dem Gedanken.

»Das ist ja der Wahnsinn.« Taylor klopfte anerkennend auf den Holztisch.

»Glückwunsch. Du bist ein Star. Damit hast du erreicht, was du wolltest«, rief Olive begeistert.

Hatte sie das wirklich gewollt? Mit einem Mal war sie sich nicht mehr so sicher.

»Aber jetzt mal unter uns Schwestern, dieser Mann sieht doch absolut wahnsinnig aus. Ich kann verstehen, dass du bei dem schwach geworden bist«, murmelte Taylor. »Dagegen ist Channing Tatum nur ein billiger Abklatsch.«

Olive und Cassie tauschten kurze Blicke. Taylor war schon seit Jahren begeisterter Fan des Schauspielers und ließ keinen Film von ihm aus. *Magic Mike* hatte sie sich drei Mal in Folge in einer einzigen Nacht angesehen. Am nächsten Morgen hatte sie verkündet, dass der Film besser sei als jeder Porno, den sie bisher gesehen hätte.

»Ja, aber nichtsdestotrotz ist er ein chauvinistisches Arschloch mit schrecklichem schottischem Akzent«, brummte Cassie.

»Du musst es ja wissen.« Taylor spielte verträumt mit einer Haarsträhne zwischen ihren schlanken Fingern. »Wobei ich den Akzent ganz sexy fand.«

»Also, ich bin mir da nicht mehr so sicher, seit ich ihn live erlebt habe«, gestand Olive zögerlich.

»Was soll das denn heißen?« Cassie richtete sich in ihrem Stuhl auf.

»Ich hatte den Eindruck, dass es ihm ehrlich leidtat und er sich aufrichtig bei dir entschuldigen wollte.«

Nachdenklich knabberte Cassie an der Unterlippe. Ihre Gewissensbisse meldeten sich erneut und Olives Bemerkung ließ sie noch größer werden.

»Warum sonst sollte er extra nach London gekommen sein? Das macht man doch nicht, wenn einem die andere Person egal ist.« Olive sah ihr direkt in die Augen.

Cassie zuckte betont gleichgültig mit den Schultern. »Das mag sein. Aber ich kann ihm einfach nicht verzeihen, was er mir angetan hat.«

Olive legte ihre Hand auf Cassies. »Du weißt, ich bin immer auf deiner Seite. Du bist meine beste Freundin und wir kennen uns schon seit ein paar Jahren. Meistens sind wir einer Meinung. Aber diesmal glaube ich, dass du dabei bist, einen riesigen Fehler zu begehen. Sam MacLeod mag ein ziemlicher Weiberheld sein, trotzdem würde ich vom Gefühl her sagen, dass er ernsthaft bis über beide Ohren in dich verliebt ist.«

Taylor nickte im Hintergrund.

»Der Mann hat mir vorgespielt, dass ich seine Ehefrau bin. Er hat mir eine Lüge nach der anderen erzählt, in dem Wissen, dass ich mein Gedächtnis verloren hatte. Er hat mich für sich arbeiten lassen und mir ein Märchen nach dem anderen erzählt. Ich hatte Gefühle für diesen Mann.« Sie stockte. Wenn sie ehrlich war, hatte sie noch immer tiefe Gefühle für Sam. »Deshalb habe ich auch mit ihm geschlafen. Spätestens da hätte er mir die Wahrheit sagen müssen.«

»Aber dann hätte er dich verloren«, sagte Olive nachdenklich. »Vielleicht hat er es deshalb nicht gesagt.«

»Das mag sein, aber man kann keine Beziehung auf einer Lüge aufbauen.«

Olive sah sie mit ernster Miene an. »Es ist nie zu spät, um zu verzeihen.«

»Nein, diese Lüge war einfach zu groß.«

Es gab kein Zurück mehr. Der Druckauftrag war erteilt, die Pressen der Druckerei liefen bereits auf Hochtouren, damit die *StarTouch* pünktlich herausgebracht werden konnte.

»Die Frage, ob ich ihm verzeihe, stellt sich nicht mehr. Die Würfel sind bereits gefallen.«

Kapitel 13

Als Cassie am Freitagmorgen ins Büro kam, wurde sie freudig von Trish begrüßt.

»Da kommt ja unser Star. Dein Bericht über MacLeod hat eingeschlagen wie eine Bombe. Die Telefone der Redaktion stehen seit heute Morgen nicht mehr still. Weibliche Fans aus allen Teilen Englands rufen an und möchten dich sprechen. Gratuliere, wie es aussieht, bist du zu einer Berühmtheit geworden.«

»Du nimmst mich auf den Arm«, sagte Cassie fassungslos. Die *StarTouch* lag erst seit knapp zwei Stunden in den Kiosken. Sie konnte sich nicht vorstellen, dass in dieser kurzen Zeit bereits spürbare Reaktionen zu messen waren.

Grinsend holte Trish die neueste Ausgabe der *StarTouch* aus der Schublade und knallte sie mit einem triumphierenden Blick vor Cassie auf den Schreibtisch. »Lies selbst.«

Fassungslos starrte Cassie auf das Titelbild, wo ihr Sams Gesicht entgegenlächelte. Trish hatte das Foto ausgesucht. Es zeigte Sam mit zurückgekämmten Haaren. Seine Augen stachen fast unnatürlich blau hervor und hielten den Betrachter gefangen. Er trug ein weißes T-Shirt und eine schwarze Lederjacke. Anstatt Hosen hatte er sich einen Kilt um die Hüften geschlungen. Lässig an einen Tresen gelehnt, strahlte er die Selbstsicherheit eines Mannes aus, der wusste, welche Wirkung er auf andere Menschen hatte. Darüber stand in großen geschwungenen Lettern geschrieben: *Meine Nächte mit Sam MacLeod* von Cassandra Devinmoore.

Cassie schluckte nervös. Ihre Finger zitterten, als sie die *StarTouch* in die Hand nahm.

»Aber das ist noch nicht alles. Komm und überzeug dich selbst.« Trish drehte ihren Laptop in Cassies Richtung.

Tatsächlich war die E-Mail-Seite der Redaktion voll mit Kommentaren zu ihrem Artikel. Ihre Augen flogen über die Überschriften:

MacLeod ist ein Sexgott!

Ich will auch!

Cassandra Devinmoore ist die neue Galionsfigur einer ganzen Frauengeneration.

Meine Nächte mit Sam MacLeod ist eine Offenbarung.

Ich kenne mein nächstes Reiseziel – Schottland, ich komme!

Callekille Cottage, die romantische Sexhöhle von Sam MacLeod.

»Ich glaube, ich muss mich kurz setzen«, stöhnte Cassie und ließ sich auf den Stuhl fallen, ohne den Blick vom

Bildschirm zu nehmen. Ihr war schwindlig und sie fühlte sich benommen. Niemals hatte sie mit einer solchen Resonanz gerechnet. Dank ihr war Sam über Nacht zum Sexidol geworden und Callekille Cottage der Ort der Verheißung. Sie vermochte sich kaum auszumalen, was es für Sam bedeutete. Kreischende Fans an jeder Ecke. Fans, die die Mülleimer durchwühlten, um etwas Privates zu finden. Fans, die auf der Lauer lagen, um ein Foto von ihrem Star zu erhaschen. Sie dachte an die himmlische Ruhe, die sie in Callekille Cottage erlebt hatte. Damit war es nun vorbei.

Sie hatte bewusst verraten, was Sam am wichtigsten war – seinen Zufluchtsort. Der einzige Platz auf der Welt, wo er ganz er selbst sein konnte. Das würde er ihr niemals verzeihen.

»Der Mann wird keinen Schritt mehr gehen können, ohne dass ihm eine Meute Fans kreischend hinterherläuft. Ich weiß nicht, ob er darüber so glücklich ist, schließlich hat er immer betont, wie wichtig ihm sein Privatleben ist«, sagte Trish mit einem Hauch von Wehmut in der Stimme. »Aber das ist unsere Aufgabe. Stars zu kreieren oder fallen zu lassen. So funktioniert die heutige Presse nun mal.«

»Stimmt«, krächzte Cassie. Ihr kleiner Racheplan war aufgegangen. Sie hatte die Genugtuung bekommen, die sie sich erhofft hatte. Aber so richtig freuen konnte sie sich nicht. Sie dachte an Olives Worte. Hatte sie ihr Glück verspielt?

»Da ist ja unser Star.«

Ronan kam mit ausgebreiteten Armen in Trishs Büro gestürmt. Benommen stand Cassie auf und ließ sich von ihm umarmen. Sofort hatte sie den intensiven Geruch seines Aftershaves in der Nase. Eine Welle der Übelkeit stieg in ihr hoch.

»Sehr gute Arbeit.« Er klopfte ihr anerkennend auf den Rücken. »Ich wusste, dass ich auf dich zählen kann.«

»Danke, Ronan«, stammelte Cassie. »Aber ich habe nur meine Arbeit getan.«

»Blödsinn. Sam MacLeod hat dich in sein Haus gelassen und dir einen Blick in sein Privatleben gewährt wie noch niemandem zuvor. Na ja, und die Idee mit dem Sex ist brillant.« Er zwinkerte ihr zu und seine Augen glitten über ihren ganzen Körper, als wollte er sich persönlich davon überzeugen, was Sam MacLeod in den Armen gehalten hatte. »Du hattest wie immer den richtigen Riecher, meine Liebe«, ergänzte er zu Trish gewandt.

Ein zufriedenes Lächeln spielte um Trishs Mund.

»Gut, dann will ich mich mal wieder an die Arbeit machen.« Ronan zwinkerte ihr mit einem leicht anzüglichen Blick zu und stolzierte wie ein Gockel nach draußen.

»Ist Ronan immer so?«, fragte Cassie, die ihren Boss bisher nur als korrekten Geschäftsmann erlebt hatte.

»Nur wenn er zufrieden ist.«

Trishs Telefon klingelte. Cassies Chefin warf einen Blick auf das Display.

»Das ist meine Tochter.«

»Kein Problem, ich wollte sowieso gerade gehen.« Cassie deutete auf die Tür.

»Okay, bis später.«

Beim Hinausgehen hörte Cassie Trishs Stimme: »Hallo, mein Spätzchen …«

Leise schloss Cassie die Tür hinter sich. Ihr Herz wummerte gegen ihre Brust. Was hatte sie getan?

Den restlichen Tag im Büro erlebte Cassie in einer Art Trancezustand. Es hagelte Glückwünsche von Kollegen und Freunden. Das Gefühl des Erfolgs war berauschend und ein wenig beängstigend zugleich. Endlich war sie an ihrem Ziel angekommen. Zeitgleich war da ihr schlechtes Gewissen, das ihrer Freude einen Dämpfer versetzte.

Ronan hatte ihr im Verlauf des Tages mitgeteilt, dass ihre Kolumne mehr Platz im Magazin bekommen würde. Sogar Holly war in der Mittagspause bei ihr aufgetaucht und hatte ihr zu ihrem Artikel gratuliert. Cassie hatte ein wenig Genugtuung empfunden, als Holly ihr von ihrem Desaster mit Robbie Williams erzählt hatte. Zumindest hatte sie die Größe besessen, sich selbst kritisch auf die Schippe zu nehmen. Eine Eigenschaft, die man nicht allzu häufig unter den Kollegen fand. Tatsächlich hatten sie zusammen gelacht, und als Holly ihr Büro verlassen hatte, hatte Cassie das Gefühl gehabt, dass die Zusammenarbeit in Zukunft harmonischer verlaufen würde.

Das Telefon klingelte bis zum Abend ununterbrochen. Die meisten Anrufer waren Fans, die sich persönlich bei ihr für den Artikel über Sam MacLeod bedanken wollten.

Cassie hatte den Link zum Artikel auf Twitter gepostet. Als sie gegen Nachmittag ihren Account öffnete, hatten bereits Tausende von Fans ihren Post gelikt.

Die Resonanz war einfach überwältigend. Nicht in ihren wildesten Träumen hätte sie damit gerechnet. Sam war ein Frauenmagnet und sie hatte ihm mit ihrem Artikel ein Denkmal geschaffen. Zugleich hatte sie den Menschen Sam MacLeod, wie sie ihn kennengelernt hatte, in der Öffentlichkeit ausradiert. Jede Frau in England wollte Sex mit Sam MacLeod haben, egal ob ledig, verheiratet, jung oder alt.

Sie klappte den Laptop zu. Ihr schwirrte der Kopf und sie sehnte sich nach etwas Ruhe. Eine Ruhe, die Sam dank ihr nicht mehr finden würde.

Diese ganze Sache war ihr irgendwie über den Kopf gewachsen. Seufzend verließ sie ihr Büro.

Als sie die Küche betrat, saß Taylor nur mit T-Shirt, schwarzen Strümpfen und Unterhose bekleidet auf dem Küchentresen und las die heutige Ausgabe der *StarTouch*. Dabei kaute sie Kaugummi und formte daraus eine riesige Blase.

»Hi, Taylor«, begrüßte Cassie sie. »Wenn man dich so sieht, könnte man meinen, du wartest auf den Fotografen für den *Playboy*.«

»Sehr witzig.« Genau in diesem Moment zerplatzte die Blase und ein dünner Film legte sich über Taylors Nase und Mund. »Shit.« Taylor schmiss die *StarTouch* auf den Tresen und fuchtelte hektisch in ihrem Gesicht herum.

»Hör auf«, ging Cassie dazwischen. »Du schmierst dir das Zeug noch in die Haare.«

»Dein Artikel ist der Wahnsinn. Du bist ein Star.« Taylor grinste unter der Blasenhaut.

»Halt still, sonst kriege ich das Zeug nicht ab.« Mit spitzen Fingern zupfte sie einen Fetzen von Taylors Nasenspitze.

»Hast du schon was von MacLeod gehört?«

»Nein, bisher nicht.« Tatsächlich hatte sie mit einer Reaktion seinerseits gerechnet. Aber weder er noch sein Agent hatten angerufen. Sie suchte Taylors Gesicht nach Kaugummiresten ab. »Fertig.«

»Puh, der Arme dürfte ganz schön im Stress sein. Die haben sogar im Radio darüber berichtet.« Taylor öffnete den Kühlschrank und brachte zwei Bier zum Vorschein. »Auch eins?« Sie wedelte mit den Flaschen in der Luft.

»Ein kaltes Bier klingt ziemlich verlockend.«

»Wollen wir aufs Dach? Hier in der Wohnung ist es so stickig.« Taylor reichte ihr die Bierflasche.

»Gute Idee.«

Kurzerhand krempelte sie ihre Jeans hoch und zog die Bluse aus, sodass sie nur noch im Slip und mit Tanktop bekleidet in der Küche stand.

Taylor öffnete das Schiebefenster. Cassie folgte ihr nach draußen. Hintereinander stiegen sie die schmale Leiter hoch aufs Dach.

Es wehte ein laues Lüftchen und Cassie nahm einen tiefen Atemzug. Dabei ließ sie ihren Blick über die Umgebung gleiten. Die Dächer der Häuser von Portobello schimmerten rot im Sonnenlicht, als würden sie in Flammen stehen. Ein blauer Himmel spannte sich wie ein Dach über ihnen. Ganz in der Ferne konnte man die Themse und den Millennium Park erkennen. Ein Blick, der normalerweise unbezahlbar war.

In ihrem ersten gemeinsamen Sommer hatten sie zwei Liegestühle und eine Sitzecke nach oben geschafft. Olive hatte ein weißes Sonnensegel besorgt und es über den vorderen Teil des Daches gespannt, sodass sie ungestört dort sitzen konnten, ohne in der Sonne zu verbrennen. Seitdem war die Terrasse ein beliebter Treffpunkt und sie hatten schon so manche Party hier oben gefeiert.

»Auf deine Nächte mit Sam MacLeod.« Taylor prostete ihr zu.

Seufzend nahm Cassie einen tiefen Schluck. »Ich glaube, ich habe einen Riesenfehler gemacht.«

Taylor schüttelte verwirrt den Kopf. »Was? Warum?«

»Ich habe Sams Leben zerstört«, gestand sie mit gesenktem Blick.

»Ach, das ist doch Blödsinn. Der Mann ist Schauspieler und ist die öffentliche Aufmerksamkeit gewohnt.«

»Ja, aber nicht in diesem Maße.«

»Sam MacLeod ist der heißeste Jungstar des Jahres. Das bedeutet, er war auch ohne deinen Artikel schon berühmt und sexy. Du hast die ganze Sache lediglich ein bisschen beschleunigt. Also kein schlechtes Gewissen, hörst du?«

»Ja, vielleicht. Aber ich habe ihm seinen Zufluchtsort genommen.« Sie senkte den Kopf und versteckte ihr Gesicht hinter ihren Haaren. Sie war schon wieder den Tränen nahe.

»Du meinst Callekille Cottage?«

»Ja. Du hättest ihn sehen sollen, wie stolz er auf die Farm ist und wie liebevoll er sich um die Tiere dort kümmert. Das war sein Ort der Ruhe. Sein Herz hängt an dieser Farm.«

»Ich schätze mal, damit ist es bald vorbei. Deine Wegbeschreibung ist ziemlich präzise. Das würde sogar ich finden«, teilte Taylor ihr unumwunden mit und legte damit den Finger in die Wunde.

Cassie stöhnte.

»Das Kind ist in den Brunnen gefallen. Es hat also keinen Sinn, dass du dich vor schlechtem Gewissen zerfleischst. Freu dich lieber, dass du so einen Erfolg hast. Das ist es doch, was du immer wolltest. Seit ich dich kenne, träumst du davon, so bekannt zu werden wie Oprah Winfrey. Mit deinem Artikel bist du über Nacht zu Englands berühmtester Klatschreporterin geworden. Das ist doch schon mal ein Anfang.« Taylor prostete ihr zu.

»Ich kann mich aber nicht freuen.« Cassie blinzelte die aufkommenden Tränen weg.

»Cassie.« Taylor beugte sich zu ihr vor und legte ihre schlanke Hand auf ihren nackten Unterarm. »So kenne ich dich gar nicht. Du bist doch sonst so eine selbstbewusste Frau, die mit beiden Beinen fest auf der Erde steht. Du bist diejenige, die immer die richtigen Entscheidungen trifft. Ich bin der Chaot, schon vergessen?«

Cassie gab Taylor lächelnd einen Stups. »Ich bin froh, dass du bist, wie du bist«, sagte sie leise, den Blick in die Ferne gerichtet, wo die Sonne gerade wie ein roter Feuerball hinter den Häusern versank. Ein Schwarm Schwalben segelte elegant über sie hinweg.

Cassie dachte an den Sonnenuntergang in Applecross. An die klare, nach Gras und Meer riechende Luft. Die Intensität der Farben und die Ruhe. Hier in Portobello herrschte immer Trubel, egal, zu welcher Tages- oder Nachtzeit man sich durch die Straßen bewegte. Autos und Menschen beherrschten das Bild. Auch jetzt rauschte unter ihnen der Verkehr und mischte sich mit den Stimmen der Spaziergänger. Die Luft roch nach den Abgasen der Autos.

»An was denkst du gerade?«, fragte Taylor.

»Wie anders das Leben in der Stadt ist«, seufzte sie leise.

»Warum?«

»Weil du so einen sehnsüchtigen Ausdruck auf dem Gesicht hattest.«

»Hier steckt ihr also.« Olives blonder Haarschopf tauchte vor ihnen auf. »Ich dachte mir schon, dass ich euch hier finde. Ich habe uns eine kleine Erfrischung mitgebracht, schließlich haben wir was zu feiern.«

Olive kletterte die Leiter nach oben und hielt eine Flasche eisgekühlten Bellini in die Höhe. »Herzlichen Glückwunsch zu deinem Erfolg.« Sie gab Cassie einen Begrüßungskuss auf die Wange. »Du bist der Star und ich darf hier mit dir auf dem Dach sitzen. Wahnsinn.« Olives Augen funkelten vergnügt.

»Danke.« Cassie stieß ein freudloses Lachen aus. »Aber irgendwie ist mir nicht nach Feiern zumute.«

»Unser Star hat gerade den After-Erfolg-Blues.« Taylor machte eine vielsagende Kopfbewegung in Cassies Richtung.

»Ich hatte gehofft, dass du das sagen würdest«, sagte Olive, die Augen fest auf Cassie gerichtet.

»Wirklich?« Cassie und Taylor sahen Olive erstaunt an.

»Ja, denn wenn nicht, hätte ich an dir und meiner Menschenkenntnis gezweifelt. Wobei ich zugeben muss, dass es schlimmer hätte kommen können.«

Der Korken flog mit einem lauten Knall über das Dach zum Nachbarhaus.

»Würdest du bitte aufhören, in Hieroglyphen zu sprechen, und uns erklären, was du meinst?« Taylor stellte die leere Bierflasche beiseite.

»Ich spreche von Cassies kleinem Rachefeldzug gegen Sam MacLeod.« Sie reichte ihren Freundinnen ein Glas Bellini. »Ich hatte Angst, du könntest zu persönlich gegen ihn vorgehen. Was du getan hast, ist zwar unangenehm für Sam, aber kein Vernichtungsschlag. Etwas anderes hätte auch nicht zu dir gepasst.«

Cassie strich nachdenklich mit dem Finger über das beschlagene Glas. Die Sonne war mittlerweile versunken. Lediglich ein paar rosa Fetzen am Himmel erinnerten noch an sie. Der Mond tauchte bereits als winziger Punkt am Horizont auf.

Olive prostete ihnen zu. »Ich weiß, Bellini ist nicht en vogue, aber ich liebe diesen Drink. Ladys, auf Sam MacLeod und Cassies gelungenen Artikel.«

Cassie nahm einen winzigen Schluck. Sofort hatte sie den süßlichen Geschmack des Pfirsichs im Mund. »Köstlich.« Sie schnalzte mit der Zunge.

»Ich wusste gar nicht, wie lecker Bellini ist.« Taylor nahm noch einen Schluck.

»Hey, wenn du so weitermachst, ist die Flasche gleich leer«, hielt Olive sie zurück.

»Ich kann mir nicht vorstellen, was daran so schlimm wäre. Einen kleinen Schwips in Ehren kann die Taylor nicht verwehren.« Taylor prostete ihnen zu.

»Du alte Schnapsdrossel. Noch ein paar Jahre mit dir und mein Ruf ist ruiniert!«, sagte Olive stöhnend.

»Du weißt doch, ist der Ruf erst ruiniert …«, fing Taylor an.

»… lebt's sich völlig ungeniert«, fielen Olive und Cassie lachend ein.

Klirrend stießen sie an.

Eine graue Gestalt tauchte auf dem Dach des Nachbarhauses auf und winkte zu ihnen rüber.

»Wir werden beobachtet.« Cassie deutete unauffällig auf den Mann.

»Das ist Jason«, begrüßte Taylor ihren Lover auf der gegenüberliegenden Seite.

»Jason?« Cassie sah sie verwundert an. »Habe ich was verpasst? Seit wann wohnt Jason denn da drüben? Ich dachte, du hast ihn auf einer Party aufgegabelt?«

»Ziemlich witziger Zufall, was?« Taylor warf Jason einen Flugkuss zu.

»Was geht ab, Babe?« Er deutete auf die Flasche neben Taylors Liegestuhl.

Olive rollte die Augen. »Was für eine eloquente Unterhaltung!«

»Nur kein Neid.« Taylor versetzte ihr einen sanften Stoß in die Seite.

»Kann ich rüberkommen?«, hallte es zu ihnen.

Soweit Cassie es im Dämmerlicht erkennen konnte, kratzte Jason sich gerade ausgiebig am Hintern.

»Heute nicht, Babe. Mädelsabend. Du verstehst schon.« Taylor warf ihrem Lover einen weiteren Kuss zu.

»Gut, dann vielleicht bis später?« Hoffnung schwang in seiner Stimme mit.

»Könnte schon sein ... Ich schick dir eine WhatsApp.«

»Alles klar, Babe.« Jasons durchtrainierte Gestalt verschwand wieder.

»Du hast es gut. Du hast wenigstens Sex. Ich kuschle nachts mit meinem Teddy und mache mir warme Gedanken.« Olive stand auf und schaltete die Lichterkette an, die sie entlang des Segeltuchs angebracht hatte.

»Ich kann dir Jason gerne mal ausleihen.« Taylor schwang die Beine nach oben und setzte sich in den Schneidersitz.

»Danke, aber ich suche mir lieber meinen eigenen Mann«, erwiderte Olive.

»Seht nur, der Mond.« Taylor sprang aus ihrem Stuhl. »Vollmond.« Sie legte die Hände vor den Mund und stimmte ein lautes Geheul an.

Olive tippte sich mit dem Finger gegen die Stirn. »Du bekommst jedenfalls keinen Bellini mehr.«

Mit leuchtendem Gesicht drehte Taylor sich zu ihnen um. »Los, macht mit, das befreit ungemein. Ihr werdet sehen.« Sie jaulte erneut los.

»Danke, nein. Ich bleibe hier sitzen und trinke noch ein Glas«, erwiderte Olive.

»Seid doch nicht so schreckliche Spießer«, entgegnete Taylor.

Cassie stand ebenfalls auf und warf den Kopf in den Nacken, gefolgt von lautem Heulen. Tatsächlich fühlte es sich herrlich befreiend an.

»Los, Olive, jetzt du«, forderte Taylor.

Widerwillig stieß Olive ein leises Heulen aus.

»O Mann, du wärst kein guter Wolf geworden.« Taylor legte mitleidig die Hand auf Olives Schulter.

»Moment, ich muss erst einmal warm werden.« Olive holte tief Luft. Ein lang gezogenes Heulen ertönte.

Lachend stimmten Taylor und Cassie mit ein.

»Hey, was soll der Mist? Könnt ihr endlich mal Ruhe geben? Ich versuche, zu schlafen«, rief eine unbekannte Stimme von gegenüber zu ihnen herüber.

»Sorry, Mister, aber wir können nichts dafür. Es ist Vollmond«, jaulte Taylor los.

»Verrückte Hühner«, schimpfte der Mann und verschwand.

»Die liebsten verrückten Hühner der Welt.« Cassie legte ihre Arme um ihre beiden Freundinnen. »Ich bin so froh, dass ich euch habe.«

Es war das erste Mal seit ihrer Ankunft in London, dass sie das Gefühl hatte, frei atmen zu können.

Seit Stunden lag Cassie wach. In ihrem Kopf drehte sich alles. Seufzend ließ sie ein Bein aus dem Bett hängen in der Hoffnung, der Schwindel würde aufhören. Fehlanzeige. Das letzte Glas Bellini war definitiv zu viel gewesen.

Sie dachte an Sam und die Nächte, die sie in Callekille Cottage verbracht hatte. Mittlerweile kam es ihr unwirklich vor – wie in einem wunderschönen Traum, aus dem man nicht aufwachen wollte.

Sie berührte den Ring an ihrem Finger, um sich daran zu erinnern, dass all das wirklich passiert war. *Sam.* Immer wenn sie die Augen schloss, tauchte sein Gesicht in ihrem Kopf auf. Sie vermisste ihn so sehr, dass es fast wehtat.

Mit Herzklopfen nahm sie den rauen Stoff in die Hände, den sie über die Decke gelegt hatte. Sams Plaid.

Sie hatte es am Tag ihrer Flucht, wie sie es selbst nannte, um die Schultern geschlungen getragen. Erst in der Bahn war ihr aufgefallen, dass sie das Tuch noch immer bei sich hatte. Ihr erster Impuls war gewesen, das Plaid wegzuwerfen, aber schlussendlich hatte sie es nicht übers Herz gebracht und es wieder in ihre Tasche gestopft.

Heute Nacht hatte sie das Plaid aus der Tasche hervorgezogen. Sie vergrub das Gesicht in dem Stoff. Sofort hatte sie Sams feinen Duft in der Nase.

Tränen stiegen ihr in die Augen. Was hatte sie getan? All die verletzten Gefühle.

Für den Bruchteil einer Sekunde überlegte sie, ob sie ihn anrufen und sich bei ihm entschuldigen sollte. Doch dann verwarf sie den Gedanken wieder. Weder hatte sie seine private Handynummer, noch war sie sich sicher, ob Sam überhaupt mit ihr sprechen würde.

Ein Risiko, das sie wahrscheinlich eingegangen wäre, aber dank der fehlenden Nummer hatte sie die Option nicht.

Seufzend kuschelte sie sich zurück in ihr warmes Bett. Wie in einem Kokon lag sie zusammengerollt mit Sams

Plaid und weinte um ihre verlorene Liebe, bis sich der erlösende Schlaf einstellte.

Die folgenden Tage vergingen wie im Flug. Cassie hatte alle Hände voll zu tun. Sie und Trish arbeiteten an einer Serie über das Privatleben verschiedener Stars, nachdem Cassies Artikel der Zeitung ein sensationelles Wachstum beschert hatte. Die Verkaufszahlen der *StarTouch* waren seit dem Erscheinen des Sonderheftes sprunghaft angestiegen und hatten dem Verlag die besten Ergebnisse der letzten Jahre eingebracht.

Nicht nur Sams Leben hatte sich durch den Artikel verändert, auch ihr eigenes war in einem Ausmaß davon betroffen, wie sie es nicht erwartet hätte. Täglich kamen Einladungen per Post in die Redaktion getrudelt, in denen man sie zu Wohltätigkeits- und Galaveranstaltungen einlud. Die meisten von ihnen lehnte Cassie ab, da sie nur dazu dienten, Geld aus den Taschen der zahlungskräftigen Gäste zu ziehen.

Manchmal, wenn sie alleine im Büro war und keine Gefahr bestand, dass jemand sie beobachtete, durchsuchte sie das Internet nach den neuesten Informationen über Sam MacLeod. Wie zu erwarten war, hatte ihr Artikel über ihn einen regelrechten Hype hervorgerufen. Die Fanseiten von Sam auf Pinterest, Instagram, Twitter und Facebook erlebten einen sprunghaften Anstieg an

Usern. Man berichtete über seine Farm und präsentierte Luftaufnahmen von dem Gelände rund um das Cottage.

Es gab sogar organisierte Besichtigungstouren nach Applecross. Busladungen von hysterischen Frauen wurden nach Callekille Cottage gekarrt und posteten ihre Bilder, aufgenommen vor Sams Farm. Provisorische Buden entlang der Zufahrtsstraße waren errichtet worden. Applecross und seine Umgebung erlebten einen noch nie da gewesenen Zulauf an Touristen.

Von Sam selbst gab es keine Spur. Seit ihrem Artikel war er von der Bildfläche verschwunden. Paparazzi lauerten Tag und Nacht, in der Hoffnung, ein Bild von dem Star zu erhaschen. Es gab sogar Vermutungen, dass Sam krank war. Andere behaupteten, er würde an einem geheimen Projekt arbeiten, und wieder andere vermuteten, er befände sich auf einem Liebesurlaub in der Karibik. Beweisfotos gab es keine.

Cassie nagte nervös an ihrer Unterlippe. Wie die restliche Presse fragte sie sich, wo Sam wohl steckte.

Weder Sam noch sein Management hatten sich seit seinem Besuch in Portobello bei ihr gemeldet. Unwillkürlich musste sie daran denken, wie unglücklich Sam sie angesehen hatte.

»Cassie, halt dich fest. Du glaubst nicht, was ich hier habe.«

Trish kam in ihr Büro geschneit und wedelte dabei mit einem Brief in der Hand.

Cassie sah müde vom Schreibtisch hoch. Sie hatte die letzten Tage nicht sonderlich gut geschlafen. Fast jede Nacht lag sie wach und dachte an Sam. Die wenigen Stunden, in denen sie schlief, träumte sie meist von Sam, sodass sie schweißgebadet und verwirrt aufwachte. Manchmal fragte sie sich, wann dieser Zustand endlich aufhören würde.

»Ich bin mir sicher, du verrätst es mir gleich.« Sie zwang sich zu einem Lächeln.

»Wir haben eine Einladung zu den diesjährigen Highland Games in Inverness bekommen.«

»Du nimmst mich auf den Arm.«

»Sehe ich so aus, als würde ich Scherze machen?«

»Inverness. Ich fahre ganz bestimmt nicht nach Schottland«, sagte Cassie bestimmt. »Ich war in Applecross, das reicht.«

»Cassie, hier geht es nicht darum, was du möchtest – hier geht es um die *StarTouch*. Wir leben davon, dass wir über Schauspieler und Stars berichten, und wenn wir eine persönliche Einladung zu einem wichtigen Ereignis erhalten, dann nehmen wir diese selbstverständlich an«, antwortete Trish scharfzüngig.

»Dann schick doch Holly, wenn es für die *StarTouch* so wichtig ist«, entgegnete Cassie.

Trish legte die Stirn in Falten. »Sie haben dich persönlich eingeladen und nicht Holly. Hier steht es schwarz auf weiß.« Trish wedelte aufgeregt mit dem Brief vor Cassies Gesicht.

Ihre Augen überflogen die Zeilen.

Sehr geehrte Ms Canavan und Ms Devinmoore,

anlässlich der diesjährigen Highland Games vom 9. Juli – 12. Juli möchten wir Sie als geschätzte Vertreterinnen der StarTouch herzlich dazu einladen.

Wir freuen uns, Ihnen dieses Jahr mehrere sicherlich interessante Events präsentieren zu dürfen. Unter anderem werden die Stars von beliebten Fernsehproduktionen im Rahmen der Veranstaltung auftreten. Ein Informationsblatt zu den Presseterminen, bei denen Sie die Gelegenheit haben werden, die Stars persönlich zu treffen, haben wir diesem Schreiben gesondert angehängt.

Sollten Sie sich dazu entschließen, unserer Einladung zu folgen, sind wir Ihnen gerne bei Ihrer Planung behilflich. Flug und Hotelreservierung übernehmen wir für Sie.

Wir würden uns über eine Zusage von Ihnen sehr freuen.

Mit freundlichen Grüßen

»Ich verstehe nicht, wie die gerade auf mich kommen.« Cassie ließ sich in ihrem Stuhl zurückfallen, die Augen noch immer auf die Einladung gerichtet. »Das sind doch diese unsäglichen Wettkämpfe, wo aufgeblasene Schotten Baumstämme durch die Gegend werfen?«

»Die Wettkämpfe sind eigentlich Nebensache. Tatsächlich ist es eines der wichtigsten Treffen der schottischen Clans. Du hast einen Artikel über den bekanntesten Jungschauspieler des Landes geschrieben, der ganz nebenbei ein geachtetes Mitglied des MacLeod-Clans ist. Natürlich wollen sie dich dabeihaben«, sagte Trish unerbittlich. »Hinzu kommt, dass die Highland Games mehr und mehr Beachtung bei den Medien finden. Die Spiele sind ein einziges Spektakel, und jeder Schotte, der Rang und Namen hat, wird dort auftauchen. Ich bin mir ziemlich sicher, dass Sam MacLeod ebenfalls anwesend sein wird.«

»Noch ein Grund, nicht hinzufahren.« Bei dem Gedanken, Sam wiederzusehen, schaltete ihr Puls einen Gang höher.

»Wieso? Der Mann ist maßgeblich dafür verantwortlich, dass du Karriere machst.«

Cassie schwieg.

»Was ist eigentlich zwischen Sam MacLeod und dir vorgefallen, dass du derart abweisend reagierst?« Trishs Augen ruhten forschend auf ihr.

»Gar nichts.« Sie senkte den Kopf, damit Trish nicht sah, dass sie log.

»Dann verstehe ich nicht, warum du dich nicht freust.« Trish tippte ungeduldig mit den Füßen auf den Boden. Tipp. Tipp. Tipp.

»Ich freue mich ja.«

»Das solltest du auch. Diese Einladung ist eine Ehre, die nicht jedem zuteilwird. Sieh es doch mal so: Wir dürfen auf Kosten der Veranstalter drei Tage lang Spaß haben. Ein paar Interviews hier und da, das ist alles. Noch dazu sind die traditionellen Highland Games geballte Männerkraft.« Trish lachte laut auf. »Ich kann es gar nicht abwarten, all die Typen in ihren Kilts zu sehen und zu erkunden, ob sie nun etwas darunter tragen oder nicht.«

»Nichts«, rutschte es Cassie heraus. Eine heiße Welle kroch über ihr Gesicht.

Trish blinzelte irritiert. »Nichts?«

»Der wahre Schotte ist unter dem Kilt nackt.«

»Da spricht die Expertin.« Trishs Mundwinkel kräuselten sich belustigt.

»Ich habe einfach ziemlich gut recherchiert.«

Sie sah Sam vor sich, wie er sich am ersten Abend vor ihr ausgezogen hatte, um sie zu wärmen.

Trish legte den Kopf leicht schräg. »Soso. Recherchieren nennt man das also heutzutage.«

Cassie schwieg.

»Für mich ist der Besuch der Highland Games eine willkommene Abwechslung. Drei Tage ohne Kind.« Auf Trishs Gesicht legte sich ein träumerischer Ausdruck. »Du weißt gar nicht, wie schön es ist, wenn man mal ausschlafen kann und keine Verantwortung hat.« Es kam selten vor, dass Trish über ihre Rolle als Mutter sprach.

»Dafür hast du eine supersüße Tochter.«

»Das stimmt, aber wenn man wie ich berufstätig ist, läuft man die ganze Zeit mit einem schlechten Gewissen herum. Immer wieder suggeriert dir deine Umwelt, dass du dein Kind vernachlässigst und keine gute Mutter bist. Manchmal habe ich es richtig satt und bin kurz davor, alles hinzuschmeißen. Aber das bleibt unter uns.«

»Ich verurteile dich jedenfalls nicht. Ehrlich gesagt finde ich es ziemlich toll, wie du alles unter einen Hut bekommst. Ich meine, ich bin Single, und selbst mir wächst die Arbeit manchmal über den Kopf. In dieser Hinsicht bist du wirklich ein Vorbild.«

»Nur in dieser Hinsicht?« Trish zwinkerte ihr zu. »Danke für das Kompliment. Ich freue mich jedenfalls, dass wir zusammen nach Inverness fliegen. Ich hätte das mit niemand anderem als mit dir machen wollen.«

»Ich freue mich auch.«

Das war eine Lüge. In Wahrheit hatte sie Angst davor, Sam wiederzutreffen, und vor ihren Gefühlen.

»Gut, alles Weitere besprechen wir die Tage.« Trish warf einen Blick auf ihre Armbanduhr. »Ich werde gleich mal eine E-Mail schreiben und ihnen mitteilen, dass wir die Einladung annehmen, und sie bitten, Flug und Hotelunterbringung für uns zu organisieren. Ich sage dir

Bescheid, wenn sie geantwortet haben. Wie weit bist du mit dem Artikel über Jamie Cullum?«

»Fast fertig. Mir fehlen noch ein paar Kleinigkeiten.«

»Prima. Es wäre gut, wenn alles eingetütet ist, damit wir uns nächste Woche voll und ganz auf die Vorbereitungen für Inverness konzentrieren können.«

»Ja, klar.«

In ihrem Kopf wirbelten die Gedanken. Das Einzige, woran sie noch denken konnte, waren Sam und Schottland.

Trish machte auf dem Absatz kehrt. »Bis später.«

Gedankenverloren starrte Cassie auf die Einladung. Sie konnte noch immer nicht glauben, dass sie wirklich nach Inverness fliegen würde. Es kam ihr wie eine Ironie des Schicksals vor, dass man sie für diesen Job ausgesucht hatte. Wahrscheinlich machte sich das Universum über sie lustig.

Innerlich verfluchte sie den Tag, an dem sie nach Applecross gefahren war, denn damit hatte das Unglück seinen Lauf genommen, und nun sollte sie wieder zurück in die Höhle des Löwen.

Sie musste unbedingt mit jemandem sprechen, dem sie vertraute. Entschlossen wählte sie Taylors Nummer.

»Cassie, was ist los?«

Im Hintergrund war das Geschrei von Kindern zu hören.

»Ich habe einen Notfall«, schrie sie in den Hörer.

»Bist du verletzt? Hast du jemanden umgebracht?«

»Ich-muss-zu-den-Highland-Games-in-Inverness.« Ihre Stimme überschlug sich.

»Was? Könntest du bitte in ganzen, verständlichen Sätzen mit mir sprechen?« Das Kindergeschrei im Hintergrund wurde lauter. »Samuel, wo willst du mit der Schere hin?«, hörte sie Taylor mit Erzieherinnenstimme sagen. Der kleine Knirps antwortete etwas, das Cassie nicht verstand. »Nein, Samuel, du kannst deiner Schwester nicht die Haare schneiden.«

Obwohl ihr nicht danach zumute war, musste Cassie lachen.

»Manchmal frage ich mich wirklich, was mich damals geritten hat, eine Ausbildung zur Nanny zu machen«, sagte Taylor stöhnend.

»Weil du den Film *Eine zauberhafte Nanny* gesehen hast und genauso sein wolltest«, erinnerte Cassie sie.

»Du hättest mich davon abhalten müssen«, beschwerte Taylor sich.

»Als ob du dir von irgendjemandem Vorschriften machen lassen würdest. Außerdem liebst du deinen Job.«

»Stimmt. Heute allerdings nicht.«

»Das schaffst du schon.«

»Aber jetzt zu dir. Habe ich dich richtig verstanden? Du reist nach Inverness?« Sie machte eine bedeutungsvolle Pause. »In Schottland?«

»Jep.«

»O mein Gott. Du Glückliche«, kreischte Taylor zu ihrer Überraschung. Cassie hatte mit jeder Reaktion gerechnet, nur nicht mit dieser.

»Was? Warum?«

»Hallo? Wir reden hier von den sexy Highlands Games. Das bedeutet scharfe Typen geballt auf einem Haufen. Kannst du mich nicht mitnehmen?«

»Jetzt fängst du auch noch mit dem Quatsch an. Ein Mann ist nicht gleich sexy, nur weil er einen Schottenrock trägt.«

Sie dachte daran, wie Sam in seinem Kilt vor ihr gestanden und wie ihr ganzer Körper bei seinem Anblick geprickelt hatte. Es hatte unglaublich erotisch ausgesehen, auch wenn sie es sich nicht eingestehen wollte.

»Ich beneide dich jedenfalls.«

»Das Problem ist nur, dass ich zu dieser unsäglichen Veranstaltung muss und nicht du.«

»Ich an deiner Stelle würde die ganze Sache sportlich sehen und das Beste aus der Situation machen. Es ändert schließlich nichts daran, wenn du dich ärgerst. Hin musst du so oder so.«

»Ich könnte mich krankmelden«, überlegte Cassie.

»Das glaubt dir doch keiner.«

»Vielleicht fallen die Highland Games ja aus, wegen schlechten Wetters oder so.«

»Wir sprechen hier von Schotten, dem härtesten Volk Englands. Die rennen auch im Winter mit Kilt durch die Gegend. Vergiss es. Die Games finden statt, ob es dir nun passt oder nicht.«

»Danke, Taylor. Jetzt fühle ich mich richtig mies.«

»Gerne geschehen. Ich bin nur ehrlich. Wenn du jemanden suchst, der dir Honig um den Mund streicht, bist du bei mir an der falschen Adresse.«

Ein atemberaubender Schrei gellte durch den Hörer.

»Samuel …«

Cassie hielt die Luft an.

»Ich muss aufhören. Shit. Samuel hat seiner Schwester die Haare geschnitten«, erklärte Taylor hastig. »Wir quatschen heute Abend in Ruhe, falls ich dazu noch fähig bin. Und stell mir ein Bier kalt. Ich werde es brauchen.«

Mit diesen Worten legte Taylor auf.

Kapitel 14

Der Mini hielt mit quietschenden Reifen vor der Abflughalle des Flughafens. Sie waren zu spät. Wie immer hatte Taylor bis zur letzten Minute getrödelt und dann waren sie im Verkehr stecken geblieben. Wenigstens hatte Cassie den Koffer bereits am Vorabend gepackt und musste sich keine Sorgen machen, dass etwas fehlen könnte. Die Tickets lagen sicher in ihrer Handtasche, ebenso ihr offizieller Presseausweis und die Einladung zu der am Abend stattfindenden Gala.

Trish und sie würden sich am Gate treffen.

Olive und Taylor hatten es sich nicht nehmen lassen, Cassie zum Flughafen zu bringen. Emily war unterwegs, hatte ihr aber per SMS viel Glück gewünscht.

»Geschafft.« Olive quetschte sich nach draußen. »Das nächste Mal fahren wir mit dem Taxi. Ich setze mich nicht noch einmal in diese Blechbüchse.«

»Nenn meinen Flitzi nicht eine Blechbüchse. Flitzi ist ein tolles Auto.« Liebevoll strich Taylor über die Motorhaube.

»Ich finde es bedenklich, dass du deinem Wagen einen Namen gibst«, sagte Olive.

»Scheint eine Nannykrankheit zu sein«, antwortete Cassie. »Sie nennt unseren Grill ja auch Webbi.«

»Na und. Ich mag es eben, wenn die Dinge einen Namen haben. Das macht sie umso liebenswerter.« Taylor schob schmollend die Unterlippe vor.

»Alles klar. Ich muss los.« Cassie hievte das schwere Gepäck aus dem Kofferraum. »Ich melde mich, sobald ich in Inverness angekommen bin. Danke fürs Fahren.« Sie drückte Taylor einen Kuss auf die Wange.

»Für dich doch immer. Ich freue mich schon auf deinen Bericht, und mach bloß viele Fotos. Ach, und sollte dir zufällig Iain Glen von *Game of Thrones* über den Weg laufen, denk an mich. Überhaupt möchte ich Autogramme von allen bekannten Schauspielern. Sie sollen schreiben: *Für die atemberaubende Taylor!*«

»Ich werde dran denken.« Cassie nahm den Koffergriff in die Hand.

»Und falls du Kian McAvoy siehst, darfst du ihm gerne meine Telefonnummer geben.« Taylor lachte laut auf. »Der Mann ist ein echter Hottie.«

»Ich habe so das Gefühl, du verwechselst die Highland Games mit der Oscarverleihung«, kommentierte Olive trocken.

»Haha. Sehr witzig.« Taylor ließ sich auf den Fahrersitz fallen.

»Ich wünsche dir viel Erfolg.« Olive drückte sie kurz. »Und nun mach, dass du loskommst.«

In der Abflughalle war es brechend voll, da die Sommerferien bereits begonnen hatten. Wenn man die langen Schlangen sah, konnte man den Eindruck bekommen, dass ganz England unterwegs ins Ausland war.

Cassie hastete an den Ticketschaltern vorbei zur Sicherheitskontrolle. Nach knapp einer halben Stunde war sie endlich am Gate.

Die Stewardess begrüßte Cassie freundlich, als sie das Flugzeug betrat. Die meisten Gäste waren bereits an Bord. Mit beschwingtem Schritt ging Cassie durch den schmalen Flugzeuggang bis zum vorderen Teil der Maschine. Trish hatte ihnen Plätze in der Business Class gebucht.

»Hallo, Cassie«, empfing ihre Chefin sie. »Ich hatte mir schon Sorgen gemacht, ob du in letzter Minute kneifst.« Trish hatte es sich bereits auf ihrem Sitz gemütlich gemacht und studierte das Programmheft der Highland Games. Vor ihr auf dem kleinen Tisch stand ein Glas Champagner. In ihrem schwarzen Anzug wirkte sie äußerst elegant.

Ganz im Gegensatz zu Cassie, die auf bequeme Kleidung gesetzt und sich für schwarze Jeans, eine weiße Bluse und darüber eine schwarze Vintage-Lederjacke entschieden hatte. Passend zu ihrem leicht rockigen Look hatte sie Stiefel angezogen, die ihre Beine noch länger erscheinen ließen. Ihre braunen Locken hatte sie zu einem Pferdeschwanz zusammengebunden. Auf Make-up hatte sie weitgehend verzichtet.

»Niemals. Außerdem habe ich es versprochen.«

»Sehr gut. Es gibt große Neuigkeiten.«

Sie runzelte die Stirn. »Was denn für Neuigkeiten?«

»Ich nehme an, du hast dir das Programm noch nicht durchgelesen?« Trish hob das Heft in die Höhe.

»Ich dachte mir, ich lese es in Ruhe auf dem Flug durch.« Cassie setzte sich auf den Gangplatz neben Trish. »Wieso?«

»Dann sieh dir mal die Ankündigung auf der zweiten Seite an.« Trish hielt Cassie die aufgeschlagenen Seiten unter die Nase.

Die Flugbegleiterin kam mit einem Tablett auf sie zu. »Miss, darf ich Ihnen einen Begrüßungsdrink anbieten?«

»Gerne ein Glas Champagner.«

Die Stewardess reichte ihr lächelnd das Glas.

»Auf eine erfolgreiche Reise.« Sie prostete ihrer Chefin zu.

Der Champagner perlte angenehm auf der Zunge. Sie schnalzte wohlwollend und stellte das Glas vor sich auf den Tisch. Dann nahm sie das Programmheft zur Hand.

Auf der Seite, die Trish aufgeschlagen hatte, befand sich eine Auflistung der anwesenden Clans. Cassie überflog die Namen.

Sam MacLeod

»Sam ist in Inverness!« Sie hatte geschrien. Alle Blicke der umsitzenden Passagiere waren auf sie gerichtet. Instinktiv sank Cassie tiefer in ihren Sitz. *Verdammt.*

»Sieht ganz danach aus. Das dürfte ein spannendes Zusammentreffen zwischen euch beiden werden«, frohlockte Trish.

»Ich kann darauf verzichten, wenn ich ehrlich bin.«

Ihr Blick fiel auf die geschlossenen Flugzeugtüren. Zum Weglaufen war es bereits zu spät.

In den letzten Wochen war sie mehr und mehr zu der Ansicht gekommen, dass es das Universum nicht gut mit ihr meinte. Warum sonst hatte es sie nach Applecross gelockt, um ihr anschließend die Ohrfeige ihres Lebens zu verpassen? Und dann war da noch das Schaf als Auslöser für den nächsten Schicksalsschlag. Das Ganze war so peinlich, dass sie es eigentlich niemandem erzählen konnte.

Jetzt, nachdem sie sich endlich etwas freigestrampelt und ihre Fassung zurückgewonnen hatte, spielte das Schicksal ihr erneut einen Streich. *Verdammt. Verdammt. Verdammt.*

Trish legte die Hand auf ihre. »Du solltest dich eigentlich freuen, schließlich hat dein Artikel eine ziemliche Welle geschlagen und ein erneutes Zusammentreffen von euch beiden dürfte eine Menge Aufmerksamkeit auf sich ziehen. Das ist genau das, was die *StarTouch* jetzt braucht, um das Feuer am Laufen zu halten.«

Cassie zwang sich zu einem Lächeln. Trish hatte keine Ahnung, was zwischen ihr und Sam vorgefallen war. Dabei wollte es Cassie auch belassen. Sie brauchte eine Ausrede, warum sie Sam nicht treffen konnte.

»Du bist ganz blass. Alles in Ordnung mit dir?« Trishs graue Augen musterten sie scharf.

»Ich habe leichte Flugangst«, log sie.

»Ich bin doch bei dir.« Trish tätschelte beruhigend ihre Hand. »Dass du nervös bist, ist völlig natürlich.«

Wenn du wüsstest.

Cassies Mund war staubtrocken und sie schluckte hektisch dagegen an.

Die Flugbegleiterin war zurück, um die Gläser abzuräumen.

»Könnte ich bitte noch ein Wasser bekommen?«, krächzte Cassie.

»Aber gerne.« Die Stewardess verschwand, um ihr keine zwei Minuten später das Gewünschte zu reichen. Wie eine Ertrinkende leerte Cassie das Glas mit einem Zug.

Langsam rollte das Flugzeug von der Parkposition.

»Ich muss gestehen, ich bin auch ein wenig aufgeregt«, sagte Trish lächelnd. Das Thema Sam MacLeod war für sie beendet.

Ganz im Gegensatz zu Cassie, die an nichts anderes mehr denken konnte.

Sam war in Inverness. Sie konnte nur hoffen, dass sie sich in dem Gewusel, das dort herrschte, nicht über den Weg laufen würden.

Ihr Puls raste und sie hatte Mühe, sich auf das Gespräch mit Trish zu konzentrieren.

»Du und aufgeregt.« Cassie warf Trish einen kurzen Seitenblick zu. Nach außen wirkte ihre Chefin cool und gelassen wie immer.

»Natürlich. Als gute Journalistin sollte man sich eine Portion Neugierde und Aufregung bewahren. Sonst wird alles zur Routine und das merkt der Leser.«

Die Stimme des Piloten schepperte durch die Lautsprecher, um den Start anzukündigen. Sekunden später heulten die Triebwerke auf und das Flugzeug hob vom Boden ab.

Nachdenklich sah Cassie aus dem Fenster, wo London unter einer dichten Wolkendecke verschwand.

Als das Flugzeug knapp eineinhalb Stunden später in Inverness landete, war Cassie das reinste Nervenbündel. Sie hatte ununterbrochen an Sam gedacht. Das Sandwich, das serviert worden war, hatte sie abgelehnt.

»Bist du gerade auf einer Art Diät?«, hatte Trish sie erstaunt gefragt.

Cassie hatte den Kopf geschüttelt und eine leichte Übelkeit vorgetäuscht.

Den Rest des Fluges hatten sie belangloses Zeug geredet, um sich abzulenken. Leider ohne Erfolg. Immer wieder tauchten Sams blaue Augen in ihrem Kopf auf und brachten sie fast um den Verstand.

Es war wie verhext. Vier Tage mit einem Mann in einer einsamen Hütte und ihre Hormone spielten alleine bei seinem Namen komplett verrückt.

Das Flugzeug rollte zum Gate und Minuten später wurden die Türen geöffnet.

Erleichtert trat Cassie nach draußen. Ein frischer Wind schlug ihnen entgegen, als sie die Flugzeugtreppe nach unten gingen.

Kurze Zeit später saßen sie im Taxi auf dem Weg zum Hotel. Interessiert schaute Cassie aus dem Fenster, als sie in die Stadt einfuhren. Adrett aussehende Häuser mit kleinen Vorgärten säumten die Straße entlang des Wassers. Wolken, die wie zerrissene Fahnen aussahen, hingen am Himmel. Die Sonne strahlte und ließ die Fassaden der Steinhäuser in einem satten Honigbraun leuchten.

Die Türme der berühmten St. Andrews Cathedral ragten auf der gegenüberliegenden Seite des Flusses in die Höhe. Cassie war überrascht, keine Hochhäuser zu entdecken. Das Stadtbild von Inverness war durch mehrstöckige Häuser und den Fluss geprägt, der quer durch die Stadt verlief. Mehrere kleinere Boote tuckerten gemütlich über das dunkelblaue Wasser in Richtung Meer. Im Hintergr-und der Stadt erhoben sich majestätisch die Highlands mit ihrer samtig grünen Decke aus Gras und Moos.

Cassie war überrascht, wie schön Inverness war. Sie hatte sich die Stadt ähnlich wie London vorgestellt, hektisch und voller Menschen. Stattdessen präsentierte sich Inverness als gemütliches Städtchen mit skandinavischem Flair und viel Grün. Wenn sie ehrlich war, gefiel es ihr auf Anhieb.

Das Taxi hielt vor dem Hotel, das direkt neben dem Fluss gelegen war. Nachdem sie den Fahrer bezahlt hatten, gingen sie nach drinnen. Das Hotel war ein historisches Gebäude mit hohen Decken und Stuckelementen. Der alte Dielenboden knarrte bei jedem Schritt. Die Einrichtung war in dunklem Holz gehalten und erinnerte an ein englisches Herrenhaus.

»Wir haben für Sie unsere besten Zimmer mit Blick auf den Fluss reserviert«, flötete die junge Frau mit starkem schottischem Akzent und reichte ihnen die Schlüssel.

»Wunderbar.« Trish strahlte die Frau an. »Ich bin schon so gespannt, was die Stadt zu bieten hat.«

»Sie finden unsere Hotelbar geöffnet«, fuhr die junge Frau fort, »falls Sie vor dem Abendessen noch einen Sundowner zu sich nehmen möchten.«

»Eigentlich eine gute Idee. Findest du nicht?« Trish zwinkerte ihr gut gelaunt zu. »Ich habe mir sagen lassen, dass Inverness den besten Whisky Schottlands serviert.«

»Whisky klingt gut.« Tatsächlich war sie bei ihrem Aufenthalt in Applecross auf den Geschmack gekommen. »Ich würde mich vorher gerne frisch machen.«

»Prima Idee.«

Gemeinsam gingen sie zum Fahrstuhl. Trish drückte den Etagenknopf. Sekunden später fuhren sie hoch in das oberste Stockwerk. Als die Tür sich öffnete, stieg Cassie erleichtert aus. Sie hatte schon als Kind unter leichter Platzangst gelitten und Fahrstühle waren ihr ein Graus.

»Das ist mein Zimmer.« Trish deutete auf die Tür in der Mitte des Flurs. »Bis gleich.«

»Ja, bis gleich.«

Gespannt, was sie erwarten würde, ging Cassie weiter. Nur wenige Schritte später hatte sie ihr Zimmer erreicht.

Mit Schwung drückte sie die Tür auf und trat ein. Der Raum war größer als gedacht und im gemütlichen Landhausstil eingerichtet. Es gab ein herrlich breites Bett, das mit einem Plaid in den Farben Schottlands überzogen war. Unter dem Fenster stand ein Schreibtisch und rechts neben dem Eingang befanden sich ein großer Kleiderschrank und der Zugang zum Bad.

Cassie ging zum Fenster, um einen Blick nach draußen zu werfen. Die Frau hatte nicht übertrieben, als sie von dem fantastischen Ausblick geschwärmt hatte.

Als Erstes machte sie sich daran, ihren Koffer auszupacken und die Sachen für den heutigen Empfang aufzuhängen, auf dem die Veranstalter und ihre Gäste anwesend sein würden, ebenso wie die Oberhäupter der schottischen Clans.

Aufgrund der warmen Temperaturen, die draußen herrschten, entschied sie sich für ein cremefarbenes Trägerkleid mit weißen Blumenornamenten, das ihre schmale Taille betonte und ihre Oberweite vorteilhaft zur Geltung brachte, ohne aufreizend zu wirken. Dazu wählte sie die eleganten Slingpumps, die Emily ihr zum Geburtstag geschenkt hatte. Ein Fehlkauf bei einem Aufenthalt in Mailand, der nun Cassie zugutekam.

Nachdem sie alles sorgfältig auf einen Bügel gehängt hatte, ging sie nach nebenan ins Badezimmer. Ein heller Raum mit blauen Kacheln und einer Regenwasserdusche. Wunderbar. Summend streifte sie ihre Reiseklamotten ab und schlüpfte unter die Dusche. Vielleicht würde der Aufenthalt in Inverness doch ganz nett werden.

Als sie eine halbe Stunde später frisch geschminkt und umgezogen die Bar betrat, herrschte bereits Hochbetrieb. Dank der Highland Games war das Hotel bis auf das letzte Zimmer restlos ausgebucht. Besucher aus aller Welt tummelten sich zusammen mit Akteuren und Einheimischen um den ausladenden Tresen, um den Sundowner in illustrer Gesellschaft zu genießen. Der Blick von der Bar nach draußen war legendär.

Der Fluss zog ein paar Meter entfernt am Hotel vorbei. Dahinter tauchte die untergehende Sonne die Häuser in ihr goldenes Licht.

Cassie ließ den Blick über die Köpfe der Menschen schweifen, auf der Suche nach Trish. Es dauerte keine Minute, bis sie den blonden Haarschopf zwischen den übrigen Gästen entdeckt hatte. Trish hatte es sich an der Bar gemütlich gemacht und unterhielt sich angeregt mit einem Mann. Als sie Cassie entdeckte, wedelte sie aufgeregt mit den Händen in der Luft. Lächelnd eilte Cassie zu ihr.

»Da bist du ja.« Trish strahlte. Neben ihr saß ein Mann mit grauen Schläfen und einem markanten Gesicht.

»Entschuldige, aber die Dusche war einfach herrlich. Ich wollte gar nicht mehr darunter hervorkommen«, erklärte Cassie lächelnd.

»Kein Problem. Mir ging es genauso.« Sie wandte sich ihrem Sitznachbarn zu. »Darf ich dir vorstellen: Das ist Mr Graham McKerrell.«

»Hi, Cassandra Devinmoore.« Sie reichte dem Fremden die Hand.

»Sehr erfreut, Sie kennenzulernen«, begrüßte der Mann sie freundlich. Seinem ausgeprägten Akzent nach war er Schotte. Er hatte lebhafte braune Augen. Cassie schätzte ihn auf Mitte vierzig. Winzige Falten überzogen sein Gesicht wie ein Netz.

»Graham ist Fernsehproducer und verantwortlich für eine Reihe sehr erfolgreicher Serien«, erklärte Trish gut gelaunt. Ihre Wangen waren vom Alkohol und der Wärme leicht gerötet, was ihr ausgezeichnet stand. Cassie hatte ihre Chefin noch nie so gelöst erlebt.

Cassie nahm auf dem freien Barhocker Platz.

»Was darf ich Ihnen zu trinken bestellen?«, fragte Graham.

Sie überlegte kurz. »Einen Malt Whisky, bitte.«

»Eine ausgezeichnete Wahl.« Graham nickte ihr wohlwollend zu. »Ich nehme das Gleiche.« Er gab dem Barkeeper ein Zeichen.

»Du siehst absolut umwerfend aus«, flüsterte Trish ihr zu.

»Das Kompliment kann ich nur zurückgeben.«

Trish hatte ihr Business-Outfit gegen ein locker fallendes schwarzes Kleid mit hohen Pumps dazu eingetauscht.

»Sie sind also die junge Dame, die dafür verantwortlich ist, dass jede Frau nach Schottland reisen möchte, um Sam MacLeod kennenzulernen«, wandte Graham sich ihr zu und reichte ihr dabei den Whisky.

»Wenn Sie so wollen. Aber ich glaube nicht, dass ein einziger Artikel das bewirken kann, was Sie behaupten. Schließlich war Sam schon vor meinem Bericht berühmt. Ich habe ihm lediglich einen Schubs in die richtige Richtung gegeben«, antwortete sie bescheiden. »Aber bitte nennen Sie mich doch Cassie.«

»Sehr gerne. Berühmt vielleicht, aber Sie haben ihn zum Objekt der Begierde gemacht.« Er zwinkerte ihr belustigt zu.

Cassies Wangen fühlten sich an, als würde jemand einen Bunsenbrenner darauf halten.

»Ich bin sehr gespannt, was Sie über die Highland Games schreiben werden. Trish sagte mir, dass Sie zum ersten Mal hier sind.«

»Ja, und ich habe keine Ahnung, was mich erwartet. Bisher war ich im Glauben, dass die Highland Games ein ausschließlich sportliches Spektakel sind. Ich bin überrascht, Menschen wie Sie hier anzutreffen.«

»Da gebe ich Ihnen recht. Allerdings nicht, was meine Person betrifft. Ich bin Schotte, und als Mitglied des McKerrell-Clans ist es nur allzu selbstverständlich, dass ich hier bin. In den letzten Jahren sind die Highland Games mehr und mehr zu einem internationalen Treffpunkt für die Unterhaltungs- und Filmindustrie geworden. Gleichzeitig dient das Festival den schottischen Clans als jährliches Gathering. Alles, was Rang und Namen hat, kommt hierher. Viele bekannte Schauspieler stammen aus Schottland. Wie Sie vielleicht wissen, sind wir Schotten ein ziemlich patriotisches Volk. Wir sind gerne unter uns und lieben große Veranstaltungen im eigenen Land.« Graham hob sein Glas. »Auf Schottland!«

»Slàinte mhath!« Cassie hob ihr Glas.

»Sie sprechen Gälisch?« Er hob erstaunt die Augenbraue.

Cassie schüttelte den Kopf. »Um ehrlich zu sein, kein Wort.«

»Den Trinkspruch beherrschen sie jedenfalls perfekt. Sie müssen einen guten Lehrmeister gehabt haben.«

Sams Gesicht tanzte durch ihren Kopf. Hastig nahm sie einen Schluck der bernsteinfarbenen Flüssigkeit. Der Whisky brannte in ihrer Kehle und hinterließ den typisch rauchigen Geschmack auf ihrer Zunge.

»Und Sie sind also ein waschechter Schotte?«, säuselte Trish, die eindeutig im Flirtmodus war.

Graham quittierte ihre Bemerkung mit einem Lächeln. »Aye. In Edinburgh geboren und aufgewachsen. Kennen Sie Edinburgh?«

»Leider nein.« Trish schüttelte den Kopf. »Aber ich würde es gerne einmal kennenlernen.« Sie warf ihm einen verheißungsvollen Blick zu.

Cassie konnte nur mit Mühe ein Grinsen verbergen. Wenn Trish in dem Tempo weitermachte, würde sie noch heute Nacht mit dem Schotten im Bett landen.

Im Hintergrund versank die Sonne hinter der Silhouette der Stadt. Der Himmel sah aus, als hätte ihn ein Maler in eine Palette aus Rottönen getaucht. Die Glocken der Kathedrale läuteten den Abend ein.

»Ich denke, wir sollten aufbrechen«, sagte Graham, nachdem sie ausgetrunken hatten. »Wir Schotten sind dafür bekannt, dass wir gerne gutes Essen genießen, und das reichlich. Wenn wir also noch etwas abbekommen wollen, müssen wir uns beeilen.«

»Ich muss gestehen, ich verhungere fast«, sagte Cassie.

Der Whisky war stark und sie hatte seit dem Frühstück nichts mehr gegessen. Ein flaues Gefühl breitete sich in ihrem Magen aus.

»Ich könnte auch eine Kleinigkeit vertragen«, pflichtete Trish ihr bei. »Allerdings muss ich ein wenig auf meine Figur achten.«

»Meine Liebe.« Graham musterte sie von Kopf bis Fuß. »Ich finde nicht, dass Sie sich darüber allzu viele Gedanken machen sollten. In meinen Augen sitzt alles am rechten Fleck.«

Trish lehnte sich entspannt zurück. »Sie alter Charmeur.«

»Ich sage nur die Wahrheit.« Graham nahm Trishs Hand und hauchte einen Kuss darauf.

Cassie sah grinsend zur Seite. Es amüsierte sie, zu sehen, wie Trish sich dem Schotten an den Hals warf. Bisher hatte sie Trish als eher zurückhaltend eingeschätzt. Wie sagte man immer so schön: Stille Wasser sind tief. Eine Weisheit, die offensichtlich auch auf Trish zutraf.

Das Abendprogramm stand ganz in dem Zeichen der Clans. Die meisten Clanmitglieder waren in der traditionellen schottischen Kleidung erschienen. Kilt. Jacke. Weste und dazu ein Plaid in den Farben des Clans. Einige von ihnen hatten den typischen Dolch oberhalb ihrer Strümpfe mit einem Lederband befestigt. Und auch der Sporran, die kleinen mit Fell besetzten Taschen, durfte bei den meisten nicht fehlen. Die Frauen trugen Wollkleider und dazu hatten sie ein Plaid über die Schultern geworfen oder um die Hüfte gebunden.

Auf der kleinen Bühne an der Stirnseite des Saals hatte sich eine Band aufgebaut und spielte Volksweisen.

Cassie war fasziniert von der Vielfalt und Pracht der Kilts, die das Bild des Saals dominierten. Es herrschte Festtagsstimmung. Überall wurde gelacht und laut geredet. Alle hatten jedoch eines gemeinsam – unerschütterliche gute Laune und die Vorliebe für Whisky, der in rauen Mengen floss.

Sie selbst war auf Mineralwasser umgestiegen, da der Whisky auf nüchternen Magen sie schwindlig gemacht hatte.

Unter den Gästen entdeckte Cassie einige bekannte Pressevertreter und Mitglieder der Filmbranche. Ein opulentes Büfett war aufgebaut worden, das jedem Geschmack gerecht wurde. Von traditionellen Gerichten wie Haggis bis zu veganen Häppchen war alles zu finden. Alleine der Anblick genügte, um Cassie das Wasser im Mund zusammenlaufen zu lassen.

Graham war gleich bei der Ankunft von einigen Mitgliedern seines Clans freudig begrüßt worden. Er hatte es sich nicht nehmen lassen, Cassie und Trish mit allen bekannt zu machen, und schon kurze Zeit später waren sie in ein angeregtes Gespräch über die Highland Games verwickelt.

»Wenn ihr mich entschuldigen würdet«, sagte Cassie zu ihrem Begleiter, einem Hünen mit ausgeprägten Armmuskeln. »Ich muss mal kurz für kleine Mädchen.« Sie schenkte ihm ein charmantes Lächeln.

»Ich warte auf Sie.« Er versenkte seine Augen in ihre. Hastig wandte sie sich ab. Der Mann flirtete hemmungslos mit ihr, und so wie er sie ansah, versprach er sich mehr von diesem Abend, als sie bereit war, zu geben.

Cassie schlängelte sich durch die Menge auf der Suche nach den Toiletten. Endlich entdeckte sie das ersehnte Zeichen.

»Sam, Darling, da bist du ja. Ich habe dich bereits gesucht.«

Cassies Nackenhaare stellten sich auf. Abrupt blieb sie stehen und sah sich um.

»Aye. Ich komme ja schon.«

Sie hätte seine melodische Stimme überall erkannt. Wie in Zeitlupe drehte sie den Kopf in seine Richtung.

Bei seinem Anblick schnellte ihr Puls in die Höhe. Er trug einen klassischen Kilt in den Farben der Familie MacLeod, dazu ein einfaches weißes Baumwollhemd und darüber eine schwarze Lederjacke. Seine Waden waren mit dicken Wollstrümpfen bedeckt und die Füße steckten in Lederschuhen. Die Haare fielen locker auf die Schultern und der Dreitagebart war frisch gestutzt. Er sah einfach umwerfend aus. Maskulin, wild und sexy. Die Verkörperung des modernen Schotten.

Sie schluckte. Ihre Knie drohten nachzugeben und sie musste sich an der Wand abstützen, um nicht zu fallen. Die Frau, deren Stimme sie gehört hatte, legte ihre Hand auf seine Schulter. Sie hatte langes schwarzes Haar und das Gesicht eines Engels.

Sam lächelte sie liebevoll an. Die Frau hob die Hand und strich Sam eine Strähne aus dem Gesicht. In der Geste lag eine Vertrautheit, dass Cassie kurz davor war, in Tränen auszubrechen.

Ohne Vorwarnung drehte Sam plötzlich den Kopf in ihre Richtung. Als sich ihre Blicke trafen, hatte Cassie das Gefühl, von einem Blitz getroffen zu werden.

In Sams Gesicht spiegelten sich die widersprüchlichsten Gefühle – Überraschung, Misstrauen. Aber da war noch etwas anderes, das sie nicht deuten konnte.

All die Gefühle, die sie in den vergangenen Wochen mühsam niedergekämpft und verborgen gehalten hatte, kamen an die Oberfläche und drohten sie zu zerreißen. Mit ihnen kam die Erkenntnis dessen, was sie schon längst wusste, aber sich weigerte, zu akzeptieren – sie liebte Sam MacLeod.

»Wir sollten los. Alle warten schon auf uns«, zerriss die Stimme der Frau den Augenblick. Irritiert wandte Sam den Blick von Cassie ab. Das war ihre Gelegenheit, das Weite zu suchen.

»Warte«, hörte sie ihn sagen. Hatte er sie damit gemeint?

Cassie widerstand der Versuchung, sich nach ihm umzudrehen, und huschte zwischen den Gästen hindurch, um in der Menge zu verschwinden. Sie wollte nur noch weg. Fort von Sam und von den Gefühlen, die er in ihr auslöste.

Sam MacLeod war kein Mann für *eine* Frau. Das hatte er mehr als einmal bewiesen. Was zwischen ihnen passiert war, war nur ein Spiel für ihn gewesen, dessen war sie sich sicherer denn je. Warum sonst ging er mit der fremden Frau so zärtlich um?

Tränen hatten sich in ihre Augen geschlichen und verschleierten ihr die Sicht. Endlich hatte sie den Ausgang erreicht. Die feuchte Nachtluft schlug ihr entgegen.

Sams Anblick mit der Fremden hatte sie völlig aus der Fassung gebracht. All ihre Vorsätze, in seiner Gegenwart cool zu bleiben, waren vergessen. Ihr Herz wummerte wie verrückt gegen ihre Brust und in ihrem Kopf herrschte ein absolutes Vakuum.

Das Klingeln ihres Handys riss sie aus ihrer Starre. »Devinmoore«, räusperte sie sich, darum bemüht, ihre Fassung zurückzugewinnen.

»Wo steckst du? Ich suche dich überall.« Trish klang alles andere als begeistert.

»Entschuldige, ich musste mal kurz an die frische Luft«, log sie.

»Gott sei Dank, ich habe mir schon Sorgen um dich gemacht. Alles okay?«

Misstrauen drang durch das Mikrofon.

»Alles in Ordnung. Es ist wirklich nichts Schlimmes, nur der Anflug einer Migräne. Ich denke, es ist das Beste, wenn ich zurück ins Hotel fahre und mich schlafen lege.«

»Mm. Solange du morgen wieder fit bist, soll es mir recht sein. Gut, dann sehen wir uns morgen zum Frühstück.«

Trish sprach gedehnt, wie jemand, der zu viel Alkohol getrunken hatte.

»Feier noch schön. Bis morgen.«

Sie legte auf.

Wie sollte sie nur die nächsten Tage überstehen?

Im Hotel angekommen, war an Schlaf nicht zu denken. Dazu war sie viel zu aufgewühlt von der Begegnung mit Sam. Sie musste unbedingt mit jemandem Vertrautes sprechen und sich den Frust von der Seele reden.

Entschlossen nahm sie das Handy zur Hand und ließ sich auf die weiche Matratze ihres Bettes sinken.

»Cassie«, meldete sich Taylor freudig am anderen Ende. »Ich habe schon die ganze Zeit auf deinen Anruf gewartet. Wie geht es dir?«

»Nicht so gut.« Sie wickelte sich eine Haarlocke um den Zeigefinger.

»Wieso?« Ein Kind schrie im Hintergrund. »Ähm, warte. Ich bin sofort bei dir«, versuchte Taylor, es zu beruhigen. Gefolgt von lautem Klappern und einem ohrenbetäubenden Klirren.

»Shit«, hörte sie Taylor fluchen.

»Was ist passiert?«

»Ich habe das Glas runtergeworfen. Egal. Erzähl weiter, ich mache den Dreck nachher weg.«

Typisch Taylor. Pragmatisch bis zum Abwinken.

»Ich habe Sam getroffen«, ließ Cassie die Bombe platzen.

»Du meinst sexy Sam MacLeod?«

»Genau den.«

»Ach, du Arme. Was hat der denn dort zu suchen?«

»Ich schätze, als waschechter Schotte ist es gar nicht so ungewöhnlich. Wobei ich gehofft hatte, er würde irgendwo drehen.«

Sie erzählte von ihrer Begegnung mit Sam vor den Toiletten und von der Frau mit dem Engelsgesicht in seinen Armen.

»Das Schwein. Du hattest also recht mit deinen Vermutungen, dass alles nur ein Spiel für ihn war. Soll ich kommen und ihm die Eier abschneiden?«

Cassie lächelte, obwohl ihr nicht danach zumute war. Taylor fand eben immer die richtigen Worte zur rechten Zeit.

»Das klingt zwar sehr verlockend, aber lieber nicht. Zu viel Presse. Ich werde ihm die nächsten zwei Tage einfach aus dem Weg gehen, und sollte ich ihn doch treffen, versuche ich, cool zu bleiben.«

»Mm.« Taylor schlürfte geräuschvoll. »Das kannst du anderen erzählen, aber mir machst du nichts vor. Du bist immer noch in den Typen verknallt, sonst wärst du nicht so aufgebracht wegen dieser Tussi.«

Sie strich mit der Hand über die seidige Tagesdecke ihres Bettes. »Ich weiß es nicht. Es tat nur so weh, ihn mit einer anderen zu sehen.«

»Wusste ich es doch. Immer wenn jemand seinen Namen erwähnt, bekommst du so einen eigenartigen Blick.«

»Aber was soll ich tun? Der Mann ist ein Lügner und noch dazu ein Macho, wie er im Buche steht.«

»Ignorier ihn. Flirte mit einem anderen. Tu alles, um dich abzulenken«, schlug Taylor vor. »Die beste Methode gegen Liebeskummer ist guter Sex mit einem anderen.«

»Ich weiß nicht, ob diese Methode bei mir funktioniert«, murmelte sie. Alleine der Gedanke, einen anderen Mann als Sam zu berühren, schien ihr unerträglich.

»Hast du schon jemand Berühmtes außer Sam getroffen?«, wechselte Taylor abrupt das Thema.

»Nein, aber für morgen sind ein paar Pressetermine angesetzt, zu denen ich erscheinen muss. Trish flirtet übrigens mit jedem Schottenrock, der ihr über den Weg läuft.«

»Eine Frau ganz nach meinem Geschmack.«

»Weil sie auf Schotten steht?«

»Ja, ich persönlich hätte auch nichts gegen einen echten Schotten in meinem Bett einzuwenden.«

»Ich glaube, du hast zu viele Liebesromane gelesen.«

»Ich mag einfach kräftige Männer, die anpacken können und dabei auch Humor haben.«

Im Hintergrund war lautes Geschrei zu hören.

»Was ist denn bei dir los?«

»Wahrscheinlich streiten sich die beiden um die Fernbedienung für den Fernseher.« Taylor seufzte. »Manchmal wünschte ich, ich wäre wie Mary Poppins.«

»Du bist eine Art moderne Mary Poppins.«

»Der Gedanke gefällt mir, aber leider kann ich nicht zaubern.«

»Doch, kannst du. Wenn du lachst, liegen dir alle zu Füßen.«

»Das ist das Netteste, was mir jemand seit Langem gesagt hat.«

»Ich meine es aber so. Mit deinem Lachen verzauberst du die Menschen und Kinder lieben dich für deine gute Laune und deine Ideen.«

»Könntest du das bitte Samuel und Mia sagen? Die sind nämlich heute unausstehlich.«

»Hast du was von Olive und Emily gehört?«

»Emily ist noch immer irgendwo in Asien unterwegs und Olive moderiert das Abendjournal. Ich grüße sie von dir, wenn ich sie sehe.«

»Prima.« Cassie gähnte herzhaft.

»Ich drück dir die Daumen, dass morgen alles gut klappt. Du schaffst das schon.«

»Dein Wort in Gottes Ohr. Ich melde mich, wenn es Neuigkeiten gibt.«

»Und vergiss nicht meine Autogramme.«

»Niemals. Tschüs.« Cassie legte auf.

Sie warf das Handy aufs Bett und sah sich im Zimmer um. Ihr Koffer lag aufgeschlagen auf der kleinen Ablagebank vor dem Bett. Ihre Jeans hatte sie über den Stuhl geworfen und die Schuhe lagen am Boden. Nachdenklich betrachtete sie ihre nackten Zehen und ihre blassen Beine. Das Gespräch mit Taylor hatte ihr gutgetan, aber die innere Unruhe war geblieben.

Ihr Blick fiel auf den riesigen Fernseher an der Wand. Ein wenig Ablenkung konnte nicht schaden.

Sie griff nach der Fernbedienung und schaltete das Gerät ein. Auf dem ersten Kanal liefen Nachrichten. Nachdem sie eine Weile zugehört hatte, schaltete sie weiter. Wie aus dem Nichts tauchte Sams Gestalt vor ihr auf. Mit einem Ruck kam sie hoch, dabei starrte sie wie gebannt auf den Bildschirm des Fernsehers.

Sam trug ein historisches Highlanderkostüm mit Schwert. Sein Gesicht war mit Dreck beschmiert und seine Locken hingen wirr auf seine Schultern. Fasziniert beobachtete Cassie ihn, wie er auf einem stämmigen Pferd durch das Hochland ritt. Seine Haare flatterten im Wind wie eine Fahne und auf seinem Gesicht lag der gleiche friedliche Ausdruck, den er gehabt hatte, als sie zusammen den Berg hochgeritten waren. In der nächsten Szene war er in den Armen einer Frau zu sehen. Beide waren nackt und hielten sich eng umschlungen. Es versetzte ihr einen Stich, als Sam die Frau küsste und sein Mund zu ihren Brüsten wanderte.

Mit der Faszination des Grauens hafteten ihre Augen auf dem Bildschirm, während Sam und die Frau sich vor Millionen Zuschauern liebten.

Sie dachte an ihre Begegnung und an die Art und Weise, wie ihn die Unbekannte von heute Abend angesehen hatte.

War er mit der Frau zusammen?

Sie stellte sich vor, wie er die Frau küsste und seine Hände forschend über ihren nackten Körper glitten. Eine eiserne Faust schloss sich um ihr Herz und sie hatte das Gefühl, keine Luft mehr zu bekommen. Tränen hatten sich in ihre Augen geschlichen. Mit einer Handbewegung schleuderte sie die Fernbedienung in die Ecke. Sie würde es nicht zulassen, dass Sam ihr ein zweites Mal das Herz brach, und dafür musste sie ihm aus dem Weg gehen. Koste es, was es wolle.

Kapitel 15

Als sie sich am nächsten Tag auf den Weg machte, wurde sie von einem strahlend blauen Himmel empfangen. Die Sonne hing über der Stadt und tauchte alles in ihr warmes Licht. Außer ihr waren schon eine Menge Leute unterwegs. Pärchen, die Händchen haltend nebeneinanderher schlenderten. Ehepaare im Partnerlook gekleidet und Familien mit Kindern, die sich für den heutigen Tag herausgeputzt hatten.

Der Bught Park, in dem die Veranstaltung stattfand, lag auf der gegenüberliegenden Seite des Flusses in Gehweite. Cassie wollte die Gelegenheit nutzen, um die Stadt ein wenig zu erkunden.

Am Vormittag standen der Dudelsackwettbewerb und verschiedene sportliche Aktivitäten auf dem Programm. Trish war bereits mit dem Taxi vorgefahren, um sich mit Graham zu treffen. Später würden sie und Cassie gemeinsam zur Pressekonferenz gehen, die für drei Uhr angesetzt war.

Cassie genoss das Gefühl der Wärme auf ihrer Haut. Möwen segelten kreischend durch die Luft, getragen vom Wind. Sie bewunderte die alten Häuser mit ihren honigbraunen Fassaden und den gusseisernen Schildern.

Cassie hatte lange überlegt, was sie anziehen sollte, und sich letztendlich für eine Kombination aus einer einfachen weißen Bluse und Jeans entschieden. Über die Schulter und die Hüfte hatte sie Sams Plaid geschlungen. Sie wusste auch nicht, warum sie es mitgenommen hatte, aber irgendwie erschien es ihr dem Anlass entsprechend zu sein. Sam MacLeod hin oder her. Sie war schließlich als offizielle Vertreterin der *StarTouch* hier und als solche wollte sie einen guten Eindruck auf die Schotten machen.

Summend überquerte sie die Brücke zur anderen Seite des Flusses. Nebelschwaden waberten über die Wasseroberfläche und die Luft roch nach Blumen und Meer. Obwohl es noch relativ früh war, waren die Straßen bereits belebt und ganze Gruppen von Schaulustigen waren wie sie auf dem Weg zum Festivalgelände am Rande der Stadt. Die meisten freuten sich auf den heutigen Tag, von dem man sich gute Unterhaltung versprach. Cassie ließ sich von der fröhlichen Stimmung anstecken und folgte dem Strom der Menschen bis zum Bught Park.

Es herrschte bereits Hochbetrieb, als Cassie das riesige Gelände betrat. Der Park lag inmitten grüner Hügel. Die weißen Dächer der Clanzelte säumten den Rand der Veranstaltungsfläche. In der Mitte des Parks fanden die sportlichen Wettkämpfe statt. Eine Tribüne befand sich seitlich davor, auf der vor allem geladene Gäste ihre Plätze hatten. Teams in bunten Kilts traten hier gegeneinander an, um sich im Baumstammwerfen, Steinschleudern oder Tauziehen miteinander zu messen. Die Klänge der Dudelsäcke erfüllten die Luft mit ihren traurigen Melodien.

Mehrere Tanzgruppen hatten sich am Rande des Parks aufgestellt und übten die letzten Schritte, bevor sie vor die Zuschauer traten. Würstchenduft hing in der Luft und mischte sich mit dem von Popcorn.

Sie schlenderte an den Zelten vorbei, wo gerade der Einzelwettbewerb im Dudelsackspielen stattfand. Männer in prächtigen Kostümen und mit roten Gesichtern blähten ihre Backen, um dem unförmigen Sack mit seinen unzähligen Pfeifen einen wohlklingenden Ton zu entlocken.

Begeistert beobachtete Cassie die Musiker bei der Arbeit und ließ sich von den Melodien mitreißen. Nach einer Weile hatte sie genug und schlenderte weiter zu den Tanzgruppen.

Eine Menge Zuschauer hatten sich um die Bühne versammelt und feuerten die jungen Tänzerinnen und Tänzer lautstark an. Fasziniert studierte Cassie die schnellen Abfolgen, die von den Akteuren alles abverlangten. Tosender Beifall am Ende des Liedes entlohnte die Tänzer für ihre schweißtreibende Arbeit.

Gemächlich schlenderte sie weiter, um einen Blick auf die sportlichen Wettkämpfe zu werfen. Eine große Gruppe von Männern hatte sich dort versammelt und wartete ungeduldig auf ihren Einsatz. Die meisten überragten sie um mehr als eine Kopflänge und waren mit beeindruckenden Muskelpaketen bestückt. Cassie kam sich zwischen ihnen vor wie ein Schlumpfweibchen.

Sie ließ ihren Blick über die Tribüne gleiten. Graham hatte nicht übertrieben, als er davon gesprochen hatte, dass viele Schauspielkollegen anwesend sein würden. Ewan McGregor war gekommen, ebenso wie Kian McAvoy. Taylor würde ausflippen, wenn sie wüsste, dass ihr Schwarm hier saß, begeistert den Männern in Kilts zujubelte und dabei Würstchen aß wie jeder andere Sterbliche auch. Sie musste unbedingt versuchen, später ein Interview mit ihm zu bekommen.

Gleich in der Reihe unterhalb von Kian McAvoy entdeckte sie Trish, die sich angeregt mit Graham unterhielt. Das war mit Sicherheit geplant. Trish war nicht umsonst die beste Journalistin der *StarTouch*, wenn es darum ging, Stars aufzustöbern und eines der begehrten Interviews zu ergattern. Die Frau war das Trüffelschwein unter den Journalisten.

Cassie beschloss, ihr einen Besuch abzustatten, um mit ihr die weitere Vorgehensweise zu besprechen.

Sie ging die wenigen Stufen nach oben, vorbei an den Zuschauern bis zu Trishs Platz. »Hier steckst du«, begrüßte sie ihre Chefin lächelnd.

»Wie schön, dass du uns gefunden hast.« Trishs Wangen waren gerötet und ihre Augen glänzten.

»Hallo, Graham«, begrüßte sie den Schotten freundlich.

»Welch ein Lichtblick an diesem Tag«, gab der ältere Mann charmant zurück.

Lächelnd nahm Cassie neben Trish Platz.

»Hast du dich schon umgesehen?« Trish machte eine unauffällige Kopfbewegung in Richtung von Kian McAvoy.

»Was denkst du, warum ich hier bin?« Sie schenkte Trish einen bedeutungsvollen Blick.

In diesem Moment kündigte der Moderator über Lautsprecher das Eintreffen der Teams an.

»Sind das nicht echte Prachtkerle?«, kommentierte Trish mit gesenkter Stimme. »Sieh dir nur die Muskeln an. Ich freue mich schon auf das Interview nachher.«

Tatsächlich war es beeindruckend, den Männern zuzusehen. Als Erstes ging das Team MacDonald an den Start, gefolgt von Clan Fraser und Clan Andrew. Als der Moderator den Namen des Clans MacLeod aufrief, erstarrte Cassie in ihrem Sitz. Mit angehaltenem Atem betrachtete sie den Einzug der blaugrünen Kiltträger auf dem Spielfeld.

Eine Gruppe hochgewachsener Männer betrat den Platz. Allen voran Sam, der mit erhobenem Kopf die Fahne des Clans trug.

Er sah verdammt gut aus in seinem Kilt. Sofort breitete sich dieses Kribbeln über ihren ganzen Körper aus.

»Ist das nicht Sam MacLeod?« Trish hatte ihn ebenfalls entdeckt.

Cassie nickte stumm.

»Wusstest du, dass er bei den Highland Games mitmacht?«

»Nein«, krächzte Cassie. »Ich hatte keine Ahnung.« Tatsächlich hatte sie angenommen, dass Sam rein in seiner Funktion als Schauspieler gekommen war.

»Der Mann scheint ein Multitalent zu sein. Du hast in deinem Artikel nicht übertrieben.« Trish leckte sich über die Lippen. Es war erschreckend, zu sehen, welche Wirkung Sam auf Frauen hatte.

Die Männer des Clans MacLeod bauten sich entlang der Spiellinie auf. Die Familienähnlichkeit in den Gesichtern war nicht zu übersehen, Sam war jedoch der Einzige, dessen Haar einen leichten Rotstich hatte, wie Cassie erstaunt feststellte.

Der Moderator stellte jedes Mitglied der Mannschaft einzeln vor. Als Sams Name aufgerufen wurde, trat er unter den begeisterten Jubelrufen der Fans nach vorne.

Cassies Herz setzte einen Schlag aus, als sein Blick über die Tribüne glitt. Instinktiv duckte sie sich.

Hatte er sie gesehen? Wahrscheinlich nicht, denn er wandte den Kopf ab. Erleichtert richtete sie sich wieder auf.

Ein mächtiges Tau wurde vor den Mannschaften auf dem Rasen ausgelegt. Hinter den beiden Enden stand jeweils ein Team, das sich in regelmäßigem Abstand am Seil positionierte. Gespannt warteten die Zuschauer auf den Startschuss.

Der Knall der Pistole durchschnitt die Luft. Sofort packten die Männer zu und versuchten, die rote Markierung in der Mitte des Seils über die weiße Linie zwischen ihnen zu ziehen. Einige Zuschauer waren aufgesprungen und feuerten ihr Team lautstark an.

Cassie hatte nur Augen für Sam. Seine Muskeln traten hervor, als er mit zusammengepressten Lippen an dem Tau zog. Die Entschlossenheit stand ihm ins Gesicht geschrieben.

Zentimeter für Zentimeter bewegte sich die Markierung über die Linie in Richtung des Clans MacLeod. Beide Mannschaften schenkten sich nichts. Hier ging es nicht nur um den Gewinn, hier ging es darum, die Ehre des Clans zu verteidigen. Die Menge tobte und keiner der Zuschauer auf der Tribüne saß noch auf seinem Platz. Laute Rufe in gälischer Sprache schallten über das Spielfeld. Cassie hielt gespannt den Atem an.

Mit letzter Kraftanstrengung zog Sams Mannschaft das Seil über die Markierung auf ihre Seite. Der Schiedsrichter pfiff den Wettbewerb ab.

Begeistert fielen sich die Männer in die Arme, während der Moderator den Sieg von Clan MacLeod über die Lautsprecher verkündete.

Cassies Augen folgten Sam, der zusammen mit seinen Männern zurück zur Sitzbank ging, um dort auf ihren nächsten Einsatz zu warten. Sein Gesicht glänzte vor Anstrengung und einige Strähnen hatten sich aus seinem Zopf gelöst. Mit einer lässigen Bewegung löste er das Haarband und schüttelte den Kopf. Wie aus dem Nichts fiel sein Blick in ihre Richtung. Für den Bruchteil einer Sekunde schien die Welt um sie herum stillzustehen.

»Cassie«, holte Trishs Stimme sie zurück.

Widerstrebend drehte sie sich um.

»Ewan und seine Frau würden uns nach der Veranstaltung ein Interview geben.«

»Wirklich. Das ist toll«, murmelte sie, damit beschäftigt ihren Puls zu beruhigen.

»Ja, jetzt musst du dir nur noch Kian McAvoy schnappen und schon hat sich der Ausflug gelohnt.« Trish strahlte sie an.

»Ich habe meiner Mitbewohnerin versprochen, ihr ein Autogramm von ihm zu holen.«

»Das ist deine Gelegenheit.« Trish gab ihr einen sanften Stoß in die Seite. »Er sieht schon die ganze Zeit zu uns rüber.«

»Was, jetzt?«

»Natürlich. Eine Gelegenheit wie diese kommt so schnell nicht wieder.«

Trish hatte recht, wie so häufig. Wenn sie McAvoy zu fassen kriegen wollte, musste sie schnell sein, bevor jemand anderes auf die gleiche Idee kam.

Entschlossen stand sie auf und quetschte sich an den Zuschauern vorbei zu der Sitzreihe, wo der Schauspieler saß.

»Mr McAvoy, dürfte ich Sie kurz stören?«, sagte sie mit professioneller Journalistenstimme und lächelte ihn freundlich an.

»Kennen wir uns?« Misstrauen sprach aus seinem Blick.

»Cassandra Devinmoore. Entschuldigung, dass ich Sie so überfalle. Ich arbeite für die *StarTouch*.« Sie reichte ihm höflich die Hand. »Als ich Sie gerade zwischen den Zuschauern entdeckt habe, musste ich Sie einfach ansprechen, ob Sie mir vielleicht später ein paar Fragen beantworten könnten. Es dauert bestimmt nicht länger als fünfzehn Minuten.« Sie reckte selbstbewusst den Hals. McAvoy sah in Wirklichkeit mindestens genauso gut aus wie auf der Leinwand. Allerdings war er nicht ihr Typ. Zu klein und außerdem verheiratet.

»Aye. Sie haben den Bericht über Sam geschrieben?«

»Sie meinen Sam MacLeod. Ja genau.« Sie hoffte, dass er das Zittern in ihrer Stimme nicht bemerkte.

»Gerne. Acht Uhr im VIP-Bereich«, erwiderte er knapp.

»Wunderbar. Vielen Dank, Mr McAvoy.«

»Selbstverständlich, aber wären Sie mir böse, wenn ich Sie bitten würde, zur Seite zu treten, damit ich mir die Wettkämpfe weiter ansehen kann?«

»Nein, natürlich nicht«, entgegnete sie hastig. »Vielen Dank, und bis später dann.«

Der Schauspieler wandte sich erneut seiner Begleitung zu, einem jungen Mann mit ähnlichen Gesichtszügen wie er selbst. Wahrscheinlich ein Verwandter, dachte Cassie.

Zufrieden ging sie zurück zu ihrem Platz.

»Und?«, fragte Trish.

»Hat geklappt. VIP-Bereich, acht Uhr«, entgegnete Cassie grinsend.

»Na also. Geht doch.« Trish nickte zufrieden. »Wir werden langsam zum Dreamteam.«

Gespannt richtete Cassie ihre Aufmerksamkeit auf das Spielfeld. Das Tau war mittlerweile entfernt worden und stattdessen hatte man Baumstämme vor den Mannschaften ausgelegt.

Clan Andrew war diesmal als Erster an der Reihe. Gebannt beobachtete Cassie, wie die Männer die schweren Stämme anhoben und meterweit über den Rasen trugen, um sie dann hochzuschleudern. Geballtes Testosteron lag in der Luft.

Als Clan MacLeod an den Start ging, johlte die Menge begeistert. Sam war derjenige, der für seine Mannschaft in diesem Wettbewerb antrat. Cassie bewunderte die natürliche Eleganz seiner Bewegungen. Gespannt hielt sie die Luft an, als Sam seinen ersten Versuch startete. Unter Aufbietung seiner ganzen Kraft hob er den Baumstamm an, rannte los und katapultierte ihn von sich. Das Holz erreichte die Rekordmarke.

Sam riss enthusiastisch die Arme in die Luft, um sich von seinen Fans feiern zu lassen.

Als er sich zur Tribüne drehte, sprangen die Zuschauer erneut von ihren Sitzen, selbst Kian McAvoy jubelte begeistert. Nur Cassie rührte sich nicht von der Stelle.

Der nächste Wettkampf war das Werfen von Findlingen. Diesmal war es nicht Sam, der für seine Mannschaft antrat. Stattdessen baute sich ein schwergewichtiger Mann mit der Statur eines Ochsen auf dem Spielfeld auf und ließ seine Muskeln spielen. Das Team von Sam gewann diesen Wettbewerb haushoch.

Erwartungsvoll warteten die Teilnehmer auf die Bekantgabe des Gewinners.

Cassie hatte die Hände auf den Schoß gelegt, damit Trish nicht sah, wie sie zitterte. Am liebsten wäre sie zu ihm gelaufen. Alles in ihr sehnte sich nach ihm. Sie wollte ihn küssen und seine Lippen auf ihrer Haut spüren.

Hör auf damit, ermahnte sie sich selbst. Sie würde nicht schwach werden.

Mit dem Mikrofon in der Hand stellte sich der Moderator zu den Teilnehmern auf das Spielfeld.

»Ladys und Gentlemen, es ist mir eine Ehre, den diesjährigen Gewinner der Highland Games im Wettbewerb der Clans bekannt zu geben.« Der Moderator riss die Arme in die Luft und die Zuschauer tobten. Wie es aussah, wusste der Mann genau, wie er die Menge in seinen Bann ziehen und die Spannung erhöhen konnte. »Wir haben alle mit den Teilnehmern mitgefiebert, und ich kann sagen, es war großartig, was uns heute geboten wurde. Wir als Schotten sind stolz auf unsere Kultur und unsere Wettkämpfe.« Lauter Jubel ertönte. Die Menge war am Kochen. »Meine Brüder und Schwestern, ich will euch nicht länger auf die Folter spannen …«

Cassies Blick wanderte zu Sam, der breitbeinig mit vor der Brust gekreuzten Armen in einer Reihe mit seinen Männern stand.

»Sieger des diesjährigen Wettbewerbs, und verdient gewonnen mit achtundneunzig Punkten, ist – Clan MacLeod.«

Tosender Applaus entbrannte. Für die Zuschauer gab es kein Halten mehr.

Sam und seine Männer fielen sich in die Arme und beglückwünschten sich. Cassie sah, wie Sam von seinen Clanmitgliedern zur allgemeinen Begeisterung hochgeworfen wurde. Nachdem der Applaus etwas abgeebbt war, forderte der Moderator die MacLeods auf, zu ihm nach vorne zu kommen.

Cassies Puls galoppierte wie verrückt, als Sam und der restliche Clan sich keine zwanzig Meter von ihr entfernt vor der Tribüne aufstellten.

Das Mikrofon wurde an Sam weitergereicht. Augenblicklich herrschte Stille im Park.

»Ladys und Gentlemen, es ist mir eine große Ehre, dass ich heute den Preis für den Clan MacLeod entgegennehmen darf.« Stolz sprach aus seiner Stimme und seinem Gesicht. Es war ihm anzumerken, wie verbunden er mit der Kultur seines Landes war. »Es ist großartig, dabei sein zu dürfen, gemeinsam mit meinen Männern. Ein Ereignis, das ich nicht so schnell vergessen werde.« Er verbeugte sich vor der Menge. »Allerdings gibt es da noch eine Kleinigkeit, für die ich mich schon jetzt bei Ihnen allen entschuldigen möchte, die ich aber unbedingt in

Ordnung bringen muss. Es gibt jemanden hier im Publikum …« Sein Blick fiel auf Cassie.

Cassie zuckte kaum merklich zusammen. Was hatte Sam vor? Die Blicke waren auf sie gerichtet. Es herrschte atemlose Stille unter den Zuschauern. Alle warteten gespannt, was als Nächstes passieren würde. Ohne Vorankündigung wechselte Sam in die gälische Sprache.

»Tha gràdh agam oirre* …«

Die Zuschauer hingen an seinen Lippen. Diejenigen, die der gälischen Sprache nicht mächtig waren, ließen sich seine Worte von ihren Nachbarn übersetzen. Graham flüsterte Trish etwas ins Ohr, die Cassie daraufhin einen erstaunten Blick zuwarf.

Was in Gottes Namen sagte Sam und warum sah er sie dabei an? Cassie wippte nervös mit den Beinen. Ein mulmiges Gefühl breitete sich in ihrem Magen aus. Unruhig sah sie zur Seite, wo Trish saß. Auf dem Gesicht ihrer Chefin lag ein breites Grinsen.

Als sie wieder nach vorne starrte, hatte Sam noch immer den Blick starr auf sie gerichtet. Das Wort »Sassenach« fiel und die Leute fingen laut an, zu lachen. Als Sam fertig war, ertönten Beifallrufe.

Frauen kreischten hysterisch und warfen Sam schmachtende Blicke zu.

Sam sprach weiter und die Aufmerksamkeit der Menge wanderte zurück zu Cassie. Am liebsten wäre sie im Erdboden versunken. Wo blieben die Naturkatastrophen, wenn man sie brauchte. Hilfe suchend schaute sie zu Trish, die nur mit den Schultern zuckte. *Verräterin.*

In diesem Moment übergab Sam das Mikrofon zurück an den Moderator.

Was nun folgte, nahm sie wie in Zeitlupe wahr, unfähig, sich zu bewegen.

Mit katzenhaften Schritten rannte Sam über den Rasen hoch zur Tribüne. Die Menge teilte sich, um Sam durchzulassen. Fotoapparate klickten, Handys wurden in die Höhe gehalten, um alles festzuhalten, damit man es später auf den Social-Media-Plattformen teilen konnte.

Mit jedem Schritt, den er sich ihr näherte, beschleunigte sich ihr Puls. Es hätte sie nicht gewundert, wenn sie ohnmächtig geworden wäre, was ein Segen gewesen wäre. Aber leider tat das Universum ihr nicht den Gefallen und so musste sie hilflos mitansehen, wie Sam immer näher kam.

Cassies erster Instinkt war es, aufzuspringen und wegzulaufen, aber ihre Beine verweigerten ihr den Dienst. Die Blicke der Zuschauer wanderten wie bei einem Tennismatch gespannt zwischen Sam und Cassie hin und her. Es war offensichtlich, dass er sie mit seinen Worten gemeint hatte. Wahrscheinlich dachten einige der Zuschauer, dass es sich hier um den Teil eines Schauspiels handelte, für das Sam MacLeod eigens von den Veranstaltern engagiert worden war.

Blitzschnell erfasste ihr Hirn die Einzelheiten. Sams kastanienbraune Locken klebten verschwitzt am Hals und ein feuchter Film lag auf seinem Gesicht. Unter seinen Achseln hatten sich dunkle Ringe gebildet. Seine Unterarme waren verschmiert vom Dreck der Baumstämme. Trotzdem sah er unglaublich gut aus. Wild und sexy zugleich.

Als er nur noch einen Schritt entfernt war, blieb er stehen. Ihre Blicke trafen sich.

Um sie herrschte atemlose Stille. Sams Augen brannten sich in ihr Gesicht und sie hatte das Gefühl, in seinen blauen Seen zu versinken.

»Mo cridhe!«

So hatte er sie immer in Callekille Cottage genannt. Ehe sie reagieren konnte, war er bei ihr. Mit einer einzigen fließenden Bewegung schlang er seine kräftigen Arme um ihre Hüfte, und bevor sie realisierte, was er vorhatte, hatte er sie zur großen Begeisterung der Zuschauer über seine Schulter geworfen. Sie hatte damit gerechnet, dass er sich vor ihr entschuldigen würde, oder es zumindest versuchen würde – aber nicht damit. Empörung breitete sich in ihr aus. Sie einfach vor allen Leuten wie ein Stück Vieh über die Schulter zu werfen.

»Hey. Hör auf, du Mistkerl« Sie trommelte ihm mit den Fäusten gegen den Rücken. »Lass mich sofort runter.«

Aus dem Augenwinkel sah sie Trish, die Fotos von ihr mit dem Handy machte. *Diese Schlange!*

»Hilfe«, schrie Cassie, was die Menge mit einem Lachen quittierte. »Lass mich sofort runter.« Hilflos wie ein Fisch auf dem Trockenen strampelte Cassie, um sich zu befreien, aber Sams eiserner Griff hielt sie fest umklammert.

»Wir sind hier nicht in irgendeinem deiner scheiß Filme, also lass mich runter.«

Sie hatte geschrien, was ihr belustigte Zurufe des Publikums einbrachte. Hatte sich denn die ganze Welt gegen sie verschworen?

Ihre Augen wanderten Hilfe suchend über die Köpfe der Besucher. Kian McAvoy, der alles mit großem Interesse verfolgt hatte, war ebenfalls aufgesprungen. »Viel Glück!« Er hielt seine Daumen in die Höhe.

Blöder Idiot. Statt ihr zu helfen, verbündete er sich mit Sam. Das war mal wieder typisch für die Männer. Immer schön zusammenhalten. Na warte. Sobald sie sich befreit hatte, würde sie dem Typen die Meinung geigen. Berühmter Schauspieler hin oder her. Aber erst einmal musste sie sehen, wie sie sich befreien konnte.

Sam machte mit spielerischer Leichtigkeit einen Satz nach unten auf den Rasen. Es schien, als würde er die Last auf seinem Rücken nicht spüren.

Ohne ein Wort zu sagen, schritt Sam mit erhobenem Kopf durch die Schaulustigen, die sich auf dem Rasen versammelt hatten. Wildfremde Menschen beglückwünschten Sam und klopften ihm anerkennend auf die Schulter, während Cassie unwürdig mit dem Kopf nach unten hing. Sie verstand die Welt nicht mehr. Mit jedem Schritt, den er sie durch die Menge über das Spielfeld trug, wuchs ihre Wut.

»Sag mal, hast du sie noch alle?«, schrie sie. »Du kannst mich doch nicht einfach entführen.« Sie schlug ihm mit der flachen Hand auf den Rücken. »Wir sind hier nicht im Film.«

»Aye«, lautete seine knappe Antwort.

»Du blöder Schotte, du Mistkerl, du Betrüger …«, stammelte sie wütend.

»Aye.« Unbeirrt ging Sam weiter. Mittlerweile hatten sie das Spielfeld verlassen und den Parkplatz erreicht.

»Ist das alles, was du dazu sagen kannst?«, fauchte sie.

»Aye.«

Es war zum Mäusemelken. Dieser Mann war sturer als ein Ziegenbock.

Endlich blieb er vor dem schwarzen Land Rover stehen. Mit einem leisen Piepsen öffnete sich die Beifahrertür. Cassie stemmte sich mit aller Kraft dagegen, als Sam sie auf den Sitz drückte. Ohne Erfolg. Gegen Sam hatte sie keine Chance. Die Tür fiel ins Schloss und verriegelte sich.

Sie war gefangen.

Hilflos musste sie mitansehen, wie Sam die Fahrertür öffnete und sich neben sie setzte.

»Okay, du hattest deinen Spaß, und jetzt sagst du mir sofort, was das ganze Theater hier soll.« Sie verschränkte die Arme vor der Brust, wie ein trotziges Kind. Ihre Unterlippe bebte und das Herz schlug ihr bis zum Hals.

Anstatt zu antworten, schaltete Sam den Motor ein.

»Sag mal, hörst du mir überhaupt zu?«

»Nein.«

Sam gab Gas und der Wagen machte einen Satz nach vorne.

»Ich will, dass du sofort anhältst und mir erklärst, was der ganze Scheiß soll«, forderte sie ihn mit panischer Stimme auf.

Mit einem spöttischen Zucken um den Mund schaltete er das Radio ein.

»Ich habe es mit einem Wahnsinnigen zu tun«, murmelte sie und raufte sich die Haare. »Hättest du wenigstens die Güte, mir zu sagen, wohin du mich entführst?« Sie hatte betont langsam gesprochen.

»Tha gràdh agam ort*«, antwortete Sam auf Gälisch.

»Lass den Quatsch«, fluchte Cassie und gab ihm einen unsanften Stoß in die Seite. Der Wagen schlingerte.

»Du solltest mich besser fahren lassen«, brummte er.

»Ich verlange, dass du mir sagst, wohin du mich bringst«, forderte sie erneut.

Statt zu antworten, fing Sam an, die Melodie aus dem Radio mitzusingen. Schrecklich schräg und überhaupt nicht melodisch. Sam MacLeod mochte ein guter Schauspieler sein, aber er war definitiv ein schlechter Sänger.

»Sofort aufhören. Da rollen sich mir ja die Fußnägel auf.«

Sam warf ihr einen belustigten Seitenblick zu, um noch lauter weiterzusingen. Er schien ein geradezu diebisches Vergnügen daran zu haben, sie zu ärgern.

Cassie drückte sich theatralisch die Zeigefinger in die Ohren und starrte finster nach draußen.

Der Rover donnerte über die Straße. Sie hatten Inverness mittlerweile hinter sich gelassen.

Wumm! Sam hatte ein Schlagloch übersehen. Cassie machte einen Satz nach vorne. Zwar waren die Schläge nicht so schlimm wie mit dem Toyota, aber ihre Nerven lagen mittlerweile blank. Sie war kurz davor, in ein hysterisches Geheul auszubrechen. Wenn sie das zu Hause erzählen würde, würde ihr niemand glauben – außer Taylor vielleicht.

Wütend starrte Cassie nach draußen, wo die Landschaft an ihr vorbeiflog. Es war bereits spät am Nachmittag. Die Sonne hatte ihren höchsten Punkt verlassen und warf ihre langen Schatten auf die Straße.

Applecross

Bei dem Anblick des Schildes machte ihr Herz einen freudigen Hüpfer. Auch wenn sie es nicht zugab, vermisste sie dieses idyllische Fleckchen mit seinen Bergen und dem Meer, dessen dunkle Farbe sie an tiefblaue Tinte erinnerte.

Unauffällig beobachtete sie Sam aus den Augenwinkeln. Seine Haare waren verstrubbelt und die Röte war mittlerweile aus seinem Gesicht verschwunden. Sie betrachtete sein markantes Profil mit der geraden Nase, den dichten Augenbrauen und dem geschwungenen Mund. Die kleine Ader seitlich an seiner Schläfe pochte auffällig, ein sicheres Zeichen dafür, dass er angespannt war. Noch immer hatte sie keine Ahnung, was er vorhatte.

Sie war sich seiner körperlichen Nähe nur allzu bewusst. Sein männlicher Duft hüllte sie ein und vernebelte ihre Sinne. Sie konnte die Hitze spüren, die von seinem Körper ausging. Ihr Puls schnellte jedes Mal in die Höhe, wenn sein Blick auf sie fiel.

Das letzte Mal, als sie die Strecke gefahren war, hatte es in Strömen geregnet. Jetzt schien die Abendsonne auf die Berge herab und ließ sie in leuchtendem Grün erstrahlen. Gelb blühende Ginsterbüsche säumten den Weg. Eine Schafherde graste gemütlich abseits der Straße. Alles war genauso idyllisch, wie sie es in Erinnerung hatte.

Cassie schloss für einen Moment die Augen, während Sam den Wagen sicher über die schmale Straße in Richtung Cottage lenkte. Sie dachte an ihre glücklichen Stunden, die sie dort verbracht hatte. Noch nie zuvor hatte sie eine solche Zufriedenheit empfunden wie in Callekille Cottage.

Der Rover bog in den schmalen Weg ein. Zu ihrer Überraschung entdeckte sie ein Schild, das jemand neben der Straße angebracht hatte, das bei ihrem ersten Besuch noch nicht hier gestanden hatte.

Privatweg. Betreten und Befahren für Unbefugte verboten.

Zweifellos eine Maßnahme, um aufdringliche Fans einzuschüchtern. Das Rot einer achtlos liegen gelassenen Coladose leuchtete zwischen den Grashalmen hervor. Daneben entdeckte sie ein lieblos hingeworfenes Stück Papier und ein Stück Plastik. Cassies schlechtes Gewissen meldete sich zu Wort. Das war ihre Schuld. Sie hatte die Fans hierher gelockt.

Sam fuhr über die Auffahrt hoch.

Cassies Herz setzte einen Schlag aus, als die Umrisse der Farm hinter den hohen Bäumen auftauchten. Vergessen waren der Zorn, die Wut und ihr Hass.

Die Fassade schimmerte in einem satten Honigbraun und die Blüten der Rosenbüsche entlang des Hauses sahen im Licht aus wie Zuckerwattebällchen, die jemand wahllos dort verteilt hatte.

Cassie warf einen sehnsüchtigen Blick auf die Pferdekoppel, wo Ahearn, Fairy und das Fohlen friedlich nebeneinanderstanden. Erst jetzt wurde ihr bewusst, wie sehr sie die Farm vermisst hatte.

Nichts hatte sich verändert, seit sie das letzte Mal hier gewesen war. Alles schien ihr eigenartig vertraut. Die saftig grünen Wiesen, die kleine Steinmauer seitlich des Weges und das Farmhaus mit seinem schiefen Schornstein und der verwitterten .

Sie dachte an die glücklichen Stunden und an die Liebe, die sie hier empfunden hatte.

»Wir sind da«, brummte Sam, als hätte er sie gehört.

»Das sehe ich.«

Sam stieg aus und öffnete ihre Tür. Kaum dass sie ausgestiegen war, packte er ihre Hand.

»Hey, du tust mir weh«, protestierte Cassie empört, als er sie über den Weg zum Stall zog. Er lockerte seinen Griff zwar, hielt ihr Handgelenk jedoch noch immer umschlossen. Mit jeder Minute, die sie hier war, schmolz ihr Widerstand.

Ahearn blähte die Nüstern und schnaubte freudig, als er ihren Geruch aufnahm.

»Da seid ihr ja wieder«, begrüßte Cassie die Pferde mit heiserer Stimme. Das Fohlen wieherte freudig und leckte ihr mit seiner rauen Zunge über die ausgestreckte Hand. Fairy stupste Cassie mit der Schnauze an.

Für einen Moment schob sie den Gedanken beiseite, dass sie nicht freiwillig hier war. Es tat so gut, alles wiederzusehen.

Sam machte sich in der Ecke des Stalls zu schaffen. Keine Ahnung, was dieser Mann schon wieder ausheckte. Aber es war ihr egal. Sie wollte noch einen winzigen Augenblick die Tatsache genießen, hier zu sein.

»Ich habe euch vermisst«, flüsterte sie leise. Als ob die Tiere sie verstehen konnten, kamen alle drei näher.

Sam war zurück. Auf seinem Gesicht lag ein entschlossener Ausdruck.

»Wir machen einen Ausflug.« Mit einer geübten Bewegung hatte er dem Hengst eine Decke übergeworfen.

»Du willst reiten gehen?« Sie schüttelte ungläubig den Kopf. »Das kann nicht dein Ernst sein.«

»Aye.« Er schwang sich auf Ahearns Rücken und streckte ihr den Arm entgegen. »Du kannst es dir aussuchen: Entweder du kommst freiwillig oder ich lege dich über den Rücken.«

»Du schottischer Hornochse«, knurrte Cassie. Mit einem Griff hatte er sie nach oben gezogen und vor sich auf die Decke gesetzt.

Sam legte seine linke Hand um ihren Bauch, mit der rechten griff er in die Mähne des Hengstes. Ahearn galoppierte los.

Cassie spürte den kühlen Wind auf der Haut, der den Geruch der Blumen und das Salz des Meeres mit sich trug. Die Sonne hing knapp über dem Horizont und tauchte den Himmel in ihr abendliches Rot. Im Hintergrund schimmerte die See dunkelblau.

Ihr anfänglicher Widerstand war verschwunden. Seufzend lehnte sie den Kopf an Sams Brust und ließ sich vom Rhythmus des Pferdes wiegen. Seine Arme hielten sie sicher umschlungen, und sie spürte, wie die Wärme seines Körpers durch die Kleidung zu ihr kroch. Sein Duft war allgegenwärtig und ließ ihre Hormone Samba tanzen.

Verdammt. Er hat dich belogen, rief sie sich ins Gedächtnis.

Sie hatten das Plateau erreicht und der Hengst fiel in einen langsamen Trab, bis er schließlich zum Stehen kam.

Ohne zu zögern, entließ Sam sie aus seiner Umklammerung und glitt vom Rücken des Pferdes. Mit einer Handbewegung signalisierte er Cassie, ihm zu folgen.

Sie standen sich gegenüber wie zwei Cowboys beim Duell. Eine Windböe fuhr ihr durch ihre Kleider und ließ sie frösteln. Hastig schlang sie das Plaid um sich.

Ihre Blicke trafen sich. Sofort nahmen seine blauen Kristalle sie gefangen. Zärtlichkeit sprach aus ihnen. Die Schmetterlinge in ihrem Bauch flatterten aufgeregt, bere-it zum Abheben.

Seine Brust hob und senkte sich heftig. Er öffnete den Mund.

»Halt. Bevor du etwas sagst.« Ohne zu zögern, verpasste sie Sam eine schallende Ohrfeige.

»Wofür war das?« Ungläubig rieb Sam sich die Wange, dort, wo ihre Hand ihn getroffen hatte.

»Dafür, dass du dich wie ein Idiot benimmst und mich einfach vor den Augen der halben Welt entführt hast. Was fällt dir eigentlich ein? Ich bin doch kein Stück Vieh, mit dem du machen kannst, was du willst«, machte sie ihrer Wut Platz. Gleichzeitig kam der Wunsch, ihn zu küssen, in ihr hoch.

Sam starrte sie fassungslos an. »Ist das alles, was dich stört?«

»Nein, natürlich nicht. Du hast mich angelogen. Du hast mich unter falschen Umständen hierher gelockt und so getan, als ob du mich lieben würdest, dabei hasst du mich!«

»Ich hasse dich nicht.« Aus seinen Augen sprach pure Zärtlichkeit.

»Bist du dir da sicher?«

»Cassie, ich bin hier«, räusperte er sich.

»Ich bin noch nicht fertig«, unterbrach sie ihn. »Du hast mich in dem Glauben gelassen, ich wäre deine Frau.

Alles nur wegen eines Interviews, das dir nicht gefallen hat.« Sie bebte am ganzen Körper. All die ungesagten Worte flossen aus ihr heraus. »Wegen dir habe ich gelitten wie ein Hund. Ich habe wochenlang nicht geschlafen und mir die Seele aus dem Leib geweint. Und alles nur, damit du deine Rache wegen eines kleinen Artikels hast.« Ihre Augen brannten und ihr Atem ging stoßweise.

»Cassie, es tut mir leid, was ich getan habe. Das Letzte, was ich wollte, war es, dir wehzutun.« Er nahm ihre Hand. »Von dem ersten Moment, als du in deinem verdreckten Kostüm und mit deinem überheblichen Blick vor mir gestanden hast, habe ich mich Hals über Kopf in dich verliebt. Dabei wollte ich sauer auf dich sein, weil du mich in deinem Artikel damals so zerrissen hast. Du kannst dir nicht vorstellen, durch was für eine Hölle ich gegangen bin. Die ganze Zeit während des Interviews wollte ich dich einfach nur küssen.« Er holte tief Luft, als müsste er Kraft schöpfen. »Und als du im Sturm abgehauen bist, bin ich dir hinterhergefahren, um sicherzugehen, dass dir nichts passiert. Mir ist das Herz in die Hose gerutscht, als ich dich blutend im Wagen gefunden habe. Ich hatte schreckliche Angst um dich. Du kannst mir glauben, dass ich dich ins Krankenhaus gefahren hätte, wenn es eine Chance gegeben hätte. Aber der Sturm hat mir keine Wahl gelassen. Deshalb habe ich dich mit zu mir genommen.«

Sie dachte daran, wie er sie mit seinem nackten Körper gewärmt und ihr die unterkühlten Gliedmaßen massiert hatte. Zumindest dieser Teil seiner Aussage war wahr.

»Und als du mich mit deinen wunderschönen bernsteinfarbenen Augen angesehen hast und gefragt hast, wer ich bin, wollte ich dich nicht gehen lassen. Der Hass gegen mich war mit dem Gedächtnisverlust verschwunden, und ich dachte, wenn du nur lange genug bei mir wärst, würdest du ihn vielleicht ganz vergessen. Deshalb habe ich mich für deinen Mann ausgegeben.«

Ihre Blicke verhakten sich ineinander.

Sie dachte daran, wie sie sich in ihrem ersten Artikel über ihn lustig gemacht hatte. Es war mehr als natürlich, dass er denken musste, sie würde ihn hassen, und der zweite Artikel hatte seinen Verdacht nur bestätigt.

»Aber das war rein beruflich. Ich kannte dich doch gar nicht«, verteidigte sie sich. Sie hatte keine Ahnung gehabt, dass ihr erster Artikel ihn derart getroffen hatte.

»Vielleicht, aber du unterschätzt, wie selbstbewusst du auftrittst. Du bist eine Frau, die genau weiß, was sie will, und du hast mir sehr klar das Gefühl gegeben, dass du mich unmöglich findest. Als du dein Gedächtnis verloren hattest, dachte ich, das wäre meine Chance, dich davon zu überzeugen, dass ich nicht der Mann bin, für den du mich hältst.« Er senkte seine Stimme, die mit einem Mal einen rauen Klang angenommen hatte. »Ich hatte nie vor, mit dir zu schlafen. Nicht, dass ich es mir nicht gewünscht hätte. Aber ich wollte die Situation niemals zu diesem Zweck für mich ausnutzen. Dass es trotzdem passiert ist, war nicht geplant.« Aus seinen Augen sprach die pure Wahrheit.

Ahearn wieherte leise im Hintergrund.

»Cassie, ich liebe dich von ganzem Herzen. Es ist mir egal, was zwischen uns vorgefallen ist. Bitte verzeih mir und lass uns noch einmal von vorne anfangen. Und wenn es eine Chance gibt, dass du mich vielleicht auch ein bisschen liebst, würdest du mich zum glücklichsten Mann auf der Welt machen.«

Ihr Herz klopfte bis zum Hals. Alles, was sie wollte, war, in seinen Armen zu liegen.

»Ich möchte keine Sekunde missen, die wir miteinander verbracht haben.«

»Cassie.«

Ohne zu zögern, nahm er ihr Gesicht zwischen seine Hände, als hätte er Angst, sie könnte weglaufen. Als sich ihre Lippen berührten, entwich ihr ein leises Stöhnen. Er fühlte sich noch viel besser an, als sie es in Erinnerung gehabt hatte. In seinem Kuss lag so viel Gefühl, dass es Cassie den Atem nahm. Ihre Zungen umspielten sich, froh, sich gefunden zu haben. Die Schmetterlinge in ihrem Bauch hoben ab und ein unglaubliches Glücksgefühl breitete sich in ihr aus. Seine Hände glitten über ihre Haut und hinterließen eine brennende Spur.

Sie hatte keine Ahnung, wie lange sie so eng umschlungen gestanden hatten. Als sich ihre Lippen voneinander lösten, ließ er sie atemlos zurück.

»Ich liebe dich, Cassie. Mehr als ich in Worte fassen kann.« Seine Augen strahlten vor Liebe und Glück.

»Ich liebe dich auch«, sagte sie, noch atemlos von seinem Kuss.

»Mo cridhe.« Er stieß ein befreites Lachen aus und wirbelte sie einmal herum. Tränen des Glücks stiegen ihr in die Augen. Zum ersten Mal in ihrem Leben hatte sie das Gefühl, angekommen zu sein.

Epilog

Cassie, Emily, Taylor und Olive hatten es sich auf der Dachterrasse gemütlich gemacht. Es war ein herrlich lauer Sommerabend, wie sie in England nur selten waren. Die Sonne war bereits untergegangen und über ihren Köpfen breitete sich der nächtliche Himmel aus. Der Mond hing am Horizont wie eine silberne Scheibe und warf sein Licht auf die Dächer von Portobello.

Auf dem Tisch vor ihnen standen mehrere Schälchen mit Knabbereien. Jede der Frauen hatte ein Glas Sekt in der Hand.

»Ich fasse es nicht«, stöhnte Taylor gespielt. »Da lässt man dich einmal alleine nach Schottland reisen und schon wirfst du dich dem erstbesten Schotten an den Hals und verlobst dich.«

»Na, das sagt genau die Richtige. Schließlich wechselst du deine Männer wie andere Menschen ihre Unterhosen.«

Cassie prostete ihr zu. Der Sekt prickelte angenehm auf der Zunge und hinterließ einen fruchtigen Geschmack im Mund. Genüsslich leckte sie sich einen Tropfen von der Oberlippe.

»Aber ich verlobe mich nicht gleich«, entgegnete Taylor. »Wobei ich nicht weiß, ob das gut oder schlecht ist.«

»Gut natürlich.« Olive pickte mit spitzen Fingern eine Erdbeere aus der Schale, die Cassie heute Morgen auf dem Markt gekauft hatte. »Wenn ich an die letzten drei Prachtexemplare denke, die du mit nach Hause geschleppt hast, kann ich nur sagen – Glück gehabt.«

»Ach, Jason war doch ein echter Schnuckelhase.«

»Schnuckelhase vielleicht, aber mit dem IQ einer Stubenfliege«, erwiderte Olive trocken.

»Und dem Körper eines Sexgottes«, entgegnete Taylor grinsend.

»Apropos Sexgott«, wechselte Emily das Thema. »Wie geht es Sam?«

»Der ist schwer damit beschäftigt, die Wohnung klar zu machen. Er möchte, dass alles perfekt ist, wenn ich komme.« Cassie lächelte verträumt bei dem Gedanken an ihn.

Es war fast auf den Tag genau ein Jahr her, dass sie Sam MacLeod in Applecross interviewt hatte. Seitdem war viel passiert. Sie und Sam waren ein Paar geworden – ein sehr glückliches sogar. Cassie konnte sich nicht mehr vorstellen, wie das Leben ohne Sam gewesen war.

Sie liebte es, morgens neben ihm aufzuwachen und sein verschlafenes Gesicht zu sehen. Im Moment war er allerdings in Los Angeles und richtete ihre erste gemeinsame Wohnung für sie ein.

Die Entscheidung, nach Los Angeles zu ziehen, war beiden nicht leichtgefallen. Aber Sam würde die nächsten Monate dort einen großen Film drehen und eine Fernbeziehung kam für beide nicht infrage. Skype war zwar ganz nett, konnte aber die Nähe des Partners nicht ersetzen.

Schweren Herzens war Cassie zu Trish gegangen und hatte ihr ihre Entscheidung mitgeteilt. Seit Inverness und den Highland Games war die Zusammenarbeit mit ihrer Chefin noch intensiver geworden, zumal Trish ihre Liebe zu Schottland durch Graham entdeckt hatte. Trish und Graham waren ein Paar geworden. Der Schotte hatte sich als liebevoller Partner und Ersatzvater ihres Kindes herausgestellt. Seitdem gluckten Trish und Cassie oft zusammen und schwärmten von den Schotten, sehr zur Belustigung des übrigen Teams.

Ronan war nach ihrer Kündigung auf Cassie zugekommen und hatte sie mit einem Vorschlag überrascht.

»Ein alter Schulfreund von mir leitet in L.A. eine bekannte Zeitschrift. Als ich ihm von dir erzählt habe, hat er mich sofort gefragt, ob du nicht eine Weile, quasi als Leihgabe, für ihn arbeiten könntest.« Ronan hatte gelächelt. »Du würdest deine Stelle hier bei uns in der *StarTouch* behalten und als Gast für die *CelebrityGlam* berichten. Was hältst du davon?«

Cassie war den Tränen nahe gewesen. Niemals hatte sie mit einem solchen Angebot gerechnet. Sam und sie hatten sich eigentlich darauf eingestellt, dass sie eine Weile arbeitslos sein würde, bis sie eine neue Stelle gefunden hätte. Das Business war hart und ihre Wurzeln lagen in England.

Wie es aussah, hatte sich ihre Entscheidung, Sam nach L.A. zu folgen, als Glücksgriff erwiesen. Man erwartete sie bereits sehnsüchtig in Los Angeles und ihr neuer Boss hatte ihr mehrfach versichert, wie sehr er den Wechsel begrüßte.

Nach Sams Auftritt in Inverness hatte sich die Presse wie die Geier auf sie gestürzt und ihre Beziehung öffentlich gemacht. Nach anfänglichen wilden Spekulationen seitens der Medien hatten Sam und sie bei einem Pressetermin offiziell ihre Verlobung bekannt geben, was eine Welle der Begeisterung ausgelöst hatte. *Die Klatschreporterin und der Schotte* war nur eine der vielen Schlagzeilen gewesen. Mittlerweile hatte sich der Trubel etwas gelegt und sie konnte sich wieder frei bewegen, ohne dass Pressevertreter ihr auflauerten. Da sie selbst vom Fach und eine Kollegin war, ging man in den Medien vorsichtig mit ihr um, wofür Cassie sehr dankbar war.

Einen positiven Nebeneffekt hatte ihre Bekanntgabe zumindest gehabt. Callekille Cottage blieb weitgehend von Besuchen aufdringlicher Fans verschont. Sie und Sam fuhren, so oft es ihre knapp bemessene Zeit zuließ, nach Applecross, um die Zweisamkeit zu genießen. Cassie war ganz verliebt in die Farm und hatte sogar angefangen, Reitunterricht zu nehmen.

»Ach, ich beneide dich. Ich würde meine rechte Hand geben, um dort zu leben«, seufzte Taylor schwermütig.

»Aber du weißt doch, dass du jederzeit willkommen bist.« Cassies Blick wanderte von Taylor zu Emily und Olive. »Ihr alle seid herzlich eingeladen.«

»Ich fliege dich erst einmal rüber und schau mir die Hütte mal an«, sagte Emily augenzwinkernd, »und dann sage ich euch, ob es sich lohnt.«

Alle lachten vergnügt.

Emily hatte es tatsächlich geschafft, mit einer Kollegin zu tauschen, und war nun Teil der Crew, die auf dem Flieger nach Los Angeles arbeiten würde. *Schließlich fliegt meine beste Freundin nicht alle Tage für ein Jahr nach Amerika,* waren ihre exakten Worte gewesen. Emily würde in den zwei freien Tagen bei ihr und Sam schlafen. Gemeinsam wollten sie die Gegend erkunden.

»Ich habe schon als Kind davon geträumt, mal nach Hollywood zu reisen.« Olive verdrehte schwärmerisch die Augen. »Die Stadt der Engel.«

»Eher die Stadt der Stars«, korrigierte Taylor sie. »Es ist ja wohl klar, dass du mich mitnimmst, wenn Sam für den Oscar nominiert wird.«

Cassie lachte laut auf. »Also, davon ist Sam noch weit entfernt. Erst einmal müssen wir drüben Fuß fassen.«

»Eine Engländerin und ein Schotte. Zugegeben, eine wilde Mischung« Olive prostete ihr zu. »Auf euch beide.«

»Halt. Wartet auf mich.« Holly Summers' blonder Haarschopf tauchte vor ihnen an der Leiter auf. »Ihr habt ja schon angefangen.«

»Wer zu spät kommt, den beißen die Hunde«, sagte Cassie.

»Sehr witzig. Trish hat mir kurz vor Feierabend einen riesigen Stoß Arbeit auf den Schreibtisch gelegt.«

»So ist die liebe Trish. Hart, aber herzlich.« Cassie reichte Holly ein Glas Sekt.

Holly Summers hatte sich im vergangenen Jahr als zuverlässige und nette Kollegin erwiesen und die beiden Frauen waren Freundinnen geworden. Als Cassie ihr von ihrem Umzug berichtet hatte, hatte Holly sie gefragt, ob sie statt ihrer in die WG einziehen könnte. Cassie hatte Holly daraufhin zu einem gemeinsamen Abendessen mit den Mädels eingeladen. Der Abend war erfolgreich verlaufen und den Frauen war Holly mit ihrer erfrischend offenen Art sofort sympathisch gewesen. Nächste Woche würde Holly einziehen und Cassie war glücklich mit der Entscheidung.

»Auf deinen Erfolg und einen guten Neuanfang in der Stadt der Engel.« Olive hob das Glas.

»Auf die Portobello Girls«, erwiderte Cassie wehmütig. »Ich werde immer eine von euch bleiben, egal wo ich bin.«

»Das möchte ich auch hoffen«, sagte Taylor. Klirrend stießen ihre Gläser aneinander.

Erklärungen

Purser: Der Begriff Purser (engl. Purse – Geldtasche) stammt aus der Seefahrt und bezeichnet den Zahl- oder Proviantmeister. Als weibliche Bezeichnung wird häufiger das Wort Purserette verwendet, das auch im englischen Sprachraum üblich ist.

Purser (deutsch Kabinenchef) ist die englische Bezeichnung für den ranghöchsten Flugbegleiter bzw. die ranghöchste Flugbegleiterin einer Kabinenbesatzung. (Quelle Wikipedia)

Kilt: Das Wort Kilt kommt aus dem Schottischen und bezeichnet seit dem 18. Jahrhundert einen knielangen Rock. Der moderne Kilt (auf Deutsch auch *»Schottenrock«*) ist ein aus Wolle gewebter, hinten aufwendig gefalteter Wickelrock, der in Schottland von Männern getragen wird. Die Länge eines Kilts wird so gewählt, dass er dem Träger bis an die Knie reicht und beim Knien nicht den Boden berührt. (Quelle Wikipedia)

Plaid: Plaids, auf Deutsch auch *»Schulterdecke«* genannt, sind neben dem Kilt Bestandteil der traditionellen Kleidung der Hochlandschotten. Sie bestehen in der Regel aus dem gleichen Tartan-Stoff wie der Kilt. Plaids werden gefaltet und lose über der Schulter getragen oder mit einer Brosche an der Schulter befestigt. (Quelle Wikipedia)

Mo cridhe: Gälisch – mein Herz

Tha gràdh agam oirre: Gälisch – ich liebe sie

Mo leannan boidheach (mo lennan boojach)**:** Gälisch – meine wunderschöne Liebste

Tha gràdh agam ort: Gälisch – ich liebe dich

Slàinte mhaht: Gälisch – Gute Gesundheit, Prost

Snog: Gälisch – hübsch, nett

Haggis: Haggis ist eine Spezialität aus der schottischen Küche und besteht aus dem Magen eines Schafes, Paunt genannt, der mit Herz, Leber, Lunge, Nierenfett vom Schaf, Zwiebeln und Hafermehl gefüllt wird. Haggis ist mit Pfeffer scharf gewürzt, und das Hafermehl verleiht ihm eine etwas schwerere Konsistenz als Wurst. (Quelle Wikipedia)

Liebe stand nicht im Vertrag – Band 2

Du weißt, dass das Schicksal dir einen Streich spielt, wenn ausgerechnet der Mann dein neuer Arbeitgeber ist, dem du nach einer Wette betrunken ein Herz auf den nackten Hintern gemalt hast.

Als die Nanny Taylor Young ihren neuen Auftrag annimmt, muss sie mit Schrecken feststellen, dass der alleinerziehende Vater zweier Kinder genau der Mann ist, mit dem sie eine wilde Nacht in einer Bar verbracht hat. Aber kein Problem für die toughe Taylor, schließlich ist sie eine professionelle Nanny und die beiden Kinder brauchen sie dringend. Störend ist nur, dass der grummelige Professor ihr Herz jedes Mal aus dem Takt bringt, wenn er in ihrer Nähe ist.

Professor Matthew Johnson hat nach dem Tod seiner Frau eine harte Zeit hinter sich. Die Nacht in der Bar mit der unbekannten Schönen sollte ein einmaliges Erlebnis bleiben. Als Taylor plötzlich in ihrer adretten Nanny-Uniform vor ihm steht, glaubt er, seinen Augen nicht zu trauen. Die Nanny muss weg!

Doch die Kinder Stella und Will sind da anderer Ansicht. Taylor bleibt und stellt das Leben von Matthew auf den Kopf.

Jetlag oder Liebe – Band 3

Du weißt, dass dein Leben nicht nach Plan läuft, wenn du Single bist und dein Schwangerschaftstest zwei Striche zeigt.

Emily Walters ist attraktiv, selbstbewusst und bekennender Single. Sie genießt ihr Jetset-Leben als Flugbegleiterin.

Doch seit Neustem läuft ihr ständig der neue Nachbar Ethan über den Weg, der eindeutige Signale sendet. Auf der Einweihungsparty begegnet sie dem Draufgänger Jacob und beginnt eine Affäre mit ihm. Dumm nur, dass Jacob der Bruder von Ethan ist.

Dem nicht genug, stellt ein One-Night-Stand ihr schönes Jetset-Leben auf den Kopf. Jacob erweist sich in der Situation als wenig hilfreich, dafür ist Ethan unerwartet wieder an ihrer Seite. Noch dazu schlägt ihr Herz komische Purzelbäume, wenn Ethan in ihrer Nähe ist. Plötzlich muss Emily sich die Frage stellen, wie es weitergehen soll.

Ethan Moore hat alle Hände voll mit seinem kleinen Start-up-Unternehmen zu tun. Das Letzte, was er braucht, sind noch mehr Probleme. Doch dann taucht seine attraktive Nachbarin vor seiner Haustür auf und für Ethan ist klar, dass er sie kennenlernen muss. Kurzerhand lädt er die selbstbewusste Emily mit ihren Freundinnen zu seiner Party ein. Leider läuft das Treffen nicht nach Plan und Emily verliebt sich ausgerechnet in seinen Bruder Jacob.

Ethan zieht sich zurück. Doch dann läuft ihm Emily wieder in die Arme und plötzlich ist alles anders.

Liebe auf den ersten Blitz – Band 4

Was würdest du tun, wenn der Macho, dem du im Fahrstuhl begegnet bist, sich als dein neuer Boss herausstellt und du gezwungen bist, mit ihm zwei Wochen auf einer einsamen schottischen Insel zu verbringen?

Holly Summers liebt ihr Leben als It-Girl in London. Für die Moderedakteurin ist kein Rock zu kurz, kein Schuh zu hoch. Hauptsache, sie ist der Mode einen Schritt voraus.

Ein Shooting auf der Isle of Skye soll der bisherige Höhepunkt ihrer Karriere werden. Dumm nur, dass ihr Boss ausgerechnet seinen Neffen als Fotografen aussucht.

Jay Alexander ist ein echter Macho mit einer düsteren Vergangenheit, der Holly ziemlich schnell klarmacht, dass er sie für unfähig hält. Pech nur, dass Hollys Hormone in Jays Gegenwart verrücktspielen.

Bei einem Erkundungstrip auf Skye kommen die beiden sich näher und plötzlich steht Hollys Welt kopf. Kann es eine Zukunft für sie und Jay geben?

Fotograf Jay Alexander muss nach längerer Abwesenheit noch einmal ganz von vorne anfangen. Da kommt ihm der Auftrag seines Onkels, dem Chef der Zeitschrift *Intouch*, gerade recht. Allerdings hat er nicht mit der kratzbürstigen Moderedakteurin Holly Summers gerechnet, die ihre eigene Vorstellung davon hat, wie die Dinge zu laufen haben.

Der Job auf der schottischen Insel Skye zwingt Jay, mit Holly zusammenzuarbeiten. Allerdings hat er nicht damit gerechnet, dass sein Herz schneller schlägt, wenn die hübsche Holly in seiner Nähe ist.

Ein Unwetter zwingt die beiden, die Nacht in einer einsamen Hütte zu verbringen, und plötzlich ist alles anders als geplant.

Auf Sendung mit Mr Right – Band 5

Was würdest du tun, wenn der sexy Stripper von deiner Geburtstagsparty sich als dein Traummann entpuppt?

Radiomoderatorin Olive Belford ist Expertin in Sachen Liebe, nur bei ihr selbst will es nicht so richtig klappen. Kein Problem für Olive.

Doch als der sexy Stripper Liam Olive an ihrem fünfunddreißigsten Geburtstag auf die Bühne holt, gerät Olives Gefühlswelt ins Wanken. Aber ein Stripper als Freund – unmöglich.

Allerdings hat sie ihre Rechnung ohne den charmanten Liam gemacht, der kurzerhand in ihrer Sendung anruft und sich Ratschläge zum Thema Liebe bei ihr holt. Plötzlich ist sich die ansonsten so selbstbewusste Olive nicht mehr sicher, was sie tun soll. Herz oder Verstand?

Liam hat privat genug Probleme. Sein Job als Stripper ist eine willkommene Abwechslung. Als er die schüchterne Olive auf die Bühne holt, funkt es sofort zwischen ihm und der Radiomoderatorin. Liam will mehr von dieser Frau.

Leider wehrt sich Olive gegen seine Annäherungsversuche. Liam muss zu drastischeren Maßnahmen greifen, um das Herz der toughen Radiomoderatorin zu erobern, und geht live auf Sendung.

Stehen Olives Antennen auf Empfang?

Bee mine – Liebe summt – Band 6

Du weißt, dass sich das Universum gegen dich verschworen hat, wenn du den Prototyp eines Machos als neuen Kollegen bekommst, der dir das Leben zur Hölle macht, und dein aktueller Lover das Weite sucht.

Abigail Langfort liebt ihren Job als Polizistin in London. Das ändert sich allerdings schlagartig, als Kyle Fawner ihr neuer Partner im Streifendienst wird. Der Macho lässt keine Gelegenheit aus, sie vor ihren Kollegen bloßzustellen.

Auch privat sieht es alles andere als rosig aus. Die Affäre mit Teilzeitlover Jason ist eher lauwarm als heiß.

Ein ungewöhnlicher Polizeieinsatz verändert alles. Plötzlich wird Abby zum Opfer und findet sich in den Armen eines unbekannten Retters wieder, der ihr Herz höherschlagen lässt. Doch wer ist der Mann und warum gibt er sich nicht zu erkennen?

Und mit einem Mal ist auch Kollege Kyle ziemlich nett zu ihr.

Abby ist verwirrt. Was ist nur los mit den Männern? Aber vielleicht bringt der Besuch bei der Queen zusammen mit Owen endlich Licht in das Durcheinander von Abbys Liebesleben.

Owen Wright liebt seinen Job als Feuerwehrmann, genauso wie sein Leben als Single. Das ändert sich schlagartig, als er die toughe Polizistin aus einem brennenden Haus rettet. Für Owen ist es Liebe auf den ersten Blick. Aber dann steht dieser verdammt attraktive Polizist an Abbys Krankenbett und Owen zieht sich zurück.

Durch einen Zufall treffen die beiden im Pub wieder aufeinander und die Funken fliegen. Hat die Liebe zwischen ihnen eine Chance? Und welche Rolle spielt Jason in Abbys Leben?

Liebe schmeckt so süß – Band 7

Du weißt, dass es das Schicksal nicht gut mit dir meint, wenn du einen Unfall hast und der Mann, den du am meisten hasst, dein Retter ist.

Zoey Desmond ist Köchin aus Leidenschaft, die ihre Küche fest im Griff hat. Doch dann stellt ihr Boss einen Souschef ein, der Zoey zur Hand gehen soll.

Zoey ist entsetzt. Ein Mann in ihrer Küche, und noch dazu ein Schotte. Dann passiert auch noch dieser schreckliche Unfall und Zoey wird gezwungen, eine Auszeit zu nehmen. Cole nimmt während Zoeys Abwesenheit ihren Platz ein. Als Zoey wieder gesund ist, findet sie ihre Küche komplett verändert vor. Zoey kocht vor Wut über Cole.

Dumm nur, dass sein Tiramisu geradezu unwiderstehlich ist, genau wie Cole selbst. Zoey muss sich die Frage stellen: Verderben zwei Köche wirklich den Brei?

Cole möchte seine Vergangenheit einfach nur vergessen. Deshalb kommt das Jobangebot im angesagten Pub, dem *Heaven's Place*, gerade recht. Leider hat er seine Rechnung ohne die toughe Köchin Zoey gemacht, die ihm von Anfang an zu verstehen gibt, dass sie keinen Mann in ihrer Küche duldet, und schon gar nicht einen Schotten.

Dabei verfällt Cole mehr und mehr den Reizen der hübschen Zoey. Kann er sie mit seinem Tiramisu für sich gewinnen?

Dir hat das Buch gefallen?

Ich freue mich sehr, dass du mein Buch bis zu dieser Stelle gelesen hast. Wenn es dir gefallen hat, wäre es toll, wenn du ihm bei dem Online-Shop eine Bewertung gibst, bei dem du bestellt hast. Oder du schreibst bei einem deiner Lieblings-Buchportale eine Rezension.

Es ist nicht nur sehr schön, Meinungen zu meinem Buch zu lesen. Außerdem hilft es mir auch dabei, weitere Geschichten zu schreiben und neue Leser für meine Bücher zu finden.

KAMPENWAND
VERLAG

JANE HELL
Fisch
BRÖTCHEN
und
Roibusch
TEE
FÖRDELIEBE 5
KAWA
EIN OSTSEE-NAMIBIA-ROMAN